昏乱《こんらん》

VERSTÖRUNG

Thomas Bernhard

トーマス・ベルンハルト

池田信雄❖訳

河出書房新社

昏乱

凡例

一　原文のイタリックは傍点を付した

一　訳者の注は［　］内に記した

この無限の空間を包む永遠の沈黙が私をおののかせる。

パスカル『パンセ』二〇六

二六日、父は早くも午前二時にある教師の往診のためザラへ向かったが、死に臨んでいたその教師が息を引き取るやすぐにそこを出て、年明け早々煮えたぎる熱湯を満たした豚処理用の桶に落ち、いまは病院から両親のもとに戻って数週目になる子供を診にヒュルベルクへ車を走らせた。

父はその子を診るのを楽しみにしていて、往診の機会を逃さなかった。両親ともに朴訥な人柄で父親はケフラッハで坑夫をし、母親はフォイツベルクの肉屋で働いていた。子供を一日中ほうってはおけないので、母親の妹が世話をしていた。この日、父はいままでになく詳しくその子の病状を描写した後で、あの子はもうそんなに長く生きられないと思う、と言った。この冬はとても越せそうにないから、これからはできるだけ頻繁に診にいこう、と。その子が愛する人間だというようにとても穏やかに言葉も選ばず語る父が印象に残った。父は、その子が両親にしつけられるよりも見守られて育った環境を大まかに描写した後で、両親や彼らと子供の仲に関する自分の想像を彼らの状況についての知識で補強しながら語ったのだが、その間もその子にごく自然な愛情を寄せていることを隠さなかった。父は話しながら部屋の中を行ったり来たりしたが、しばらくするともう一度横になる必要を少しも感じなくなった。

父は、もうひとりの医師がグラーツ大学の招聘を受け入れて、州都へ越して行ってからは、この比較的広大で、とても「難しい」地域のたったひとりの医師になっていた。新しい医師がやってくる見込みは薄い、このあたりに診療所を開くのは正気の沙汰ではない、自分はしかしどこまでも病的で暴力と狂気への傾きをもつ住民の犠牲になることには慣れている、ぼくが週末を家で過ごすことが自分の心を落ち着かせるのにますます必要になってきている、と父は言った。父は疲れているようだった。しかしぼくが窓の鎧戸を開けた後で、アッヘ川に反射する日差しがまぶしくなったとき、父は散歩をしてこよう、と言った。「いっしょに行こう」と父は言った「おいで」。父は、ぼくが着替えている間、「ある特異な自然現象」について、村外れのアッヘ川の岸辺で見つけた九月も末になったいまも花を咲かせている栃《カスターニエ》の木について話をした。この機会に父はぼくに話しておきたいことがあるとのことだったが、ぼくはたぶんレオーベンでのぼくの勉学、つまり鉱山学の勉学に関係したことだろう、と思った。これから丸一日往診に出なければならないが、その前のいまなら時間が取れる。「分かるだろうが」と父は言った「ときには何もかもにうんざりすることがある」。

　ぼくたちは妹を起こしたくなかったので、できるかぎり物音を立てずに、コートが掛かっている玄関へ下りていった。しかし身ごしらえを終えて家を出ようとしたとき、呼び鈴が鳴って、ドアの前に見知らぬ男が立っていた。グラーデンベルクの旅館の亭主だと分かったが、彼は父にすぐいっしょに来てくれと頼みにきたのだった。

　そこでぼくたちは、アッヘ川へ行って話し合うのをやめ、旅館の亭主の車でグラーデンベルクへ向かったのだが、花咲く栃の木はもう話題にはのぼらず、ぼくたちが聞いたのは亭主の妻についてのひどく心配せずにはいられない話だった。

　彼の妻は夜中過ぎの二時まで、と亭主は言った、敵対するふた派に分かれてすでに何時間も飲んだくれていた坑夫の相手をしていたのだが、突然坑夫のひとりからまったく何の理由もなく頭を殴られ、その瞬間に気を失って彼らの前でぱったり床に倒れた。驚いた坑夫らは女将をすぐさま旅館の二階にある寝室に運んだのだが、その際に彼女の頭は何度も階段の手すりにぶつかった。女将はベッドに寝かされ、坑夫らが寝室のドアを開けたときに目を覚ました亭主が、ぼうっとしたまま起き上がると、突然酔いから醒めた坑夫らから事件について聞かされ、夜の明けぬいまのうちに、姿をくらませているが彼の仕業だということはみなが知っている犯人のグレースルを警察に訴えて出た方がいいと言われた。地方警察の駐在所では、当直の警官も含め全員が眠っていた、と亭主は言った。しかし彼は駐在所の窓にしつこく石を投げつづけることで、警官を起こし、中に通させた。最初警官たちは彼に、調書への供述をするため午前中に出直してくるよう勧めたが、彼はすぐにその場で調書を作成するよう求め、少なくとも警官のひとりは自分といっしょに旅館に付いてきてほしい、そこには人事不省におちいった妻が伏せっており、そこでは坑夫たちが待っていて、彼が思うに即座に調書への供述をしなければならないのだから、と言いはった。だが亭主が警官ふたりを伴って旅館に戻るまでに時間がかかりすぎたため、警官たちが亭主といっしょに寝室に足を踏み入れたときは、坑夫たちは仲間をひとり残して立ち去った後だった。亭主はすぐに、一瞬たりと妻をひとりきりにすべきではなかったと考えた、というのも彼は突然妻の前で、この上なく恐ろしい推測と疑いに苛まれながら、その間ずっとそこにいたコーリヒという、見知った仲でなく、食堂にたまに顔を出すので知っているだけの、信用のおける地元客でもない、シュタイアマルク方言でもこの辺りで話されているのとは不愉快に異なる訛りをしゃべる坑夫の隣に立つはめになったからだ。

　旅館の女将のそばに残ったコーリヒは、まっすぐに立つことはできたけれど、どんなに短い言葉も口にできないほど酔っていたにもかかわらず、若いほうの警官からすぐに部屋の隅に置かれていた肘掛け椅子に座るよう命じられ、事情聴取を始められた一方で、ふたりのうちの年上の警官はベッドに人事不省で寝ている女将がまるでもう死んでいるかのように彼女の写真を撮った。事情を聴取されたコーリヒが供述した内容は実際使いものにならず、彼は椅子にもきちんと座っていられず、たえず前にのめるので、ついに我慢ができなくなった警官は彼をひっつかみ、引きずって、廊下へ突き飛ばした。

　逃亡中のグレースルは、食堂に足を踏み入れると、必ず何か法に触れることをしでかすまで、そこを出ていかないタイプの人間だ。彼の行方を突き止めるのは難しいことではない、と警官たちは言った、そして彼らは、グレースルの天下周知の前科を考えるなら刑務所暮らしは数年をくだらないだろうと話していた、というのもこの重い傷害は女将の頭部へのグレースルの拳による殴打と、彼女の気絶によってもたらされたものだからだ。年上の警官が重い傷害という言葉を口にしたとたんに、みなは医師に知らせなければならないことに気付いた。「それまでに数時間が過ぎていた」と亭主は言った。

　ぼくたちがグラーデンベルクへ到着し、亭主にすぐ、警官がそこに立って待っていた寝室へ連れていかれたときは、もう四時半だった。ぼくの父は、男は全員廊下に出て待っているように、と言った。父が中で、僕がちらっと見ただけでももう死んでいるという印象を持った女将を診察している間、廊下ではぼくの前に立った警官たちが床に伸びているコーリヒをひどくけなし、彼のことを愚かなうえに、六人の家族に対しますます無責任になってきていると論評した。彼らはコーリヒを持てあましていたが、父が寝室から出てくると、上着の肩のところに手をかけてコーリヒを、その脚で半分ほどをふさいでいた階段からどかしたが、その後はもう彼のことはほったらかしにした。

女将は実際ひどい傷を負っているから、いますぐケーフラハの病院へ連れていかなければならない、と父は言い、警官たちに彼女をそっと下におろして、トラックの荷台に寝かすよう指示した。

それは湿気た、緑褐色の図柄の壁紙が張られた、安物の柔らかい木でできた家具でいっぱいの、明るい日が射しても薄暗い部屋で、警官たちがそこから女将を運び出した。父はぼくを見、ぼくから目をそらすと、慎重に女将を階段から下へ運びおろしている警官たちを見つめたが、ぼくは、それが女将にとって最悪のことを意味しているのだと考えた。

ぼくは車の中で運転する亭主の隣に座り、父は後ろの荷台に寝かされた女将に付き添った。

ぼくたちがクレンホーフ経由の近道を採ったその道中の間、亭主はぼくとひと言も言葉を交わさなかった。朝が早かったので、楽にそして速く走ることができた。このあたりにはもうずいぶん長いこと来ていなかったな、とぼくは考えた。グラードナーバッハの川沿いのあちこちを訪れた自分の姿を思い浮かべるには、ごく幼いころの思い出をたどるよりなかった。父がめったにぼくをドライブに連れて行ってくれなかったこと、そして母の死後ぼくはほとんどひとりきりにされていたことが思い出された。妹もほとんどぼくと同じ目に遭っていたから、ぼくより数等つらい思いをしたにちがいなかった。

　おそらく雰囲気がそうさせたのだろうが、亭主はあれほど雄弁だったさっきのグラーデンベルクへの道中とは違って、ケーフラハへの途上ではひと言も発しなかった。ぼくにも、彼に話しかけるのは無意味に思えた。ぼくが父を正しく理解しているとしたら、女将がケーフラハへの道のりをもはや生き延びられないことは確実だと思えた。しかし病院の看護師たちが彼女を車から運び出したときは、まだ死んでいなかったのだが、ぼくたちが病院にいる間に息を引き取ったのだった。女将は病院にただ一つだけある手術室とも呼べない手術部屋に入る前に亡くなり、亭主はそれを感じ取って、看護師たちが妻を押して行く廊下で、その手を放さずに泣いていた。彼は死者の元には置いてもらえずに、下の中庭に連れて行かれ、そこでひとりきりで三〇分以上も父を待っていなければならなかった。ぼくは亭主をひとりにしておき、ぼくから観察されているのを悟られないように、彼を観察した。それから父が出てきて、いっしょに中庭を歩きながら、亭主を落ち着かせようとした。父は亭主にこれからしなければならない葬儀の手順、司法手続き、殺人の廉《かど》でグレースルを訴えるやり方を説明した。いまは、と父は言った、苦しみを抱えて苦しみの中に閉じこもらず、人中にいたほうがいい、自分が、定められたいくつかの道、例えば裁判への道を切り詰めてあげる、そしてほかの道、なかでもいますぐ向かわねばならない妻の横たわる解剖室への道は少しでも苦しみが和らぐよう付き添っていってあげよう、と。自分は、と父は言った、故人に確実な死をもたらす脳内出血を確認した、今日の午前早くにも地区監察医から詳細な鑑定書を受け取ることになる。自分が、亭主から事件について初めて知らされたのが致命傷となった拳による殴打から三時間が経過した後だったことは問題とするに足りない。いずれにせよ助けることはありえなかった。亡くなった三二歳になる女将を、父は何年も前から知っていた。父はずっと、旅館兼食堂の亭主が、一日中食肉製造や家畜売買や農作業に追い回されるため自分たちはたいてい早く寝てしまうのに、商売第一の考えから、未明まで開いている食堂で、自分たちの妻を、我が身ひとつと男たちの世界に委ねてしまっているやり方を残酷極まりないものに思ってきた、というのも男たちはアルコール消費量が増す夜明けが近づくと自分たちの選ぶ暴力の手段に見境がなくなるからだ、と意識の薄れたかに見えた亭主を引き離した僅かな隙を捉えて父が言った。「だらだら長引く食堂の夜は必ずといってよいくらい腹立たしい終わりを迎えるものだ」と父は言った、そして「この土地ではかなりの確率で死人が出る」と。旅館の亭主が、酔客のところへ、財布から金を巻き上げはらわたにいちばん安いシュナップスをむりやり流し込むという唯一の目的から忌まわしさの極みというべきやり方で夜の半分あるいは夜を徹して送り込む妻が犠牲になることがまれでないのだ。ぼくたちが亭主に追いつくと、父は彼にグレースルを見つけるのは簡単だ、もう警察に殺人の件は届けてあるし、グレースルがどこに隠れようと無駄なことだ、と言った。しかし父が、取引対象の家畜との交わりと同類の旅館の亭主たちとの付き合いから、このブントシェック山麓地方特有の酷薄さを身に染みこませているがゆえに、涙を流し完全に途方に暮れたときはこちらの心を動かさずにいない男に向かって、ながながと説ききかせるうち、それが明らかに無意味なことに思われてきたらしい父は、とそれはぼくが考えたことだが、彼に単純かつ分かりやすい必要な指示を与えたが、ぼくたちはその後でまた彼を置きざりにしたのだった。

父が解剖室へ行き、医師仲間の監察医と話をしている間、ぼくは病院の中庭にただひとつ置かれているベンチに腰を下ろした亭主を観察すると同時に、若い看護師が押してくる二輪の解剖用手押し車には女将の遺体が乗せられているのだろうと考えていた。ぼくにはその解剖用手押し車は目新しいものでなかったが、それはぼくが通学路に面したこの病院を通りかかるとき、ニワトコの藪の隙間から解剖室が見える場所に立ち止まって、非使用時には昼も夜も解剖室の入り口脇の、ぼくから見える側の扉が開いた小屋の中に置いてある手押し車を何度も目にしていたからだった。ブリキ製の解剖用手押し車は当時のぼくをいつも恐ろしさで魅了する、子供時代の夢の舞台に欠かせない身の毛がよだつ小道具だった。学校を出たての看護師が解剖用手押し車を解剖室の戸口へ押して行くと同時に、そこから出てくる父の声が聞こえた。ぼくたちは病院の中庭から外へ出るとき、ベンチに座ったままの不幸な亭主にもう姿を見られたくなかったので壁際を急ぎ足で歩いたのだが、父は、とぼくは考えていた、家にいても病人に接していても病院にいても、いつも医者に対して批判的に言われるのとは違って見通しのきかない巨大事業に従事している風ではなく、とくに今日がそうだとぼくには思われるのだが展望のきく学問の世界に生きているように振る舞っている。ぼくも繰り返し目にしてきたことだが、徹底した科学的頭脳の持ち主であるにもかかわらず実業家と見分けがつかず、実際実業家のように話したり振る舞ったりする医者がたくさんいるけれど、ぼくの父はそうではない。

　ぼくが父に付いていくと、ぼくは絶え間なく悲しい思いを味わうことになる、だからほとんどいつも父はぼくを往診へ連れ出すことをためらう、というのもいついかなる場合も父が訪ね、接触し、診療しなければならないのはすべて病んでいて悲しみに囚われている者ばかりだということがわかっているからだ、父はつねに病んだ世界の中で病んだ人間と病んだ個人の中を動き回っている、この世界はどんなに健全を装い、健全の振りをしてみせようと、病んだ世界であって、人間も個人もいわゆる健全な者たちもつねに病んでいるのだ。父はそのことになれているが、ぼくはたぶんそれに戸惑わされ、よくない仕方で思い悩むのではないか、父の考えではぼくはまさにいつも諸事万端に戸惑わされ、諸事万端によくない仕方で思い悩む質《たち》だからだ。そして妹はぼくに輪を掛けて危うい質なのだった。だからといって、と父は言った、すべては病んでいて悲しいという事実から、父は実際病んでいて悲しいという言葉を口にした、身を閉ざすのは間違いだ、だから父は、ときおり長短の間隔を空けて、ぼくか妹を往診に連れていく気にさせられる。「それにはつねに危険が付きまとう」と父は言った。父がもっとも恐れるのは、妹とぼくのどちらかが病人とその病を見て心に生涯にわたる傷を負うことだ、父はいつもそれとは反対のことを願っているのだから。

ぼくたちはケフラッハの中心へ歩いていった。父は銀行と郵便局へ寄りたかったのだが、まだ開いていなかったので、ぼくを連れて、グラーツ大学でいっしょに学んで以来の友人であり、ぼくも彼が夏によく家を訪ねてきたので知っている、不動産関係の仕事で成功している弁護士の家へ行った。

父は友人の家でぼくたちが朝食を取れることを期待していた。

ぼくたちが呼び鈴を鳴らすと、ドアが開けられ、郡長所在都市にしては豪勢な、しかし細部まで趣味がよいとは言えない、しかしひと目見ただけで住み心地の良さそうな、いろいろなところに椅子が置いてあるのがまず目に付く住まいに通された。ぼくたちは弁護士の若い奥さんに迎えられ、すぐに食堂に案内された。それからまもなく弁護士が食堂にやって来た。父は、少ししかいられない、すぐにぼくといっしょに家へ戻らなければならない、と言った。ぼくたちがちょうどいい頃合いに顔を出したいまだかつて経験したことのないほど盛りだくさんな朝食の間、ぼくは自分の席から下の通りを見下ろしそこで起こるさまざまな出来事を観察することができたのだが、話題はグレースルがグラーデンベルクの旅館の女将を殴り殺した事件のことだった。人間たちが、と父は言った、とりわけ旅館の食堂で、抑制を失い自分でもなぜか分からぬまま相手に襲いかかるというのはとんでもない話だ、行方をくらましたグレースルも、と彼は言った、自分がなぜ旅館の亭主の妻を殴り殺したか分からずにいるのだろうし、「ひょっとすると」と父は言った「自分が女将を殴り殺したことすら知らずにいるのかもしれない」。まずは残忍さへ、次に自分の残忍さを持てあます状態へ退化し、さらにありとあらゆる退化の過程を辿るのが、あるいは辿らざるをえないのが田舎の人間だが、いまは恐ろしいことにそういう人間が多数を占めている。

実際、残忍で犯罪的な人間は都会より田舎に多い。田舎は残忍と粗暴が根底をなしている。都会の残酷は田舎の残酷に較べれば無に等しく、都会の粗暴は田舎の粗暴に較べれば無に等しい。都会の犯罪すなわち都会型犯罪は田舎の犯罪すなわち田舎型犯罪に較べれば無に等しい。都会で起こる犯罪は田舎で起こる犯罪に較べれば笑止の至りだ。旅館の亭主というのは、と父は言った、生まれつき粗暴な犯罪者なのだ。旅館の亭主は内も外もそのすべてが暴力的で犯罪的だ。家畜商も兼ねる旅館の亭主は人生のどの瞬間人生のどの状況でも家畜商である。「亭主がいま泣いているとしても」と父は言った「家畜を失ったのが悲しくて泣いているにすぎない。旅館の亭主にとって伴侶は家畜でしかない」。亭主はある日いまわしい手管を弄して見渡せぬほどの未婚女性の集団からひとりを捕らえてきて自分に服従させる。そういう旅館は、ブントシェック山麓の肉屋も家畜商の家も農家もみな同じだが、残酷きわまりない女性刑務所と変わりがない。耳を澄ますなら、いつどこの田舎へ行っても家の中で夫に折檻される妻たちの悲鳴が聞こえてくる。自分は、と父は言った、毎日ほとんど忌むべき人間の家ばかり訪ねているが、そういう家へ入るのは残酷と粗暴の中へ足を踏み入れるのも同じで、結局往診鞄を携えて犯罪者の世界ばかり行ったり来たりしているのだ。グラインアルペとコーアアルペ山麓のカイナッハ川とグレープニッツ川の谷間の住民は何百万年何千年の歳月がこの上なく粗野な体形に作り上げたシュタイアマルク州の人間の典型だ。父はしかし自分が未明にヒュルベルクの坑夫の息子を往診したことを思い出し、そこでどんなに心の籠もったもてなしを受け、一五分ではあったが心安らぐ思いをし、その後で懇ろな別れの挨拶を受けたかを詳しく物語った。だが旅館の亭主のような人間について話したことが富裕層だけに当てはまると思ったら間違いだ、子供の両親とあの子は例外で「貧困者は倍も残酷で卑賤で犯罪的なのであり、まさに貧困者こそその可能性によっては幾倍ものすさまじい残酷性と卑賤性と犯罪性を示すのだ」と父は言った。

　父が今朝いちばんに往診した教師について何も語らなかったのは、彼が父がそうと気づくまもなくあっという間に死んでしまったためだろう、とぼくは考えた。父は教師のことは忘れている、とぼくは思った、というのも父はもう一度子供とその火傷について話し、子供のしゃべり方を詳しく説明した後で、旅館の亭主に話を戻したからだ。彼は病院でぼくたちを待っていて、と父は言った、荷台付きの車でいったんグラーデンベルクへ戻ってから、ぼくたちを家まで送ってくれることになっている、おそらく亭主はいま解剖室へ行っているはずだ。ぼくは、父はそこへ付き添ってやると言ったことを忘れてしまったらしい、いまごろ解剖室では死んだ妻の服が亭主に手渡されているだろう、と考えた。そして実際もうひとまとめにされた妻の服を抱えた亭主が、病院の入り口で、弁護士に別れを告げてから郵便局と銀行を廻ってきたぼくたちを待ち受けていたのだった。

　グラーデンベルクへ戻る車の中で、父は今日往診しなければならない患者を数え上げた。彼が列挙したのは、ザウラウ、エーベンヘー、フォホラー、クライナーの名だった。

　ぼくは女将の死にまつわるさまざまなことを経験しただけでかなり参っていたのに、父には疲れの影もさしていなかった。禍事など何もなかったかのように平然と車を運転する亭主と並んで座ったぼくたちは、それぞれこれから往診で訪れる患者を思い浮かべていたが、いちど亭主がクレンホーフを出外れたところにある肉屋の前で停車し、申し訳なさそうに売買の件でと言って車を降り、数分姿を消したとき、父が言った、あの男は子供の頃から知っているが、一〇年前はまだ若者だったのにいまはどんどん太る一方で、まわりを不快にさせ、性的にものろまそうにO脚で歩き回るのがいやでならない。父はグラーデンベルクへの往診のたび、死んだばかりの彼の妻からも同じように不快感を覚えていた。グラーデンベルクの旅館の夫婦のように子供のない状況に置かれると、結婚は意味を失い最後には不埒な倒錯状態に陥るので、そういう夫婦は、頭のおかしなグレースルが振るった暴力のようなもので絆を断ち切られないかぎり、悲惨きわまりない最後を迎えるほかないのである。

ぼくたちはあと少しでグラードナーバッハ川を越えるところで、牛の群れの通過を待たねばならなかったが、その間に亭主は繰り返し、いまだに何が起こったのかさっぱり分からない、と言った。現実のことだと思えなかったのだ。

グラーデンベルクに着くと、直前に裁判所の担当官が立ち入った旅館の前に大きな人だかりがしていた。車から降りたぼくは、近くにも遠くにもいたるところに物見高い野次馬が群れているのを確認した。

父は、ぼくに建物の前で待っているように言うと、自分は急いで中へ入ってゆき、旅館の食堂に集まっていた裁判所の担当官たちと話を交わした。旅館は下から上まで絶えず何かしゃべっている役人でいっぱいだったが、上を見あげていたぼくは、二階の寝室の開かれた窓からふたりの警官の頭を見た。父がぼくたちを家まで送る亭主といっしょに出てくるまで、ぼくは旅館の建物の前を行ったり来たりした。食堂には、殺人の証人である坑夫がコーリヒを除いて全員集まっていた。土曜日なので鉱山は休みだった。たいがいの者は事件を思い出せず、ちぐはぐな供述をしたが、グレースルが女将を殴り倒すところを見た者がふたりいて、担当官にはそれで充分だった。

父はありえぬことと思ったが、グレースルは実際にまだ逃走をつづけており、おそらくすぐ近くに潜んでいた。たとえ外国へ逃げられるほどの大金を所持していたにせよ、彼が遠くへ逃げるとはだれも思わなかった。

グラーデンベルクを過ぎた後カイナッハ川に向かう道はグレースルの一件で封鎖されていたが、ぼくたちは顔を知られていたので通してもらえた。グレースルの殺人事件は当然一大事で、一帯は一挙にその話題で持ちきりとなる。すべては旅館の女将が犠牲となった殺人の色に染まり、その知らせは地方警察の各地の駐在所を通じて瞬時に広まったが、ぼくたちは叔父の住むアーフリングに立ち寄ったとき特にそれに気づかされた。父は義妹のための薬を持ってきていた。ぼくたちは家の中へ入り、大きな声で呼び、階下の部屋と台所へ入ったが、鍵の掛かっていない家の中は空っぽだった。ぼくたちは父が配膳台の上に薬を置きメモ書きを添えてから外へ出た。

アーフリングで、と父が言った、母の死の一年前に母とふたりで大学時代の友人の葬儀に参列したとき、母はわが身に差し迫った死について話しつづけた。父がまだ母に死病の徴候を見ていなかったそのときすでに、父がそれを知ったのはずっと後になってからなのだが、母は身を死病に刺し貫かれていた。医師の父にも完全な謎だった変化、すなわち亢進性の鬱状態が、アーフリングの葬儀に参列してから母に見て取れるようになり、その状態はしだいにぼくたち家族全員を支配しだした。父はあのときの母の言葉をひとつひとつ覚えており、ふたりが葬儀の前後に歩いた道をまざまざと思い浮かべることができる。それはちょうどいまの季節、九月末だった、父にはいまあのアーフリングの葬儀にまつわるすべてがかつてなく鮮明に蘇っている。世界が隅々まで澄み渡り静寂に包まれて本然の美しい姿を見せる秋晴れの日には、親しい人に置いてゆかれて何年にもなる者たちの悲しみがいつもの倍にふくれあがる。

いまゼーディングバッハの川ぞいで日光の入射角が小さくなったため鮮明度を増した色彩にぼくたちはすでに完璧な秋の到来を見るが、その色彩に新味はなくても観察を徹底させ自然の反映を観取する作業それ自体はつねにぼくたちを魅了する。

ある人の本性は、私たちがその人は失われたと思わざるをえなくなり、その人が私たちから別れを告げる段になって初めて表に現れる。そのとき突然、最終的な死への準備にほかならぬ諸事万端において、その人にまつわるすべては真実だったことが確認できるようになるのだ、と父は言った。

父はゼーディング渓谷沿いに車を走らせている間ずっと母について語りつづけ、母がしだいに夜間ならぬ白昼の夢で父の心から離れないようになっていて、しばしば父が医師の仕事に追われているように見えている長時間にわたりいつも父を落ち着かせ、父が自然の事象を冷静に捉えることができるようにしてくれている、と言った。

いま父は、生前自分の傍らにいて愛していたがいちども真の意味で分かったことのなかった母を分かっている。人間は、相手が死んで本当に自分の中に入ってきてくれるまでは愛する他者といっしょになることはできないのだ。

アーフリングの葬儀の後、母はときどき往診に連れて行ってくれと頼むようになった。いまの父には母のその望みは分からないものではない。もちろんこの世の苦悩と痛みを考察することは母の手に負えなかったが、アーフリングの葬儀以来、母はもうそれらを注視することをやめなかった。父はその頃よく母と、ぼくたち子供のこと、とりわけぼくたちへのふたりの愛情をぼくたちへの教育に変えることの難しさを語り合った。母は何度も父に、ぼくたちはふたりの子というよりこの辺りの土地の子に思えると言っていた。母は一生そう感じつづけ、ぼくたち、だがぼくよりもっと妹を自然からの授かり子と受け止めていたため、最後までぼくたちはなじめない存在だった。自分は、と父は言った、ぼくたち三人全員が母の死後完全に寄る辺を失っていた上、妹とぼくが、そのとき妹は一二歳ぼくは一七歳だった、危険な年頃を迎えていたから、母の死後すぐ、と父はシュティヴォルがもう目の前に迫ったときに言った、再婚することを「実際すでに葬儀のさなかに」考えた。だがその考えは父から離れようとしない母によって次第に排除されたのだった。

そのとき数日前に父に書いた手紙が思い浮かんだが、そこでぼくは、ぼくたち三人、つまり父とぼく、父と妹、ぼくと妹のぎくしゃくした関係を苦労して記述したのだった。ぼくは、返事をもらうことを期待してその手紙を書いたのだが、いまは返事をもらえないことがはっきりした。

　ぼくが手紙の中で発した問いに、父はぜったいに答えることができないのだ。

　ぼくたちの関係はきわめて困難で混沌としたものだが、とくに父と妹の、そしてぼくと妹の関係以上に困難で混沌とした関係はほかにありえない。

　ぼくは手紙の中でここ数年ぼくたちの関係について行ってきた観察の結果を、できるだけ地味な、しかしぼくには最重要と思われるディテールを通じて描こうと試みた。その描写で父が傷つかないよう細心の注意を払った。だれひとり傷つかないように。ぼくの何年にも及ぶ観察にもとづけば、どの方向から見ても真実と呼びうるぼくたちの姿を描き出すのは難しいことではなかった。手紙はとても冷静に書いてあり、ぼくはそこでどんな僅かな興奮も自分に許さなかったが、それでもその手紙はぼくが狙い定めたクライマックス、たとえば妹の最近の自殺の試みや母の早すぎる死の責任はだれに帰されるべきかについて、それとなくあるいはずばり発せられた問いというクライマックスを欠いてはいなかった。ぼくは長い間その手紙を書こうと思いつづけ、実際何度も書きかけたのだが、いつも書き始めたとたんにそんな手紙が何の役に立つかという問いが頭をもたげるのだった。ぼくはずっと書きあげられずにいた。長年考えるだけだったことを手紙の中で明確に言いきる困難さ、ただの推測を言葉に置き換える困難さがいつもすぐ意識にのぼってきた。たぶん手紙で自分たちを考察するのに欠かせぬ、忘れて久しい証拠を引っ張り出すことへのためらいがぼくの企図をくじいていたのだと思う。正直に仮借なく、しかし同時に関係者全員に心を配りながら振る舞わねばならないという制約があれほど長いこと手紙を書けなくしていたのだ。

ところが先週の月曜日になって突然手紙がすらすら書けるようになり、ぼくはどうすればぼくたちみなの状況を明らかにし互いの関係を改善できるかという問いで頂点に達する、八ページになんなんとする考察を一息で書き上げたのだった。ぼくは手紙を最後に何度も点検したが、それを出す妨げとなるものは何ひとつ見つからなかった。すでに火曜日の朝に父はそれを受け取っていたはずだ。しかし父は、もうそのときがきている上に、すべての様子からして、手紙を早くに受け取り、細心の注意を払って読み、精査し、その内容を記憶していることが明らかなのに、いままでそれについてひと言も言及していないのだ。

シュティヴォルでも父は、町に入ったとたんに分かったことだが、とてもよく知られた存在だった。

優れた記憶力の持ち主である父は出会うすべての人を名前で呼ぶことができた。ひとりひとりの置かれている事情にも詳しい。

父は、挨拶や言葉を交わした相手を、ぼくがよく知らないらしいと見ると、それがだれか的確に教えてくれた。

ぼくたちは急いで町を突っ切り、ブロッホという不動産会社社長の家へ行った。父は彼と気が合っていた。彼と同じく五〇歳の女性と結婚している不動産会社社長は、彼に根っからの敵意をいだく住人だらけの退屈な山中の町をいとわず仕事に楽しみを見いだしているのだった。

シュティヴォルにも、と父は言った、医者はいるのだが、ブロッホは父に診療を頼むことで、その医者を、彼がシュティヴォルで長年忍んでいたユダヤ人のブロッホを診ているという恥辱から解放してやったのだ。ブロッホの父親もかつてシュティヴォルに住んでいた。

ブロッホとぼくの父との間には、クノーベルベルク山とカインターラー高地を挿《はさ》んで優に二五キロの距離を隔てた、父の言葉によると「哲学性を秘めた」友情が育っていた。ブロッホが住んでいるのはドイツ人に殺された父親が住んでいたのと同じ家だ。

ぼくがすぐ見て取ったことだが、ブロッホは中央広場からつづく道の右側に位置するシュティヴォルでももっとも美しい家のひとつに住んでいて、その放置され歳月を経て色あせた、そしてこの前の戦争の傷跡を残したファサードだけでもぼくの気に入ったのだが、ブロッホの家の漆喰を新しく塗りなおした玄関サロンの丸天井の下に足を踏み入れたぼくはブロッホがよい趣味の持ち主であることを確信したのだった。ここに私は、と父が言った、少なくとも週に一度、ブロッホと長い対話を交わし交互にあるテーマについての発表をしあうために通ってきている。シュティヴォルを支配する現状からすれば信じがたいことだろうが、ここで「自然の身体解剖」と「世界と世界史の身体解剖」が行われ、「比較政治学、応用博物誌、文学史」が研究されるのだが、その際「社会にも国家にも」少しの斟酌もなされない。しかしブロッホ家では概して政治的事柄が優先され、人間についてもその私的側面より政治的側面が話題に上ることが多い。玄関の上階に作られた図書室の中で許されるのは極度の精神的緊張にもとづく世界の洞察だけであって、幻想に身を委ねることは御法度になっている。芸術はほとんどの時間は問題にされないが、ブロッホの妻を考慮してほんの少しの間だけそちらの窓も開かれる。

　ブロッホは玄関サロンの右手に一枚のガラス壁で接する事務所に陣取り、見るからに興奮した様子で、女性秘書に、後から説明してくれたところによればぼくも知っているフォイツベルクの測量技師ローゼンシュティングル宛ての手紙を口述しているところだった。父が事務所の窓を叩くと、ブロッホが出てきた。彼は愛想よく挨拶すると、すぐにぼくたちを二階の図書室に連れていった。実際ぼくはこれまでに田舎で、ブロッホの図書室ほどのたくさんの蔵書を見たことがなく、それもぼくの確認したところではたえず読まれている本ばかりで、ドイツ語圏の国々で滑稽なほど人気が高くみなが夢中になっているいわゆる愛書家向けの本は、世界中に数部しか存在しないニュルンベルクの医師シェーデルの著した世界史を除けば全然混じっていない。

　ブロッホが、父はどういう風の吹き回しでこんなとんでもない時間にシュティヴォルにやってきたのかと尋ねると、父は、読み終わったカントの『プロレゴメナ』とマルクスの『博士論文』を返したいと思ってねと言い、往診鞄からその二冊を取り出してぼくたちの前方の机に置いた。父はニーチェの『われわれの教育機関の将来について』の全講義録、パスカルの『パンセ』のフランス語版そしてディドロの『肖像奇譚《ミスティフィカシオン》』を借りたいと言った。ピーバーヴェークに住むエーベンヘーという婦人を診に行かなくてはならない、とも父は言った。ブロッホは彼女のことを知らなかった。彼は家にほかに何の用意もなかったのでぼくたちに、クレッヒ産の白ワインを一杯ずつ注いでくれた。彼は、早朝「恐ろしい」頭痛に見舞われたが、集中して商用の手紙を書いているうちに頭痛は消えていた、父が毎週処方する頭痛薬をますます大量に飲むようになっている、もうこの四、五日間全然眠ることができない、と言った。父は、腎臓によくないその痛み止めを飲み過ぎないようにと忠告した。

　最近、とブロッホは言った、首尾よくゼムリアッハ近くの大きな土地を手に入れることができた。「二年がかりだった」と彼は言った。一週間前にはさらに農地が、そしてついさきほどは彼の手際のよさが奏功した結果宅地が手に入ったが、それを一〇〇区画以上に分割しようと思っている。そうすればすぐにも転売ができるだろう。「相手が辛抱しきれなくなるまで待てなければ話にならないのだ」と彼は言った。これは自分の今年最大の仕事になるだろう、とブロッホは言った。彼はもっとよく効く睡眠薬を欲しがり、父がそれを処方した。ブロッホが「もちろん私は好かれてはいない」と言ったところで、父は席を立ち、ふたりはつぎの水曜の再会を約して別れた。父は二年前から毎週水曜日にブロッホと会っているのだ。ぼくたちはエーベンへーのところへは歩いて行った。

父によれば、ブロッホは、その重要なメカニズムの隅々まで簡単に見渡すことが可能な人生というシステムの進行速度を自分自身の必要に応じた緩急自在で有用かつまずまず満足のゆくものとなるようその都度調整するテクニックを身につけており、自分が堪能しているそのテクニックを家族にも修得させようと努めている。結局ブロッホは、父がけっして不快な思いを味わうことなく話ができるたったひとりの信頼のおける友人なのだ。父にとってブロッホは、無い知識をひけらかすこの国の至る所にばらまかれ日の当たらぬ深い谷間《たにあい》や小都市や退屈な市場町や村へ飛ばされた同窓の友人たち、学業を終えた後何年も父の心を痛めつづけたがいまではもう嫌悪しか感じさせないような仕方で単調な医師の運命に順応している失われた友人たちの上に位置している。ああいう人間はみな大学での中途半端な学業が修了すると同時に人生の頂点を通りすぎ、と父は言った、彼らに恐ろしいほど無条件の信頼を寄せる世間の中へ抛《ほう》りこまれ、勤務医であれ開業医であれ、家と診察室のとんでもなく愚鈍な日常に呑みこまれてしまう。父はいまでもたまにあちこちに住むかつての学友に宛ててまったく内容のない手紙を送ることがあるが、そのたびに彼らが絶望的状況の中で滅んでいっていることに衝撃を受けずにいられない。生涯ディレッタントでありつづける彼らは、早すぎなければ遅すぎる結婚をしているが、進行性のアイデア欠乏症、空想欠乏症ないし活力欠乏症によって破滅させられ、最後は妻たちにとどめを刺されることになるだろう。

父がブロッホに出会ったのは、まさにひとりも友人がいなくなる瞬間だったが、そのときまで残っていたのは共通の青春と世界に盲従する心性から父にひっついて離れない手紙の受け手たちだけだった。

父はいつの間にか凡俗な性的序列に組み込まれかつての結びつきについて感傷的に語るだけの昔の仲間のだれかとまれに駅頭や会議の場で鉢合わせをすると、きまって気分が悪くなり、自制心を失わないようにしているのがやっとだった。大学での臨床の必修ゼメスターではまだ、と父は言った、人間という病める存在の研究とそれを推し進める力業、人間の頭脳をめぐる新発見とそれを可能にした最高度の努力、そして医学と憐れむべき人間のためなら自らを顧みない精神的ラジカリズムについてさんざん議論をしあった仲なのだが、いま残ったのは、顔を合わせればすぐ時候の挨拶を交わし、妻や子供の愚痴をこぼし、新築する家や熱を上げている愛車に余念のない医療詐欺もいとわぬ様子の身だしなみのいい旅行者なのだ。父はブロッホの中にたえず、年々少なくとも一〇〇倍も一〇〇〇倍も進行速度を増しつづけている歴史のどんちゃんさわぎに巻きこまれても自制を失なわずにいる人間を見ている。

ブロッホは、ささやかな仕事の相手である彼のことを蔑視するさもしい山の民に囲まれたグロテスクな反ユダヤ主義の巣窟シュティヴォルに一〇年前自分用に設えた「グラインアルペ山麓の自家製地獄」から、より名の通った中核都市からよりも精確に世界を観察している。親族は少ないが、ほぼ世界中に彼のことを心配しながら見守る多数の友人を持つブロッホはときどき、自分はこのシュティヴォルで自民族のために終わりなき調査の任に就いているのだと言う。

　父は、ブロッホが薦めるディドロの最近発見された短編小説『肖像奇譚』を読むのが楽しみだ、と言った。いま自分はだんだんフランスの作家に近づいていて、ドイツの作家から遠ざかっている。だが結局非学術的な文学作品への真の欲求をいだいたことは一度もなく、自分のその性向は明らかに強まっている。いわゆる文学作品は読んでいて明快で首尾一貫したものに思えるものほど関心を持続できなくなるが、父にはどうにも耐えがたい概して滑稽な自然の歪曲にしか見えないからだ。多かれ少なかれディレッタント的で、「多かれ少なかれ受け狙いで」、多かれ少なかれ時局の動きの前景か背景に取り込まれている作家という存在は、つねに自分たちの著作で自然に泥を塗っている。

　ぼくはブロッホの家にほんのすこししかいなかったから気づくよしもなかったのだが、父が言うには、彼の図書室には一冊のとんでもなく希少な本を除くなら通俗本は全然置いていないのだそうだ。父は週に一度よりもっと足繁くシュティヴォルにブロッホを訪ねたいのだが、軽はずみからこの関係に余計な負担をかけないようにしなければならないことはよくわきまえている。

　ぼくには、父がふだんは見られないほどの強い思い入れで不動産業者のブロッホに執着していること、そしてたぶんブロッホのほうでも完全には察知していないその度合いの強すぎることが不思議だった。だがぼくは突然、父がいかに孤独か、そしていかにわずかしか自分を子供の前で曝さないかを思った。

　父はほとんど家におらず、妹はいつもひとりぼっち、父もいつもひとりぼっちだとぼくは考えた。

　実際父はますます多くの人と交わるようになっているが、それはますますひとりになるためなのだ。

　しかし父は、自分の完全な孤絶状態についてぼくが思いをめぐらしはじめたことに気づいた。同情につながる観察をされることが嫌な父は言った「私は誇張がすぎる。すべては全然違う。いつもすべてが全然違っている。自分を理解させることは不可能だ」。

　エーベンヘーの住居へは、囲いのない、すぐに気づいたことだが落ちた林檎も落ちた梨も拾われないままの果樹の多い庭を通っていく。庭がきちんとしていないのはリズムを乱した疑わしい人間たちの存在を暗示しており、そこを支配するのは熱にうかされた病的な静けさだった。一階建ての建物はすべての窓が開け放たれ、蒸し暑い日で、あの窓のどれかの向こうにエーベンヘーが寝ているのだろう、とぼくは考えた。

ぼくは、彼女は目覚めたまま横たわって、庭の足音に耳を澄ませ、その足音からやってくる人の見当をつけているのだ、と想像した。ぼくは、エーベンヘーの病室を現実とほぼ同じにだがもっと陰鬱に思い描いていた。彼女がいまは抵抗なく受け入れている死病の匂いのする下着があちこちに散らばっていた。

大きな灰緑色の安楽椅子からついさっき、彼女に本を読み聞かせていただれかが立ち去ったところだったが、たぶん彼女に買い物を頼まれて村まで出かけたところなのだろう。隣人だろうか。親戚の女性だろうか。

子や孫から見捨てられてほそぼそと生きている老いた独り身の女性たちが住むこうした家に足を踏み入れるとき、ぼくはいつも息が詰まる思いがした。首の長い花瓶に活けられた花が窓べに置かれ、食い意地の張った傍若無人のカナリアが一羽籠に入れられていた。

下着はもう隠されず、苦痛ももう隠されず、嗅覚は鈍くなり、もはやそれとともにひとり取り残された病を内緒にしておく理由もない。

父は開いたままのドアを通って部屋に入るとき聴診器で鳥籠に触り、驚いた小鳥が籠の隅に飛びすさる音で病人の眠りを破った。

眠りから目を醒ましながら自分がまだ苦しみに満ちたこの世にいることを確認する救いのない

運命をわきまえた女性たちの浮かべる微笑みを目にするのは恐ろしい。

それから嘘が取り交わされる。父は、遅まきにいまごろになって全土に広がっている夏について、あちこちで見られるさまざまな色彩について話す。今日は久しぶりに息子、つまりぼくを連れてきた、とも。

ぼくは彼女の近くの薄暗がりの方に歩いてゆき、それから安楽椅子の方へ戻る。ぼくは本をどけてそこに座る。『クレーヴの奥方』だ、とぼくは考える、シュティヴォルの『クレーヴの奥方』だと、そしてその本をパラパラめくりながら、目の前のベッドに寝ているこの人はどういう人なのだろう、この人の夫はどういう人だったのだろう、と考える。

いまになってどの壁にも顔一面に髭を生やした校長の大きな写真が掛けられているのが目に留まる。立派な髭の中からこちらをうかがうどれも同じような表情だ。

この時父が「校長夫人」と呼びかけ、彼女に大きく変わった天候と、その到来が遅すぎたためもういまからではそれを活かすことができない疲弊した人たちの話をする。

グラートヴァイン、イーベルバッハ、リンツそしてリギストに住む共通の知人について、父は話す。フライストリッツの郵便局長とヴォルフスベルクの製粉工場オーナーの夫人の話が出る。パックシュトラーセでの恐ろしい自動車事故の話も。

エーベンヘーは、もう全然痛みがなくなったと言い、ここの教会でオルガンを弾いているウンツマルクト出身の教師の妻の話をする。

毎日彼女の教え子たちが彼女を見舞いにきてくれた。

彼女はテーブルの真ん中に置かれたプレゼントを指さした。

司祭が訪問にきてくれる。近所の女性（「彼女は村に住んでいる！」）がいま、夫が生きていた間は絶対読まないことにしていた本を読みきかせてくれている。ときどき自分と同じように病に伏す姉がそこの養老院に入っているオーバーヴェルツのことを考える。「寝たきりの姉です」。エーベンヘーは養老院への入居をずっと拒んできたのだが、息子がシュティヴォルの養老院の方が自宅にいるより手厚く介護してもらえると言い出してから、子供たちの親切が疑わしく思えてきた。孫たちはいつも日曜日に一張羅のよそ行きを汚してやってきて、この部屋で古新聞を持ち出して遊んでいく。

彼女の夫は、と彼女は言った、一九四八年に社会党の上院議員候補に推薦されたのだが、最終的な候補者リストができあがる前に、ぼくの父も知ってのとおり、事故で死んでしまった。

彼女はいまでもまだ夫の四人の同級生が棺を運んでくれた場面をありありと思い出す。「その四人とももう亡くなっているんだけれど」と彼女は言った「みな次々に死んでいったの」。

二カ月前に病院からシュティヴォルに戻ってきた当初彼女にとってすべてはどうしたら眠れるかの闘いだったが、いまではどうしたら起きていられるかの闘いになっている。庭では何も起こらない。彼女は手伝いに来てくれている近所の女性に苦言を呈さずにいられず、「あの人は何時間も顔を出さずにいることもある」と言った。

父は着衣の上からエーベンヘーの胸に聴診器を当てて、診断した。それから処方箋を書いた。ぼくは、父が本当はもう出ていきたいのに、往診時間をなんとか引き延ばそうと頑張っていることに気づいていた。

もう長いこと自分で演奏することはできず、想像するだけになっている音楽だが（「わたしはまだ聞くことができる」）、もし音楽がなかったら自分の人生はもう何の価値もなくなっているだろう。彼女にはもうとうに自分の身体が死体同然に思われ、鏡を覗くと「見る影もなくやつれてしまったこと」に愕然とする。

彼女は自分自身が病気になると思ってもみなかったころ何度もオーバーヴェルツ養老院の一室に六人の同年配者といっしょに寝かされている姉を見舞いたいと思ったのだが、いまとなってはもう二度と姉に会うことはないだろう。

昨日の夜、彼女は子供の頃のもっとも古い体験のひとつであるクリムルの滝壺に立って繰り返し母親を呼んでいた。

突然彼女は笑い声を立てた。

夫とは、と彼女は言った、本当には知りあうことなく結婚した。

クニッテルフェルトの出で製材所の職人頭の娘としてクニッテルフェルトを出外れたランチャッハの上の丘で育った彼女を、夫が一九一九年にケフラッハの聖体行列で見初めて三週間後にシュティヴォルから迎えに来たのが、ふたりが顔を合わす二度目で、シュティヴォルで行われた結婚式の前日の晩のことだった。

　衣装箱の上に置かれたフランツ・シューベルトの石膏の胸像は後頭部の下の辺りが砕けたのを貼り合わせてあった。その胸像の下に楽譜が山積みになっていた。

　若い頃は、とエーベンヘーが言った、ダンスをしたし、一七歳の時にはオーバーエスターライヒ州のモーントゼー湖の長い方の端から端まで泳いだことがあった。彼女は地図帳を調べる趣味を長いこと夫といっしょに分かち合った。一度彼女はローマに行き、一度パリへ行った。夫も彼女も金の支出は切り詰めたから、ふたりは早くにシュティヴォルに家を構えることができ、第一次大戦後ほどなく手に入った遺産で借金はすべてきれいに払い終えた。彼女には一五年間シュタイン刑務所に入っていた弟、「弟である重罪犯、重罪犯である弟」がいたが、その弟に彼女は夫の目を盗んで毎月手紙と金と小包を送りつづけたのだった。自分の弟が犯した罪について彼女は口をつぐんでいたが、ぼくの父は彼が自分の許嫁を殺したことを知っていた。刑務所から出所するとすぐ、弟はシュティヴォルの、姉の家に来た。彼女は弟のために屋根裏部屋を整えたが、弟はそこへ最初の一時間が経った後から引きこもって、一度もそこから出てこなかった。彼女は、シュタインから出所した三日後、窓の十字形の桟に結んだ紐で首を吊った弟を発見した。葬儀は悲惨を極め、彼女は参列する力もなかった。夫は死ぬまで彼女が弟を家に入れたことをなじりつづけた。彼女の弟の自殺によって彼には自分の家が突然不気味なものになってしまった。彼女は弟の写真を一枚持っているが、それは弟が許嫁を殺してフロンライテンの川下でムーア川に投げ込んだ日に撮られたものだった。彼女はぼくにテーブルの上の封筒を取ってくれと頼んだ。ぼくは立ち上がって彼女にその写真の入っている封筒を手渡した。「ハンサムな人だった」と彼女は言った。エーベンヘーはぼくたちがそこにいた間中、その写真を手に持ち、ベッドカバーを見つめながら、弟にまつわるクニッテルフェルトでの子供時代の話をした。

　弟は自分から見ればけっして一瞬たりとも悪い人間だったことはなかった。

　父はエーベンヘーに会うのはこれが最後だと思っているにちがいない、さもなければとっくに席を立って出て行っているはずだ。

　いまは目をつぶっている方が彼女には以前よりずっとよくものが見える。

彼女は、どれもよい状態で衣装箱の中に吊してある服をだれに遺そうか考えている。

この家はもうずっと前から息子のものなのだが彼はまだそれについて何も知らずにいる。

息子が全然自分の世話をしてくれないと言うことはできないが、その面倒見は義務の範囲を超えることはない。義理の娘は彼女に強くなる一方の憎しみしか抱いておらず、それは最初に会ったとき自然に芽生えた反感が年とともに恐ろしいものへと生い育ったのだ。息子は自分のことを憎んでいる嫁の手前母親に愛情を示すことができない。嫁のどんどん破廉恥さを増す姑いびりの狡知さに「心の萎える」思いがしている。夫を失った彼女は彼の死後結局は息子と息子の嫁の卑しい専横に身を委ねるしかなくなった。嫁は彼女を容赦なく出口なき孤独の暗闇へ突き入れ、息子はそれを傍観しているだけだった。彼はあまりに早い十分成長しきらぬうちにケフラッハ出の女との結婚を両親から逃れる近道と思いこみ、その結婚に飛び込むやすぐ破綻を来した。息子はクロッテンドルフのとある皮革再生業者の見習い工として日曜まで働いている。彼の着ている服からは訪ねてくるたびにひどい腐肉の臭いが流れだしたが、嫁の服からも孫たちの服からも悪臭がした。彼らが来ると家中に腐肉の臭いが立ち籠め、と彼女は言った、彼らがみな帰った後には、すべての窓を何時間も全開しなければ、とても耐えられたものではなかった。しかし悪臭を撒き散らす本人たちはもう自分の匂いに気づいていなかった。

　息子は「大男のように背が高く」異様に長い腕と「がっしりした」手の持ち主だが、以前はいつも気立てのよい人間だった。自分の父親を彼はすでに早い段階で不幸に陥れていた、というのも息子が口をきき始めた段階でもう、知的制約を負っていることが明らかになったからだ。実際彼のことを父親は自身が校長をしている小学校で二度も上のクラスへ進ませることができなかった。上級学校への進学は考えられなかった。夫は息子のことでだんだん教育への懐疑に苦しめられた結果恐ろしい「鬱状態」におちいり、平静でいることも、まして満足感を味わうこともできなくなった。グラーツで精神科医を訪れたが何の役にも立たず、たくさんの金を浪費しただけだった。彼らはしかしふたりの人生を萎えさせるその悲しい状態がいつかは終息するかもしれないと望みを断たなかった。だが息子の状態が好転することは待っても無駄だった。夫はもしコーアアルペから滑落して死んでいなかったなら、おそらく「精神的に制約された」息子のことで「長く哀れな」破滅の道を辿っていただろう、と彼女は言った。息子は突然長い休止の後にぴょんぴょん跳びはね始めた獣のようにケフラッハの興行師の娘の「上に」跳びかかった。彼はすぐに子供を孕ませたので彼女と結婚するしかなかった。

　最初は彼女の家族が彼をシュタイアマルク州やニーダーエスターライヒ州やブルゲンラント州の年の市に連れて行ったが、しばらくすると「情勢が」悪くなったため、彼の妻がクロッテンドルフの皮革再生業者のところに勤め口を探してきた。

　エーベンヘーはときどき、湯気の立ち籠める皮革再生業者の仕事場で上半身裸になった息子が木の棒でものうげに大桶の中をかき回している、それこそ何時間も何時間もかき回しているのに、嫁は「身体も洗わず身ごしらえもせず脂じみたパジャマ姿のまま」自宅の台所で「物語誌」の連載小説に読みふけっているところを想像する。彼女には孫たちの住んでいる家がどんどん汚く臭くなっていっているように思える。彼女にとってあんないいところの出の夫との間にどうしてこんな獣としか思えないような息子が生まれてきたのかは実際いま身を滅ぼしかねない謎なのだった。可能なかぎり昔へ遡ってみても両方の家系、自分の家系と夫の家系には「繊細で堅実な人間しか」見当たらないが、息子はその中で唯一の「怪物」だった。殺人者の弟にしても繊細な神経としかるべき知性を持ちあわせ、精神的欲求に関してはあくなき受容者であって、実際息子と違い彼女に不気味な感じを与えたことはなかった。ただし息子はまだ法に触れてはいない。息子の善良さが彼をいままで犯罪から守ってくれた。しかし彼女がだんだん気づいてきたところでは、その善良さが彼の中で徐々に影を潜め、彼女の恐れる冷酷さに座をゆずっていっているようなのだ。彼女のもっとも近しい親族は、修練を積んだ彼女にはベッドの中にいても開け放たれた窓から聞こえてくるのだが、いつも庭に足を踏み入れたとたんにもう下品な話を交わし始め、まるで彼女に対する恥ずべき卑劣な陰謀で結束しているかのように、彼らの間で投げかわされる「お祖《ば》母《あ》ちゃん」という言葉を自分たちの間で投げ交わしながら玄関に入り、そして彼女の部屋に入ってくる。ふたりは子供たちを部屋の床で匍《は》わせておき、自分たちは彼女のベッドに腰を下ろす。そして彼女の前で相手のことをこきおろしあい、嫁は息子のことを気の利かない「食料調達屋」と呼び、息子は嫁を「へまな料理番」と呼んだ。互いを罵るのに疲れると、彼らは潮時を見計らいまた子供たちを先に立て下品な話を交わしながら腐肉の臭いを残して去っていく。

　彼女は、とエーベンへーは言った、自分が死んだ後息子が家を売るのではないか、そしてそれで得た金をたちまちのうちに失ってしまうのではないかと思う。あの子はどうせシュティヴォルには住めない、と彼女は言った。自分の家具が息子と嫁の処分権の下に置かれることを思うと胸が悪くなってくるが、彼女のピアノや衣装箱の上に置いてある夫のヴァイオリンや楽譜や本のような貴重な品々もあの相続人たちの手に渡るのだ。彼女は、息子の家族がクロッテンドルフでいかに悲惨でどれほどすさんだ暮らしをしているかはわざわざ足を運ばなくても分かる。一度彼女は、まだ元気なころ、彼らからクロッテンドルフへ招待されたことがあり、そのときは風邪からくる恐ろしい頭痛にかかっていたため、その恐ろしい目を見ずにすんだ。彼女は長年思い描いてきたことに現実の中で向かい合うのを恐れたのだ。クロッテンドルフからはあたり一帯に腐肉の臭いが広がるが、東風が吹く日にはそれがグラーツまで達することもある。クロッテンドルフに住むとは、たえず悪臭を発する生業《なりわい》の地獄に身を置くことだ。

　彼女の息子は、彼女にはいつもショックだったのだが、皮革再生業の仕事とは自分には興味のない単調で肺と腎臓に悪いものだと言っている。だが二カ月に一度クロッテンドルフの皮革再生業の三〇〇人の労働者を診察する医者たちは、息子には肺にも腎臓にも疑わしいところは見つけていない。一〇年間クロッテンドルフで働くと、とエーベンヘーはまるでベッドカバー越しにクロッテンドルフの方を見はるかすかのように言った、「クロッテンドルフの大桶の中を一〇年間掻き回していたら」クロッテンドルフの労働者の肺と腎臓には異変、それも「致命的な」異変が生じる、と彼女は言った。自分の息子はだが考えられないくらい頑丈にできている。あの子の「巨体」は彼女にはいつもひとつの異物だった、彼女にも彼女の夫にもそうだった。小学校を終えると息子は、弟が首を吊った屋根裏部屋で毎日毎日かたくなに前を見すえながら黙りこくって椅子に座っていることを、父親の死までつづけた。おそらく彼は他に何も考えていなかったからだろうが、父の埋葬が済むとすぐ、前にもちょっと言ったことだが、あの「頭のおかしな子」はクニッテルフェルトに下りて行き、行き当たりばったりの女、つまりいまの妻に出会ったのだ。彼は、と彼女はよく考えるのだが、もし自分のところに留まっていたなら、母親によって救われていたかもしれない。長いこと息子のかたくなな寄る辺なさがかわいそうでしかたがなかったのだが、そしてああやって両親の人生を意味もなくしかし罪もなく破壊しなければならなかったことも、あるいはまさにそれゆえに不憫でならなかったのだが、いまはもうかわいそうとは思わなくなっている。もうあの子には疲れた。

いまはもう自分の息子と嫁と孫たちへの嫌悪もすべて終わった。

彼女は、ずっと息子のことばかり話しているうちにわたしの部屋はわたしの臨終の部屋になってしまった、と考えていたのかもしれない。夜になると部屋が縮んできて、と彼女は言った、息が詰まるのではないかと怖ろしくなる。

父は彼女とぼくたちの気持ちを切り替えるために、シュトゥープアルペの話をもちだし、その高山帯の黄色い松、秋の冷気、頂上近くの岩肌を疾駆する野獣、そして麓を勢いよく流れるロープミング川の奔流について語った。

このごろはよく息子つまりぼくを往診に連れていく、と父は言った、ぼくは人間を知っておくことが必要だ、ぼくはそれを欠かしてはならない、と。子供たちといっしょに暮らしているが、父には子供たちが自分を見抜くようには、子供たちを見抜くことができない。両親が子供を前に抱え込む困難はますます大きくなり、しまいには解決不可能になる。

父は今日に至るまで妻つまりぼくの母の死を理解できずにいる。もっとも何もかもが理解できないのだが。

だれが三年前に、父がぼくと妹の三人で取り残されるなんていうことを考えただろう。

「頼り切っていたかけがいのない人がとつぜんいなくなるなんて」と父は言った。

ぼくがレオーベンの鉱山大学に入ったのはとてもよかったと思う、と父は言った。自分はぼくのことは少しも心配していない、心配なのは妹だけだ。すぐにいろいろな病気にかかる妹は引きこもって家政婦とふたり自分だけを相手に生きている。傷つきやすい心ゆえに何日も部屋に籠もったきりだ。

父は愛情をこめてぼくたちのことを話し、エーベンヘーは注意深くそれに耳を傾けているようだった。

彼はときどき自分の話を聞いてくれる人が必要なのだと、ぼくは考え、ブロッホのことが思い浮かんだ。

ぼくたちつまり妹とぼくは父が家を空けているときはいつも互いに支えあっている、と父は考えている。

ぼくが自然科学に興味を持っているのが父には嬉しい。父はぼくの寡黙さが病的ではなく理に適ったものなので不安は持たないがはらはらせずにいられない。でもぼくの身体は健康だと信じている。

ぼくの友人たちは父の知るかぎりでは、ぼくと同じようにみな健全で、父はレオーベンを訪ねるたびに彼らに会うのを楽しみにしている。それから父はぼくを連れて大きなレストラン、ゲルナーに夕食を取りに行く。しかし父はいつも帰りを急がねばならないのが、やりきれない。ぼくが自分で大学での専攻を探してきたことと、いちばん早い機会に卒業できそうなことが嬉しいし、ぼくはほかのだれよりも先を行っているように見える。

レオーベンは鉱山学を学ぶのに、大きすぎも小さすぎもせず、必要は満たすが無駄なものは与えないとてもよい町である。あそこの気候はうちのあたりほどではないにせよ、ひじょうに健康によいのは確かだ。ぼくは楽しむ機会があればそれにけっして心を閉ざすことのない人間だが、度を過ごすことの好きな質《たち》ではない。それがなにより父を安心させる。ぼくがもう二一歳になったのが「不気味に」思われる。

父はぼくがもっとスポーツをすることを望んでいるけれど、何がぼくのためになるかをいちばんよく知っているのはぼくのはずだ。要するに父としては、これまでぼくに何ひとつ不自由な思いをさせずにきたのだから、ぼくが誠心誠意行動して父の望みを叶えると期待してもいいと思っている。いずれにせよ、前進しつづけるというのはいついかなる場合も容易なことではないのだが。

父はぼくの妹に、母に見ていたのと同じもの、すなわちますます母に似てくる性格の心身への現れが日々強まっていっているのを見て取っている。

彼にいつも不安とともにのしかかる妹の内面もその肉体も、この上なく傷つきやすくできている。

妹の気分はころころ変わる。完全に神経系の支配下に置かれた彼女はたえず危険にさらされているのだ。

妹はぼくたちからだんだん自分を閉ざし、自分の殻に閉じこもる一方なので、父にとっては解決不能な問題が雪だるまのように大きくなってゆくばかりだ。

ぼくには、妹はもうぼくたちに追いつかれることのないほどの彼方へぼくたちから遠ざかって行ってしまったように思える。ぼくたちふたりはぼくたちにとってとんでもない瞬間に母を失ったが、妹にとってはひょっとしてあれは致命的な瞬間だったのではないか。

最初、と父は言った、彼は妹をボーデン湖畔の寄宿学校に入れた。だがそれはとんでもない間違いだった。厳しく苛酷な修道女たちの統制下に置かれた彼女はいよいよもってあのときからいまに至るまで途切れることのない恐ろしい憂鬱すなわちあの絶望的状態に陥ってしまったからだ。

一年前から妹は家で無感動そのものの生き方を貫き通していて、ぼくたちみながその生き方に従わされている。

ぼくは何度もレオーベンから手紙を送って妹に近づこうと試みるのだが、結果は出せていない。彼女の精神的な病が徐々に彼女の身体を侵す可能性も否定できない。父にとって妹は「耐えざる不安」の元だ。

ツァイチャッハの宿に、と父が言った、妹を連れて二日間泊まったことがある。しかしふたりがツァイチャッハにいた二日間、彼女は父と口をきかなかった。その両日ともツァイチャッハでは心地よい美しい自然に浸ることができたのだが。彼女は朝遅く起きだし夜は早く寝て、その町と周りの環境から昏乱に陥れられているかのようで、父の目論見とは裏腹にその滞在を気晴らしと受けとめることができず、ただ負担にしか感じていないようなのだった。

その次には彼女といっしょに南のリュブリャナへ、それからトリエステとリエカへ、全部で六日間の旅をし、そのために代わりの医者の手配までしたのだが、彼女のひどく落ち込んだ気分を変えることには成功しなかった。父は、妹の気持ちは、まさに明るい光の中へ歩みいるときに、暗く鬱《ふさ》いでしまうことに気づいた。

人生をあまり重く受け止めない陽気な人間の中に混じると彼女は不幸になる。快適な環境は彼女をいらつかせる。明るい昼は彼女をますます深い憂いに突き落とすのだ。

家に来客があると、彼女は引きこもって姿を見せず、客が全員引き上げるまで自分の部屋から出てこない。田舎で恒例の気晴らしの行事は彼女を途方に暮れさせるばかりだ。彼女にはひとりの友達もいない。ときどき彼女は真夜中にひとりで家を抜け出し、村の中を歩き回る。

彼女の不眠症は母の不眠症を思い出させる。

彼女が長期の予定で家を離れることがあっても、早くもその翌日にチロル州やザルツブルク州やスロヴェニアから帰ってきてしまう。

しかしそれでも彼女は、自分でもよく理解できていないらしい愛情でぼくたち、つまり彼女の父と彼女の兄に結びついている。

ぼくとの間では何もかもがずっと容易だが、彼女との間では何もかもが困難だと父は言った。

ぼくたちはこんなに長くいっしょに暮らしているのに、互いを知らずにいる。

ぼくたちはこの上なく密にいっしょでいながら、みんなが完全にばらばらだ。

人生全体が、いっしょになろうという闇雲な試み以外のなにものでもない。

ぼくは、父がぼくたちについてこんな思いやりをこめて話すのを聞くのは初めてだ、と思った。父は、ぼくが学業を終え、父を失望させることのない道を歩み始めるのが、目に見えている。このとき彼は、エーベンヘーが寝てしまったのに気づき、立ち上がって、ぼくがまだそこにいるか確認した。ぼくがずっと話を聞いていたので、ばつが悪かったようだ。

ぼくたちが庭を眺めると女の人が見えたので、ぼくはあれが例の近所の人だと思った。ゴム長をはいて庭草の中を歩いていた。玄関でゴム長を脱ぎ、部屋に入ってきた。彼女はエーベンヘーのためにいろいろな食料と一本の赤ワインも買ってきていて、それをテーブルの上に置いた。彼女は父を知っていた。父も彼女を。エーベンヘーが目をさました。ぼくたちにグラーデンベルクの殺人事件を知っているか、とその人が訊いた。グレースルはまだ逃走中だ。今年はこれがブントシェックで四度目の殺人事件ね、と彼女はエーベンヘーに、リギスト出身のふたりとも首を絞めて殺された陶工と女性教師、そして射殺されたアーフィングの毛皮加工職人ホルヒを思い起こさせた。彼女はパンとバターを取り出すと「今日は蒸すこと」と言った。

父は今朝、殺されたグラーデンベルクの旅館の女将のところに行ったことを認めた。彼女はケフラッハで死んだのだ、と父は言った。

近所の人はエーベンヘーの枕を整えそれをひっくり返すとシーツのしわを伸ばした。ぼくたちが別れるとき、エーベンヘーはまた寝てしまっていた。

シュティヴォルのマルクトプラッツを通って自分たちの車のところへ戻りながら、ぼくたちは今度ぼくが受けなければならない試験について、レオーベンの学生同士の関係について、彼らの感じている退屈と彼らの人生への倦怠感について話し合った。最も優秀な学生たちに頻発する自殺について。奇妙なのは、まさに裕福な者たちに自殺する傾向が見られることで、彼らはまず初めに退屈というこの世でかかりうるもっとも恐ろしい病に捕らえられるのだ。

　レオーベンの鉱山大学は優れていて有名なのに、まさにそこの学生たちによって不当に過小評価されている。ぼくはあの大学は世界で三指に入ると思っている、とぼくは言った。レオーベンのすべては、発狂しないでいるためには全身全霊で勉学に打ち込むしかないようにできている。

　ぼくは孤立はしていないけれど、とぼくは言った、毎日新しいエネルギーを費やさないと先へ進むのに必要なみんなから隔絶した状況を生み出すことができない。ぼくは時として傍若無人になり、親しくしている友人を傷つけてしまうことがある。勉学に関してぼくの受容能力に絶対的停滞が生じてしまうと、ぼくは寮を後にほとんどはひとりでムーア川の岸辺ぞいに勉学のことだけを考えながら歩くことで吹っ切ることにしている。でもぼくはときどきただムーア川へ、あの褐色で緩慢に流れるねっとりした川の畔へ、完全に気を紛らわせることだけを目的に出かけ、北側の丘の上で空想に、すなわち表層の本質に関わるぼく独自の思索に耽ることもある。地球の表層の性状は観察する度に新鮮に映り、どの角度から眺めたときもぼくを蘇らせる力を秘めている。

ときどき空気の成分を調べる目的で何キロメートルも北東のゼンメリング峠の方向に歩くのだが、それがぼくの大きな楽しみになっている。自分は最終的には完全に自由だという思いを抱くことができ、そう言ってよければ、幸せを感じるのだ。

ムーア川沿いのこの地域の地盤構造を想像すると、ぼくは冷静になり、勉強で酷使しすぎた頭が失っていた明晰さと受容力をとりもどすことがまれでない。

ぼくはもう長いこと自分のことを一個の組織体と見なしていて、それがぼく自身の意志力の号令一下に動くよう鍛えてきている。もちろんときどきは後戻りを経験することもあったけれど、絶望するまでには至らなかった。絶望に陥りやすい状態から脱するためなら、とぼくは言った、極度の緊張を耐え忍ぶ価値がある。深い絶望に落ちるよりは、とぼくは言った、極端な緊張に耐えるほうがましだ。

ぼくが何の緊張もなくやすやすと、極端な疲弊《エアシェップング》そのものである被造物《シェップング》の世界を見通すことのできる瞬間がときどきやってくる、「ときどき」だけれど、とぼくは言った。

ぼくは毎日毎日自分を一から作り上げ、そして完全に破壊する。

自分を制御すること、自分を脳みそから始めてひとつの機械に改造することは楽しい、この機械は命令すると、ちゃんとそれに従う。

人間が幸福でありうるのも自分の本性を見抜くのも、この自己制御においてでしかない。

しかし一度でも自分の本性を見抜くことができるのはごく少数の人間だけだ。ふだんたえず心が陰っている状態に何の手も打つこともなく、感情の影に覆われたままでいると、人間は絶望に陥らざるをえない。でも理性が支配していれば、絶望は起こりえない、とぼくは言った。

「そういう完全な理性の欠如状態がぼくの中に生じると、ぼくの内面は絶望一色になってしまう」。でもぼくがそういう状態に陥ることはめったにない。そこから抜け出せないかぎり人生は緊張を強いるものだけれど、それに理性的に持ちこたえるのは楽しみでもある。ほとんどの人間は感情的人間で理性的人間でなく、それゆえほとんどの人間は理性でなく、絶望に埋もれる。

「ただぼくの言っている理性は」とぼくは言った「全然科学的なものじゃないんだけど」。

父はぼくが急に饒舌になったのに気づいた。父は、自分にも人間にはありえないがゆえに人間にとって本来全然問題にならない何かについて語ること、あるいは語れないまでもそれを観察することができるようになるときがある、と言った。

ぼくたちはブロッホの家の前を通り、名前を失念したすこし頭のまともでない実業家の家のあるハウエンシュタインへ向けて車を走らせた。アブラハムからはガイストタールを経由する近道を取った。

学生たちはみないつもおおきな不安状態に置かれている、というのも学生たちは大学にいる間は、彼らが後に残してきた両親と彼らがまだ到達していない将来の世界との間の空白に身を置き、まだどちらかといえば将来の世界の方へ向かうのでなく両親のもとへ帰りたいと感じているからだ。この空白状態の中で、彼らが自分は両親のもとへ帰ることも将来の世界へ踏み入ることもできないと覚ったと信じる瞬間に、ときどきとんでもない破局が生じることがある。最近の半年に寮内だけで三人の自殺者が出た、とぼくは言った。その三人とも死ぬまで感情や心にほんの少しでも弱いところがあるようには見えなかった。

　ぼく自身はいままでただの一度も自殺しようと考えたことはなかった、とぼくが言うと、父は、自殺の想念は彼にはいつもとても近しいものだった、と応えた。父は子供の頃よくそこに他の想念からの逃げ場を求めた。その想念は彼にはつねに、ときどき頭の中へ入り込んでくる生きるのに欠かせぬもの、彼が自分に休息を許す場として生み出すものであって、けっして彼の中に内在するものではなかった。ぼくたちふたりはそのとき、妹がたえず自殺の想念に、いな交互に自殺の想念と自殺の試みのどちらかにおそらくほぼ完全に囚われているように見えるのはどんなに危ないことかと考えていた。彼女はまだ幼い少女のころすでに自殺の傾向を示した、と父は言った、初めは芝居がかった感情の付け焼き刃だったものが後に自然な感情として発生することがありえて、それが破局に終わるのだ。

　アブラハムを通り過ぎると斜面にひろがる果樹園が目に入ってきた。農民たちは蓋をしていないリンゴ酒の樽を日向に置きっぱなしにしていた。家はどれも古かった。ガイストタールとハウエンシュタインの間ほど人里から遠い地域はほとんどないと思う。

　シュティヴォルで長居をしすぎたようだ、と父は言った。ハウエンシュタインではもう午前中いっぱい自分を待っている。そこの狩猟館に引きこもって暮らす実業家は自分自身を苦しめる、だがその苦痛から気をそらせもする著作活動に専念している。父がまだ五〇に手の届かないその人物と知り合ってからもう二年以上になる。実業家は郵便だけで世間とつながっている。父親違いの妹が彼と孤独を、ぼくもすぐに目にすることになるが、完璧な、実業家の言葉によれば彼にとって理想的な孤独を分かち合っている。その狩猟館を彼はもう一五年も前にぼくたちが引きつづき往診することになっているザウラウ侯爵から買い取っていたのだが、早くもそのとき徹底して哲学的な、だが頑なに黙秘しつづけるあるテーマの著作活動を視野に入れていたのである。それについて話し始めたら、と実業家は何度も父に言うそうだ、そのとたんにもうだいぶ進捗している仕事を破壊することになり、もう二度と最初からやり直すことはできなくなる。彼は昼も夜も休まずに書き、書いたものを破棄し、書いてはまた書き、再び破棄し、そうやって自分の目標に近づいていっている。彼が仕事以外に唯一自分に許容しているのは図書室か台所でごく短時間父親違いの妹と会うことであり、そのときも食事について打ち合わせるだけだ。異父妹は週に二度買い出しと郵便の発送と受け取りのためにガイストタールに行く。ふたりは狩猟館にいわゆる非常事態に備えて膨大な備蓄を置いているが、それには手を付けない。妹は実業家の母親とチリ人の父親との間の娘で、と父はぼくたちがゆっくりハウエンシュタインに近づいていっている間にふたりの関係について説明してくれた。彼らは夫婦のように暮らしているが、彼女は父を狩猟館に迎え入れ、異父兄に父が来たことを告げるとすぐに自室にこもり、父に別れの挨拶をするときまで顔を出さない。

実業家は糖尿病で、と父は言った、数時間ごとに自分で注射を打たなければならない。月に二、三度父はそのつねに変わることのない病状の確認をしている。彼つまり父には、ハウエンシュタインのふたりの住人が父以外のだれかをかつてここに迎えたことがあるかどうか分からない。父はあたりの人に何度か、ハウエンシュタインにだれか、とくに都会からの客人が訪ねてくるか尋ねてみたのだが、だれも知っている者はいなかった。その建物は実業家と妹以外のだれも住んだ者はおらず、もう何十年もそのほかのだれかが足を踏み入れたことはないかのような印象を与えた。狩猟館がふつうそうであるように野獣の剝製や角であふれているわけでなく、ほとんど完全に空っぽで、中には最低限必要なものしか置かれていなかった。実業家の妹の部屋にもベッド、机、衣装箱そして椅子が一個ずつしかなかった。壁には絵は掛けられておらず、家中に一枚も絵はなかった。実業家は絵を嫌い、肖像画を憎んでいた。彼には、家中ができるだけ空っぽで、できるだけ何もない状態でなければならない。家に置いてあるわずかなものはできるかぎり簡素なものだ。狩猟館のまわりの自然、その密生した森を彼は壁と受け止めていた。郵便配達人は電報を持ってくるときはこの壁を通ってやって来てもよいが、狩猟館に立ち入ることは許されない、実業家の妹宛の郵便物を館の玄関前で手渡すときはその旨を大声で知らせなければならない。建物の裏には泉が湧いていてその水がうまいのだ、と父は言った。

ぼくたちは山間の深い谷に差し掛かっていたが、ひたすら森また森の中を走るばかりだった。

実業家の家の中には本も一冊も置いてない、と父が言った、彼は邪魔されなくてすむようにわざと一冊の本も置かないようにしている。ひとりきりでいようと思い、ひとりきりでいなければならないとき、本ほど邪魔になるものはないからだそうだ。

彼は妹が新聞を読むのは許していて、購読紙の中にはル・ソワール、アフォンブラデッド（スウェーデンの大衆夕刊紙）、ル・モンド、ラ・プレンザ（アルゼンチンの保守系日刊紙）が入っているが、ドイツ語の新聞は一紙もない。しかし彼女に許された外国の新聞は少なくとも一ヵ月経った、破壊力を失い詩的になったものでなければならないのだ。

実業家の服装は質素で、父はシャツとズボン姿の彼しか見たことがない。彼の言うには、中央ヨーロッパの全言語のほか、ほとんどすべての東アジアの言語をしゃべるそうだ。

彼は自分の仕事部屋に机と椅子と白紙の紙以外のものがあるのが我慢できない。そうでないと完全に自分に集中し、自分の仕事から気をそらされずにいることはできない。彼が書いているものの素材は、彼が一五年間に世界の大都市、五大陸の産業と商業の中心地で集めた経験で足りている。

彼の財産の所在地は世界中、とりわけ英語圏の国々にまたがっている。実業家はハウエンシュタインから、そしてそのためには一日たった一時間しか費やされないのだが、自分の事業を指揮している。四万人以上の従業員を擁し、絶えざる動きの中にある複雑きわまりない機構が、ハウエンシュタインにいる彼によって動かしつづけられていて、ますますよく機能しているのだ。

いまの仕事が完結したなら、「ひょっとして結果として残るのはたったひとつの想念だけかもしれない」と彼は一度父に言ったことがあるそうだが、彼はハウエンシュタインを出、この深い谷を後にすることを考えている。

食事はこの上なく簡素なものでも彼には満足だ。ますます森の奥深くへ、見はるかすことのできぬ「常緑の形而上的数学」の中へ、そう彼はハウエンシュタイン周辺の森を呼んでいる、入っていく散歩だけで、筋肉をたるませないようにするには足りる。彼は散歩の敵なのだが、「肉体から滅んでしまわない」ように歩いている。

一台の小型鉄製ストーブが彼の部屋を暖め、もう一台の鉄製ストーブが妹の部屋を暖めている。自分が糖尿病でよかった、と彼は一度父に言った、だからこそ彼はハウエンシュタインで妹以外にもうひとりだけ人間つまりぼくの父に会えるのだ。父が「ハウエンシュタインが完全に貫徹される」のを妨げてくれている、と彼は一度父に言った。

実業家を観察すれば、彼がめったに口を利かない人間であり、口を利くとしたらそれは彼にとって恐ろしいいらだちから身を守る行為にほかならないことがすぐに分かる。

父は、空っぽの部屋に暮らす人間が発狂しないですむためには、中を自力ではすなわちもっぱら自分自身の空想や空想が生み出す品々で埋め尽くす必要があるだろうと考えるから、空っぽの部屋を目にするたびに恐ろしい殺伐とした印象を受けずにいられない。

仕事をすること、森の中へ歩いてゆくこと、そして妹と食事について相談すること以外に実業家のする唯一の仕事は、狩猟館の裏の二本の木の間にさしわたした巨大な標的を銃撃することだが、ときどき彼にとりつくその欲求はだんだん強くなってきている。「私はあそこでトレーニングをするけれど、何のためにそうしているのか分からない」と彼は一度父に言った。

絶対的不眠と絶対的無気力がときどき彼の中で数日おきに、自分ではどうしたらその状態から抜け出せるのか分からないが、世にも恐ろしい仕方で交代する。

ふだん実業家は朝四時半に起き、昼の一時半まで仕事をし、何かを食べそして夜七時まで仕事をする。

彼は父親違いの妹にハウエンシュタインで「可能なかぎり最大の」自由を許している。しかしハウエンシュタインにやって来て六週間か七週間後の妹に早くも「ただしがちがちの教会依存に起因する」狂気の徴候を見いだした。だがその狂気は、と実業家は考えている、彼女がハウエンシュタインを後にする瞬間、妹の中から出ていくだろう。自分だけを頼らざるをえない彼女は、父親違いの兄の支配下に置かれつねに自殺すれすれで生きている。しかし彼女の兄は、妹がすべての面倒を見てやっているものの何を考えているのかさっぱり見当のつかない兄に遠慮して救いとなるかも知れない大声を立てることも身をよじることも自分に禁じているのをちゃんと観察している。父はそのきわだった潔癖症の人物から狂人施設に閉じ込められている頭のおかしな女性たちに見られるのとそっくりの緘黙《かんもく》癖を見てとっている。

「たぶん彼女の兄は彼女に私と話すことを禁じているのだろう」と父は言った、いつも彼女は父と話したがっているのだが、それを禁止されているという気がする。

父はたいてい夜明けにホッホゴーベアニッツのザウラウのところとハウエンシュタインに向かうことにしているが、それはその刻限が、空気がもっとも澄み、ロスバッハアルプスの眺めが最高に美しくなるときだからだ。

われわれが走っている道は、と父が言った、実業家が自分で金を出して作らせた私道であり、その全長が彼の所有下にある。実業家はいたるところに、失業した粉挽きや引退した森林労働者や失業した坑夫を配置して、どんな人間も彼に近づくことのないよう見張らせている。

自分が思うに、と父は言った、実業家は彼自身がいま自分でそう信じているようにあと数年はハウエンシュタインにいるのではないだろうか。父はその妹と違って彼にはほんのわずかな狂気の徴候も見いだすことができなかった。しかし精神と心情に重いどころか重篤な障害を被ることなく、こうした完全な孤立状態で生きることに耐えられる人間はいない。人間たちが哲学的なものと自負している人生のある決定的転機に突然ひとつの牢獄を発見し、やがて自らそこへおもむき、次にそこで自らの人生を学問的仕事ないし詩的学問的魅惑に捧げるというのはめずらしいことではない。またそうした人間が必ず自分に依存している存在をその牢獄の中へいっしょに連れていくということも。そしてたいがい彼らは最初はゆっくりその牢獄への同行者を、だが次には遅かれ早かれ自分自身を破滅へと導くのだ。だが父は実業家をそういう不幸な人間と呼びたくない、その逆に彼は完全に自分にふさわしい人生を送っているのであって、彼によって不幸きわまりない人生を余儀なくされている異父妹とはおお違いなのだ。

　初めのうちはこの実業家の異父妹のような人間も、と父は言った、自らの抑圧者に身を引き渡すことに抵抗するのだが、まもなくじたばたしても無駄なことに気づいて、他に道は残されていないから、恐ろしくも彼らを体系的に破壊せずにおかない、父が「恐怖の隷属的絶望」と呼ぶ絶望に押しひしがれたまま抑圧者に依存してしまう。

　だが実業家のような人間は徹頭徹尾情け容赦を欠くからこそ自分たちの目的を叶えるのであり、その目的とそれを叶える方法が世界からぞっとするものと受けとめられようと、いつまでも解けぬ謎として残ろうと構ったことではない。

狩猟館は実際森の中にぽっかり開けた空間に建っていた。それも一目で分かったことだが、これ以上ないくらい建物にしっくりする空間の中に。

狩猟館の中には狩りの記念物はひとつも見当たらず、もはや全然狩猟館には見えなかった。ぼくはすぐに牢獄と考えた。仮の牢獄と。窓の鎧戸はすべて閉ざされていたから、狩猟館には人は住んでいない、と思われても不思議ではなかった。

実業家の仕事部屋は建物の裏側にある、と父は言った。実業家はいつも部屋の鎧戸をひとつだけ開けておくことしか自分に許さなかった。

狩猟館の中のいっさいは彼が仕事に集中するのに役立つものでなければならなかった。

ぼくたちが車を降りると、父の来訪が待たれていたので、ぼくたちの近づくのが聞こえたとみえ、まもなく玄関のドアが開けられた。実業家の父親違いの妹がぼくたちを大急ぎで玄関の間に請じ入れたとき、ぼくはすぐ、この狩猟館はもともと狩猟館ではなかったのだ、と考えた、というのもこのあたりの狩猟館には玄関の間は付属していないからだ。たぶんこの建物は昔ザウラウ侯爵家の城塞の一部だったのだろう。玄関の間には天井から下がっている太い縄を除くと動かすことのできるものは何も置かれていなかった。その縄の用途はどう考えても謎のままだ。

父が、ぼくのことを息子だ、と言って紹介した。実業家の父親違いの妹はしかしぼくには手を差し出さずに、即刻姿を消し、ぼくたちを玄関の間に置き去りにした。ぼくの注意を引いたのは、ぼくたちが中に入るとすぐ、彼女が頑丈な角材を押して玄関の扉を閉ざしたことだった。父の往診に慣れていた彼女は、姿を消す前にその旨ひとこと断ることもしなかった。

　ぼくは父の後についていくつもの、鎧戸のすき間のおかげで真っ暗闇になることから免れている、白い石灰色の部屋を通り抜けた。ぼくたちは落葉松材の床の上を歩いた。そして二階に上がっていかなければならなかった。上は長い廊下になっていて下と同様に暗く、周到に暗くされているようだった。修道院の中みたいだ、とぼくは考えた。

　ぼくたちは慎重に歩いていたのだが、どの空間も空っぽなので、音がうるさく響いた。

　ぼくは二階の廊下を歩いているうちに、できることなら大声で叫び、大音声とともに、鎧戸をかたっぱしから開け放したくてたまらなくなったが、してはならないことをするのを理性の声に抑えられた。

　実業家の部屋の前で父は立ち止まり、部屋をノックし、実業家の要求どおり、ぼくを連れずに部屋に入った。申し合わせ通り、ぼくはドアの外で待っていた。

　長いこと何も聞こえなかったが、やがてその大部分がぼくには最後まで脈絡を欠いたままの単語の切れ端が、そして最後には実業家の仕事に関係することが明らかな言葉が聞こえてきた。この一週間で最大の進捗を遂げることができた、と実業家は言った、さらにこのまま最大の進捗を遂げるだろうと考えている。「私はこれまでに書いたものをすべて破棄しましたが」と彼は言った「にもかかわらず最大の進捗を遂げたのです」。

彼はこれから先まだ数年もしかしたら自分を滅ぼすことになるかも知れないこの仕事をつづけるつもりだ。「いや」と彼は言った「私は自分を滅ぼしはしません」。

それから彼は、順調に進行中の、重心をますますアフリカ諸国に集中させつつある事業について話した。自分はロンドンからもケープタウンからもこの上なく喜ばしい便りを受け取っている、と彼は言った。アフリカはもの凄いスピードで最も豊かな大陸へ発展しつつある地域であって、白人がそこから撤退中だという事態からとことん利益を引き出さなければならない。「白色人種は」と彼は言った「アフリカでは終わったのですが、私はいまあそこで始めたばかりのところでしてね」。自分の著作活動に話を戻しながら、彼は言った、彼はいまとはつまり「この数週以内に」自分の仕事にとって決定的に重要な発見をするだろう。この隔絶と「ここの空無」が、彼が「完全無欠で広大な理念界を実現すること」を可能にする。いま彼の中ですべてが実現しつつある。そして彼は自分の仕事を完結させるために総力を結集している。

彼はもはや自分の仕事に邪魔が入らぬよう、このハウエンシュタインで彼の「気を散らしていた最後の障碍」を取り除かせた。つまりこのハウエンシュタインの森にまだ棲息していたすべての野獣を撃ち殺して集め、ブントシェック地方一帯の「この上なく貧しい住人に」分け与えさせたのだ。

「いまでは窓を開けても」と実業家は言った「もう何も聞こえません。素晴らしい状況です」。

実業家の部屋の中でかなり長い沈黙がつづいたあとで、父が、ぼくが廊下にいることを実業家に告げているのが聞こえた。ぼくが、実業家も知っているようにそこの鉱山大学で学んでいるレオーベンから週末家に戻ってきたので、連れてきた。そこの廊下にぼくがいる、と。しかし実業家はぼくに会いたがらなかった。「いやいや」と彼は言った「あなたの息子さんにお会いするつもりはありません。新しい人間と新しい顔は、私の計画のすべてを台無しにしてしまいます。分かっていただきたいのですが、何もかも破壊せずにいないんですよ、新しい顔は」。

実業家は父に、今日はもうどこを回ってきたのかと尋ねたが、その訊き方からして、実業家はいつもそれを父に尋ねているらしかった。「グラーデンベルクに行きました」と父は言った「あそこの旅館の女将がグレースルという名の坑夫によって撲殺されたんですよ。それからヒュルベルクに回りました。それからザラに。そしてケフラッハに。アーフリングとシュティヴォルに」と彼は言った。「これからザウラウのところへ上って行かれるんですか」と実業家が尋ねた。「ええ」と父は言った「でもその前に下のフォホラーミューレに回らなければなりません」。

「いや」と実業家は話を蒸し返した「息子さんをお迎えするつもりはないし、新しく知りあうつもりもありません。知らない人間が突然現れると、私のすべてが破壊されかねません。すべてがです。そういう人間はやって来て、すべてを台無しにするのです」。やや間を置いて実業家は言った「この建物は完全にからっぽなので、私はここを支配している闇の中で何にもぶつからずにすんでいるのです」。父が出てきた。ぼくたちは玄関の間に下りていった。実業家の父親違いの妹がぼくたちを送り出した。森に開けた敷地も重苦しい雰囲気に包まれていた。「ガイストタールへ行って何か食べよう」と父が言った。ぼくたちは無言のまま来るときと同じ森を通ってガイストタールへ戻った。ぼくたちはひとりの人間も見かけなかった。この森の中には一匹の獣も棲息しておらず、姿の見えない監視人がぼくたちを見張っているのだと考えると背筋が寒くなった。ガイストタールの直前になって初めて人影を見た。昼時だった。最初はレーマスコーゲル経由でフォホラーミューレへ行くつもりだったが、アブラハム経由でアーフリングに向かい、そこの父がよく知っている旅館兼食堂に行くことにした。

　もうテーブルはみなふさがっていた、ぼくたちはキッチンに通され、そこでとてもすばらしいもてなしを受けた。グラーデンベルクの殺人事件と死んだ女将について話が交わされるのが聞こえた。グレースルはまだ捕まっていなかった。彼がひもじさに耐えかねて、どうせそんなに遠いところであるはずのない潜伏所から出てくるのを待つよりないだろう。

　食事の間に父はまた愛情をこめてヒュルベルクの子供の話をし、次にブロッホについて語った。

「みな容易なケースではない」と父は言った。彼は往診鞄を開けると、ブロッホから借りたディドロとニーチェとパスカルの本を置いてきてしまったことに気づいた。でもどうせこの数日間は読書ができるような状況ではないだろう。父の頭を捕らえていたのは、エーベンヘーを往診する習慣に終止符が打たれるということだった。というのも彼女はもう数日の命であり、眠るように終わりを迎えるだろうからだ。父はそれから今朝一番に往診したが診察中に息を引き取った教師の話を始めた。田舎教師の運命とは苛酷なもので、どんなに小さかろうが住心地の良い町に住んでいてもそこから彼らに牙をむく山間の狭くて寒々しい谷間へとまるで罰せられるように追いやられることがまれでなく、そこで不愉快な省令の定める学則に抑圧される一方の憐れむべき生活を送るうち、たちまちのうちに狂気へと姿を変える致命的無気力におちいることが多い。彼らはとても若い頃から人生を恐ろしい罰（神罰だろうか）と感じる傾きがあり、自分たちを真面目に扱わずにいたるところで見下す環境にたえずさらされつづけるうちに、ただでさえ弱い理性を痛めつけ性的過ちに誘う風土の中へ追いこまれてゆくのだ。

　父にとってザラの教師の悲劇的運命はすでにずっと毎日頭に付きまとって離れない「馬鹿げた」想念の元になっていた。しかし父はそれについて話すつもりはない、と言ったのだが、どうやらそれは本心ではなかったようで、その証拠にすぐ、教師が二年前、かつて勤めたオプダッハの学校に最後に立ち寄った話を始めたのだった。父の知るかぎりでは、教師はある落ち着きのない少年と何度か接触したことがたたって、チロルへ、ついにはイタリアへ、それどころかスロヴェニアへ潜伏する羽目になった。教師は未開人のように言葉の通じない人たちの間で、二年間の大半ものをちょろまかしながら露命をつないでいたが、突然、完全に取り乱した状態で国境を越えて戻ってくると、自首して出た。すぐに開かれた裁判の結果は、ブルックの参審裁判所が彼に二年間の禁固と二年間の懲役という判決を下すことで幕を閉じた。彼はその刑期をガルステン刑務所で終えることを命じられた。釈放されると、彼は（ぼくはエーベンヘーの弟のことを思い出していた）ザラでささやかな農場を経営している両親のところへ戻り、ふたりから愛情のこもった世話を受けた。もちろん、と父は言った、教師が心臓病、それも心臓破裂で死んだと言えないわけではない、そう言ってすますほうが手っ取り早い。「だがそんな簡単なことではなかった」と父は言った。

死にゆく教師の顔に、父ははっきりと、自分という人間を理解しようとしなかった世界への非難を読み取ったのだ。

教師は二六で逝った。両親は彼の死に装束をすでに何週間も前から玄関に吊していた。「何週間もの間」と父は言った「教師の両親の家に足を踏み入れる度に真っ先に目にしたのが彼の死に装束だった」。

息子が医師である父に看取られて死んだことで、両親は気が安まった。彼らも自分の息子のことを、と父は言った、シュティヴォルのエーベンヘーと同様、恐ろしい罰（神罰だろうか）と受け止めていた。

死んだ教師について、父は食事をしながらさらに次のことを付け加えた。彼は子供の時祖母に木苺の実を摘みに深い森へ連れてゆかれ、そこですっかり道に迷ったことがあった。ふたりはたえず森から出る道を探したが見つけることができなかった。突然あたりが暗くなったが、まだ出口は見つかっていなかった。間違った方向へばかり歩いていたのだ。ついに祖母と孫のふたりはとある窪地の中にしゃがみ込み、ぴったり身を寄せ合って一夜を凌いだ。次の日もふたりはまた森の中から抜け出せなかった。また別の窪地の中でふたりは二番目の夜を過ごした。次の日の午後になってようやく彼らは突然森からの抜け道を見つけたが、それは家のあるザラの正反対の方向だった。最初に行きあたった人家である農家に助けを求めたとき、ふたりはすっかり消耗しきっていた。

祖母の早い死を招いたこの出来事から、彼女の六歳の孫は、生涯にわたって立ち直ることのできない打撃を被った。

ある人間にずっと後になって生じる破局の原因を、しばしば遥か以前に身体と精神が被った損傷に帰することはいつだって可能だ。しかし今日の医学はこの認識を役立てることがまだほとんどできていない。

「たいていの医師は今日でもまだ病因学に手を出そうとせず」と父は言った「完全に素朴きわまりない診断図式に従うのみだ」。「薬の処方箋を書くしか能のないあの偽善者ども」は、不幸な伝統ゆえになすすべもなくおのが運命を完全に彼らの手に委ねた人たちの魂の研究という本来の仕事をそもそも回避している。「怠惰な上に卑劣なのが」医師たちであり、と父は言った、彼らに身を託すのは、偶然と完全な無神経からなる似非学問に身を託すことだ。たいていの医師は今日「医学の未熟練労働者」にして「最大の隠蔽屋」だ。彼すなわちぼくの父が、自分の同僚と交じわるときほど不気味さを覚えることはほかにない。「医学ほど不気味なものはないのだ」と父は言った。

　教師は、彼の生涯の最後の数カ月で、と父は言った「ペン画の驚嘆すべき芸境に達した」。教師の線描画にだんだん表だって現れるようになってきた魔的なものが彼の両親を脅かした。彼が繊細な線で描いたのは「自らを破壊する世界」であり、彼が両親にその世界を「集中的に描いて見せれば見せるほど」ふたりの不安は募った。描かれたのは、ズタズタにされた鳥、千々に引き裂かれた人間の舌、指が八本ある手、砕かれた頭、見えない身体から引き裂かれた足や手や性器、歩くうちに窒息死した人間たち等々だった。教師の頭皮の下からだんだん透けて見えるようになってきていた髑髏の骨の構造を、彼は何度も、一〇〇度も、一〇〇〇度も描いた。教師が口を開いて語ると、彼の心の構造に全体的な不備があることがはっきり見て取れた。父は一度、教師のペン画を持って帰り、グラーツのとある画廊の持ち主に見せようと考えたことがある、と言った。「あれはすばらしい展覧会になる」と彼は言った。父は、死んだ教師のように描く画家を知らない。教師のシュルレアリスムはまったく新しいものであり、彼の芸術は超現実を狙ってはいないし、彼が描くもの、彼の画用紙に描かれるものは現実そのものだった。「世界は徹頭徹尾超現実的だ」と父は言った。「自然は超現実的であり、すべてが超現実的だ」とぼくの父は言った。しかし父は、展示される芸術はまさに展示されることによって破壊されると考え、教師のペン画を何とかしようという思いから遠ざかった。だが父は、死んだ教師の両親がその「一〇〇〇枚もの」ペン画を、それが優れたものであることが分からず、またたえずそれに脅かされ不安にさせられ昏乱させられてきたため、破棄したり燃やしたりするのではないか心配なので、取ってこようと思っている（「いつか全部持ってきてしまうつもりだ」と父は言った）。自分になら手渡してもらえると、父は思っている。

　教師の両親はおそらく最後の頃、病気の息子を眺めるたびに彼の不幸な生まれつきを思わずにはいられなかったことだろう。ある人間が生きてあるかぎりたえず横道を行く非道そのものの存在であり必ず罪を犯さずにいられないことを知る者はもはやその人間を横道や非道や犯罪と切り離しては見られなくなるが、それは恐ろしい話だ。

　教師は彼のベッドの片側からはブントシェック、反対側からはヴェルカーコーゲルの山容を眺めることができた。「あのまったくおぞましい自然が彼のペン画にまざまざと描かれている」と父は言った。

教師の両親は、彼が最後の頃はほとんど口をきかなくなり、ひたすら窓外の自然を眺めるだけだった、と言っている。しかし彼が見ていたのは両親が見るのとはまったく違う自然であり、と父は言った「われわれが自然を覗きこむときに見るのとまるで違う自然なのだ」。彼はまた全然違う自然を描いた、「すべてがまるっきり違っていた」。

ぼくたちがふたりだけでテーブルについてそんなにたたないうちに、見るからに亭主の父親とおぼしい年配の男がぼくたちのテーブルに座った。彼は何度も、ぼくたちがグラーデンベルクの殺人事件について自分が知っている以上のことを知らないかと尋ねた。彼はぼくたちにゆっくり食事をさせてくれなかった。フォホラーミューレの方に向かって谷は、父にも不気味に思えるくらい狭くなる、と父が言った。ぼくはフォホラーミューレが暗い峡谷の奥深くにあるのを思い出した。道はそのすぐ先でザウラウの城へ向かう上りにかかるのだった。

ぼくたちは支払いをすませて外へ出た。その大きな食堂ではちょうど一団の生徒たちに食事が配られていて、熱いスープが出た。生徒たちは大きな声を立てぬよう指示されていた。この頑是ない子供たちがなんと恐ろしい人間にならねばならないことか、ぼくは食堂を出ながらそう考えていた。

フォホラーミューレはラッハウ村に属しながらラッハウの中心からは六〇キロもの回り道をしなければたどり着けないほど完全に孤立し、ザウラウ城の直下に位置するのだが、城はフォホラーミューレからは見ることができない。

アーフリングを出外れるとすぐ、ぼくたちは峡谷の中に入りこんだ。

あたりが暗くなったとき、ぼくは手首にまだ絆創膏を貼ったままの妹のことを考えずにいられなくなった。

ぼくが短い週末レオーベンから家に戻って過ごす時間は短すぎると、父が言った。十分に話ができたことがない。自分にはできないが、たぶんぼくになら、と父は言った、妹にまだよい影響をあたえられるのではないか。ぼくたちふたりは別々に妹のことを考えていたのだ。

父は、妹が見られていないと思っているときに妹を観察している、と言った、もの思わしげに庭の同じ場所に立ちもの思わしげにじっと納屋の壁を眺めているところを。父が呼びかけると、妹はびっくりして無言で自分の部屋に姿を消す。家での診療の際妹は父の助けにならない。彼女の医療への反感はこの上なく大きい。父が自分の無力さをいちばん痛切に感じるのは妹を相手にしたときだ。

父はときどき、娘を前にすると自分の医術が病的予感の中で立ち往生することをこっぴどく思い知らされる、と考えてしまう。父は妹をときどき親戚の家へ連れてゆくが、妹は人に交わると気分が悪くなる。

ぼくは父の気を変えるため、峡谷の尾根に咲くアルパイン・ヴァレリアンの花畑にちらっと姿を見せた羊の群れに父の注意を向けた。

峡谷の奥に入って行くにつれ、ぼくの記憶の中で無数のイメージが押し合いへし合いしはじめるような気がしてきて、実際の景色はもう目に入らなくなった。

父は毎週一度製粉場《ミューレ》主の腫瘍のできた脚の包帯を外し、前回の治療時から溜まった膿を抜いて、脚に新しい包帯を巻かなければならなかった。製粉場主の部屋から製粉場の裏のエキゾチックな鳥のたくさん入った鳥籠を眺めるのが楽しみだと言ってもいいと、父は言った。その鳥籠の話を聞いたいまようやく、ぼくはフォホラーミューレがどういう製粉場だったかを思い出した。かつて葬列がフォホラーミューレの前を通って峡谷の外へ向かうのに行き当たったことがあった、とぼくは考える、おそらくあれはザウラウ城から降りて来た行列だったが、鳥たちが、祈りの言葉を唱える人々にいらだって、繰り返し驚いて鳥籠の格子にぶつかり、葬列に向かって叫び続けるのだった。

あのときも土曜日だった。ぼくは、たいていの葬儀は土曜日に執り行われる、洗礼と婚礼と葬式はほとんどいつも土曜日に行われるものだ、と考えた。しかしぼくたちが製粉場についたときの、雰囲気はあの時とはまったく違っていた。ふたりの若い労働者（父は「息子たちだ！」と言った）が、粉袋をはしご形荷車に積み込む作業をしていた。水車のタービンの音がうるさくて、ぼくたちは自分たちの喋る言葉がもはや聞き取れず、ぼくは父が製粉場に入っていく前に何を言ったか理解できなかった。

窓の鎧戸は鉄製で、黒かった。花は飾られていなかった。

入り口の扉の上の紋章はザウラウのものと識別できた。このあたりの土地はかつてそっくりザウラウの所領だったのだ、とぼくは考える。ホッホゴーベアニッツの城を始めとしていくつもの城に製粉場や醸造場や製材所が付属していた。

峡谷の尽きた地点の真上の尾根の頂きにホッホゴーベアニッツがある、と父は言っていたが、ぼくは城を見ることはできなかった。

粉袋を引きずって荷車に積みこんでいる男たちはぼくたちが近づくのを見ても聞いてもいなかった。

川の流れがものすごい音を立てるので、峡谷の中では川音以外何も聞こえない。

荷車の上にもうひとりさっきのふたりより若い男が立っていて、いまこの国でたくさん雇われだした若いトルコ人のように見えたが、若者は実際トルコ人だった。彼は製粉場主のふたりの息子の背中から粉袋を受け取って、荷車の格子の上に整然とすき間なく積み重ねていっていた。彼はぼくと同じくらいの年格好だが、水車小屋の重労働にかなうがっしりした体格の持ち主だった。その仕事は峡谷の中で何百年前と少しも変わらぬ仕方でこなされている。しかし今日では川の流れから自家用の電気が生み出されていた。製粉場に接して川の上半分くらいまでせり出した発電所が設けられているのだ。

　ぼくは、トルコ人はおそらく数日前にこの峡谷へやって来たばかりだろうと考えた。製粉場主の息子たちはほとんどずっと彼のことをからかってばかりいるのだろう、とぼくは考え、彼のことを可哀想だと思った。この国ではあっという間にトルコ人がもっとも安手の労働力になったのだが、この峡谷へは彼らの一人を雇い入れるのがやっとだったのだろう。トルコ人たちはどんなにきつい仕事も引き受け、すべてに満足している。このトルコ人は製粉場主の息子たちといっしょではいつだって容易ではないだろう、とぼくは考えた、すぐにここを立ち去らないかぎり、彼はこれから何年もふたりの気まぐれにもてあそばれるほかない。彼らには、ほんの少しでもトルコ人を手伝ってやろうという気はありそうになかった。おまえがあのトルコ人だったとしたらいまおまえの中で何が進行しているか想像してみろ、とぼくは考えた。それからすぐにぼくは、トルコ人を彼がその軋轢下で生きなければならない多くの人間たちとの関係の中に置いてみたが、それがぼくの不幸な性癖で、ぼくは自分が目にしている人間を単独で見ることができず、つねに彼が関係しているであろうすべての人間との関係において見てしまうのだ。それがつねにぼくの人間考察を難しくしている。ぼくは人間以外のすべての物事をもありうるすべてと関連付けて考察してしまうし、そうしなければいられないのだ。トルコ人があの若さでこの峡谷にやってこなければならなかったとすれば、彼は故郷でどんなに貧しい生活を強いられていたことか、とぼくは考えた。峡谷は彼に対する恐ろしいペテンだ。

　しかしたぶんぼくが考えていることはすべてぼくの考えとはまったく異なっているのかもしれない、とぼくは考え、働いている三人のだれからも気づかれることなく製粉場の裏側に向かった。そこにあの大きな鳥籠があるだろうと思ったのだ。

　現実の鳥籠はぼくの記憶の中のそれよりもはるかに大きかった。だがその鳥籠はすっかり手入れが行き届かなくなっており、ぼくが最初に見たときと較べると、鳥の数は半分にも満たなかった。いなくなった鳥は飼育係の不手際でみな死んでしまったのだろうか、とぼくは考えた。鳥籠に残っている数少なくなった、おそらく五〇羽ほどの鳥はぼくが近づいたのに驚いて背後の壁の方に飛びすさった。餌は与えられておらず、喉もからからのようだった。壁の近くに置かれた水桶は空っぽだった。鳥籠の中の様子は飼育係がもういなくなったことを示していた。二羽の鸚鵡がいっしょに同じことを繰り返し叫んでいた。ぼくは鸚鵡たちが何を叫んでいるのか聞き分けることができなかった。ぼくは鳥籠の前の井戸にホースがつながれているのを見つけて、桶を水で満たした。たちまちすべての鳥がいっせいに水に突進した。どの鳥も敵意一色に染まっていた。なんとすさまじい敵意だろう、とぼくは考えた。鳥たちの羽にも敵意がにじみ出ていて、絶えずいらいら変化する羽の色もそうだった。頭のおかしな人間が鳥の飼育を始めたに違いなく、彼はそれがもとで破滅したのだ、とぼくは考えた。一瞬背後にだれかが立っている気がして、後ろを振り向いたのだが、そこにはだれもいなかった。ぼくが急いで鳥たちのところを離れ、製粉場の正面に回ると、三人の若い男たちが、といってもトルコ人はまだ男とは言えなかったが、仕事を終えたところだった。トルコ人はまさに荷車から飛び降り、ぼくがそこにいるのに驚いて、一瞬壁際に立ち止まり、ぼくを探るように見つめてから、あっという間に製粉場の中へ走り込んだ。

ぼくは製粉場から遠ざかって、しばらく岸辺を、峡谷から流れ出て製粉場の水車に向けて狂奔する耳をつんざく流れに沿って歩いた。だがぼくは自分に向かって、このまま峡谷の中へ入っていったのでは自分の中の憂鬱な気分をひどくするばかりだと言い、踵を返した。

どんな水車であれ水車さえ目にすればぼくはいつも心地よい仕合わせな気分でいられたのではなかったか、とぼくは考えた。製粉場の水車を眺めたとき、ぼくには七年か八年前に製粉場の前を通りかかったあのもっとも華麗な葬列が見えた。

ぼくはこの峡谷の中ではたちまちのうちに窒息するしかないだろう、そしてこの峡谷の中ではだれかがエキゾチックな鳥を飼うということを思いつくことは大いにありうる、とぼくは考えた。

ぼくはいま父といっしょにいる必要を感じている。

製粉場に向かいながら、ぼくは、一〇〇年以上も前の偽金づくりや殺人事件が今日なおこの製粉場に結びつけられていることについて考えていた。ここならば妨げられることなく残酷きわまりない犯罪を思いつき実行できる、とぼくは考えたが、すると製粉場主のふたりの息子と、突然だが若いトルコ人までが急に不気味に思われてきた。フォホラー家の息子たちは若いトルコ人をどんな犯罪に巻き込むためにこのフォホラー峡谷へおびき寄せたのだろう。

ぼくは門の上のザウラウ家の紋章をつぶさに眺めてから、急いで玄関に入った。家の中から聞こえる話し声を頼りに進む方向の見当をつけようと右側の階段の手前で立ち止まったぼくに、製粉場主の息子のひとりが背後から突然声を掛けてきた。

ついてくるようにと言われ、ぼくはすぐに玄関から外へ出た。

峡谷は先ほどよりいちだんと暗さを増していたが、ここにいるといつ恐ろしい嵐が襲ってくるかわからない気がしてくる。このあたりの人間は絶えず嵐の気配を感じながら生きているのだ、とぼくは考え、そして製粉場主の年下の息子について増築部分に足を踏み入れた。バランスを失わないかと絶えず不安を感じながら川の上に渡したもろくなっている板の上を急ぎ足で製粉場主の若い息子の後を歩いた。その建増しの中は最初何も見えなかった。しかしようやく闇に慣れたとき、奇妙な肉の臭いから、二つの脚立の上に差し渡した長い板の上におびただしい鳥の死骸があるのが確認でき、ぼくにはすぐそれが例の鳥籠に飼われていたこの上なく美しい異国の鳥であることが分かった。美しい色がぼくの目を刺激した。実際にこの殺された鳥は例の鳥籠のなかでもとびきり美しいものたちだった。ぼくは製粉場主の息子の方を振り向いて尋ねた。

彼が言うには、自分たち全員、すなわち彼と兄と数日前に製粉場に雇われたばかりの若いトルコ人の三人で、朝早く日の出の前に（この峡谷の中では日の出などありえないはずだ、とぼくは考えた）、鳥たちの半分を、もっとも美しいものから、鳥籠の中で捕らえて外に出し、できる限りその美しい羽を損なわないようにしながら殺していった。どうやって。鳥の首を自分たちの人差し指に何度か巻きつけるようにして、首を捻るのだ。数えると全部で四二羽だった。仕事を終えてから、まだ鳥籠に残っている鳥も殺すつもりだと、製粉場主の息子は言い、彼の父親の弟はおよそ二〇年前に鳥を「育て」はじめ、鳥たちのためだけに生きていた、と言った。彼は三週間前に死んだのだが、その時から鳥たちが恐ろしい声で鳴きはじめ、聞いている方が気が狂うかと思うほどだった。最初は飼育者の死をきっかけとする鳴き声はやがてやむと思ったが、それは誤りで、鳴き声はますます耐え難いものになっていった。そういう鳴き声は峡谷の中だと幾百倍もの鳴き声になると想像してもらわなければ。そのような「恐ろしい鳴き声」にはけしてだれも慣れられるものではないし、だれに対してもそれに耐えろと要求などできない、だから彼らは昨日、製粉場主である父親から、鳥を殺して黙らせる許可をもらったのだ。三人は鳥をどうやって殺したらいいか長いこと考えあぐねていたが、やがて鶏のように頭を切り落とすのでなく、外観を損ねることなく殺すアイデアを思いついた。そうすれば鳥たちから別れずにすむと製粉場主の息子は言った。彼らは、叔父のようにすっかり惚れ込んでいたわけではないにせよ、みなすばらしい鳥に魅せられていた。彼らは自分たちで剝製にし詰め物を入れた鳥で部屋全体すなわち死んだ製粉場主の弟の部屋中を満たそうと思った。彼は、と製粉場主の息子は言った、フォホラーミューレに鳥の博物館を作ることを思いついたのだ。鳥に近づくのはたやすいことではなかった。最初の鳥を捕らえて殺すことを始めたときの鳴き声は当然いちだんと大きくなったが、やがてしだいに静まっていった。最後の鳥を殺し終えたとき、生き残った鳥は完全に沈黙していた。いまになってぼくは、さっき鳥籠に近づいたとき、鳥たちがなぜひどく驚いたのかその理由が分かった。というのも最初から鳥がみな不自然きわまりない反応をするなと考えていたからだ。みなの顔は鳥を籠から取り出すときのひっかき傷だらけだ、と製粉場主の息子は言った。しかしもう経験を積んだから、と彼は言った、夕方は残りの鳥をもっと簡単にずっと早く片付けることができるし、今晩にはもう完全な静けさが戻ってきているはずだ…最初彼の父親は鳥をコレクターに売ることを考えたが、そういうコレクターを見つけるには時間が掛かりすぎ、彼らはおそらくその前に頭がおかしくなっていただろう。剝製師と連絡を付けるのも困難なので、仕方なく仕事の合間に自分たちで剝製を作ることにした。叔父は、と製粉場主の息子は言った、自分の鳥のこと以外何も念頭になかった。彼が鳥の飼育について書き残した大量のノートがあるのだが（「うちの家族はみな日記好きなんだ！」と製粉場主の息子は言った）、きっと鳥の専門家には貴重なものだろう。製粉場主の息子は一羽二羽の美しい鳥を手に取ると、よく見ることができるように高く持ち上げ、特殊な細部にわたる説明を加えた。ぼくは、この青年も外国種の鳥についてとても詳しいのだと考えた。彼はすべてを精確に説明することができた、これはアジアの、これは中南米の、これはアフリカの国々からやってきた、と。ほとんどが東アジアの島から来ていて、ヨーロッパ産の鳥は一羽もいなかった。製粉場主の弟はしばしば何時間も鳥籠の中に入っていたが、鳥たちの一羽も彼を襲ったことはなかった。鳥たちにはみなカラハリとかマレンバとかミトヴァバとかチントゥーとかケイヤンとかアモーイとかドゥルーロとかドゥリラリとかコチャバンバとかカリザル等々の名がついていた。彼は死んだ叔父の部屋に積まれている鳥についての何百冊もの本から、すべての鳥に関して奇妙きわまりない知識を得ていた。でもぼくは、殺された鳥が板の上に安置されている建増し部分にそれ以上とどまることに耐えられなくなり、なによりも鳥の死骸の悪臭がそこにもっと長くいることを不可能にしたからだが、外へ向かって歩いた。ぼくは製粉場主の息子の注意と同時にぼく自身の注意を死んだ鳥からそらすために、峡谷の中での暮らしに話題を振った。ザウラウを知っているのか、とぼくは尋ねた。うん、もちろん。ときどきザウラウは不意に峡谷に降りてきて製粉場に入り腰を下ろして「とんでもないこと」を話す。彼はいつも徒歩だ。城でパーティーがあると、宴会の音は峡谷まで聞こえてくる、笑い声や生演奏や酔っ払いの叫び声が。でも最近はホッホゴーベアニッツでパーティーが開かれることはなくなった、と製粉場主の息子が言った。侯爵はますます閉じこもりがちになっている。この製粉場は前世紀に故侯爵から家に寄贈されたものだ。その侯爵はある晩城で賭けをし、もし自分が峡谷でその翌日、一二に枝分かれした角をもつ鹿を仕留めることができなかったなら製粉場を即座にただでやってしまうと決めたのだ。彼は一二に枝分かれした角のある鹿を仕留めることができなかったので、製粉場を二〇〇年そこで働いていたフォホラー家に即座に贈り与えたのだ。「ザウラウは約束を違えることはしない」と製粉場主の息子は言った。侯爵は「ひどく頭がおかしいのと同程度にひどく金持ちだ」と父が言ったことがあるが、ぼくが製粉場主の息子といっしょに玄関の外に立ったとき、父が出てきた。製粉場主の息子が笑った。ぼくがそうやって笑っている彼を目の前に見ていると、彼が自分の手で疑似幾何学的動き、すなわち彼が鳥を殺すときにするあの動きをしているのが目にとまった。

　ぼくたちはそれから峡谷のさらに奥深くに向けて走った。「もっとも暗い」峡谷のどん詰まりまで来たら、そこに車を駐めて城まで徒歩で上ってゆくことにしよう、と父は言った。その左側の岸壁を上るのは危険な道だが、自分はそれに慣れているし、ぼくは若くて敏捷だから、恐怖を覚えることなく上っていけるだろう。侯爵は父を隔週の土曜日に待ち受けている。城からは美しい一帯がすべて眼下に見渡せ、天辺からはシュタイアマルク州のここ以外ではありえない方位測定を行うことができる。ホッホゴーベアニッツからは隣接するすべての州が望める上、南東方向遠くにハンガリーまで見はるかせるのだ。峡谷に向かい合う反対側にはちゃんとした道が城まで続いているのだが、その道を取るならプラーンヒュッテを経由して八〇キロ以上もの遠回りをすることになる。

ぼくたちは峡谷の尽きる地点へと向かいながら、フォホラーミューレの製粉場について話をした。父の述べるところでは、製粉場主は身体の自由の利かない六〇男で、生きながらに皮下で腐敗の始まる病に冒されており、いつもソファに寝ていて、もう歩くことができない。彼の妻は、その口臭からして肺葉が急速に壊死していると思われ、両脚に水が溜まっている。一匹の年老いた太ったシェパードがふたりの間を行き来し、彼のソファに行っては彼女のソファに戻ってきていた。すべての部屋に新鮮な林檎がまかれていなかったならふたりの老人と犬の臭いにとうてい我慢できなかっただろう。「あの峡谷を葬列が通るときの」と父が言った「不気味なことといったらない」。ということは父も前にこの峡谷の葬列を見ていたのだ。製粉場主の妻が自分の足で歩けるのはほんのわずかの時間でしかないので、ふたりはほとんどずっと共同の部屋に向かい合って横になり、犬をかまうほかなすすべがない。犬はその部屋から全然外へ出ないので、昏乱していて危険だ。父が彼らの部屋の中に入るときは、ふたりのうちのひとり、妻か夫かが、ずっと引き綱で犬を押さえていなければならない。先週は鳥の鳴き声のせいで、犬は製粉場主夫妻の間を「まるで狂ったかのように」走り回った。

製粉場主夫妻はすべての鳥を殺すことでまずは犬が落ち着くこと、そしてその結果自分たちも安らぎを取り戻すことを望んだ。製粉場主は父に、なによりも犬の状態を考えて鳥を殺すようにという命令を発した、と言った。製粉場主とその妻のふたりは昼も夜も代わる代わる犬の引き綱を握っている。彼らは自分たちの病気のせいですでに何ヵ月も自分たちの部屋の中に追い込まれたも同然なため、じょじょに息子たちを制御できなくなってきている。年上の方の息子のことを、製粉場主はいつも、暴力の気のある息子と言っていて、彼はときどき母親を殴り、両親を殺すと言って脅し、一度は斧を持って父親に襲いかかり、ひどく傷つけたこともあった。ぼくに建増しの中で死んだ鳥を見せてくれた息子は、完全に兄の言いなりになっている弱虫だという。フォホラーミューレの全員が精神病でないにせよ、精神衰弱に陥っている、と父は言った。

製粉場主の妻の妹がいま家事の面倒をみているのだが、目下クニッテルフェルトに出かけていて不在だ。

牛小屋には四頭の雌牛がいるが、あたりは森ばかりだから、何を餌に生きていられるのか分からない。

ぼくは、「弱い方の息子」が建増しの中で死んだ鳥を見せてくれた、と言った。ぼくたちがまさに鳥が殺された、そしてこれから殺される日にフォホラーミューレにやってきたのは妙な巡り合わせだ、と。

ぼくは、前にフォホラーミューレに来たときに見た葬列がいつもずっと見えている、と言った。フォホラーたちまでがグラーデンベルクの殴殺について、彼らはいつも「人殺し」と言っていたが、口にしていた。父はしかしわざと彼がその事件を詳しく知っていることは話さずにいた。

ケフラッハの公証人が彼らから製粉場を買い取りたいらしい、と父は言い、製粉場主夫妻が言うには、あそこを避暑用の別荘に（！）したいらしいが、夫婦には製粉場を手放す気はないとのことだ。

すばらしい湧き水がフォホラーミューレにはある、と父は言った、それから「フォホラー夫妻の部屋に一枚の油絵が掛かっている」と。父はその絵を三五〇年前か、四〇〇年前のものと踏んでいる。それは聖人画ではなく、その反対で、背中を向け合って立つふたりの裸の男を、首が「完全にねじ曲げられたため、顔を向け合う形で」描いている。その絵を父はもうずいぶん前から高く評価してきたが、いつもそれにありとあらゆる「どちらかというと恐ろしい」想念を結びつけてきた。「あの絵をそれがきっともう何百年も掛けられたままの壁から降ろし」と父が言った「あの恐ろしい部屋から運び出して、何も掛かっていない白い壁に掛けたなら、あの絵の美しさがそっくり現れることだろう」。それから父はぼくにその絵が絶対的に醜く、同時に絶対的に美しいことを説いて聞かせた。「あの絵が美しいのは、あれが真実だからだ」と父は言った。

シュタイアマルクでは、とくにこの峡谷のように大いなる暗闇が支配する場所に建つ家の多くで、ついこの間までこの上なく貴重な芸術作品を見つけて、日の目を見させることができたのだが、いまはもうそうはいかなくなった。世紀の中頃に起こった恐ろしい骨董ブームに取り憑かれた都会人がここ数年貴重な芸術作品を全土で徹底的に簒奪しまくり、いかにも彼らに相応しいプロレタリア的な荒れ地を後に残していったからだ。

　峡谷はさらに狭くなってゆく。川岸には樅に代わって、松が立っている。ここにはマスがいるにちがいない、と父が言った。ザウラウを往診する前に城直下のザウラウ家奉公人用平屋建宿舎でクライナーの子供たちを診に行く予定が入っていなければ、これほど急がなくてすむので、車を止めて川の中のマスの様子を見ることができたのだが。

　ぼくはフォホラーの家が建っているところに人間が住んでいると考えるだけで恐ろしかった。そして何という人間たちだろう。死んだ鳥はみな異様な腐敗臭を発していた、とぼくは言った。製粉場主の一家のような人たちは、とぼくは言った、峡谷の中をこの上なく恐ろしい仕方で支配する孤独の中で一生を過ごすよう強制され、他の道は残されておらず、自分たちの家と、乏しい収入と、ぼくたちがこうしてその源流に遡ってきているこういう川に縛り付けられているのに、あの実業家のようなほかの人たちは、みずから進んで完全に計画的にハウエンシュタインのような僻地に移り住む。しかしぼくは「みずから進んで」と口にしたとたんに、だれも何かひとつのことすらみずから進んでやりはしない、人間の自由意志などナンセンスだと考えたので、父に言った「もちろん実業家もみずから進んでハウエンシュタインに行ったわけじゃない」、そしてぼくには突然世界が実際不気味なものに思えてきた。ぼくはいまだかつて、ますます峡谷の奥深くへ向かって入っていっているいまほど、世界を不気味に感じたことはなかった。まもなくぼくたちはほとんど何もみることができなくなってしまったが、父にはこの道はもう何年ものなじみなのだ。自然は、それがもっとも純粋で、もっとも手つかずのところで、いちばん不気味なものになる。

父もトルコ人が完全におびえきっているように見えたのに気づいたか、とぼくは尋ねた。彼には死んだ鳥の飼育者の大きな部屋があてがわれたのだが、彼は夜中にそこを抜けだし、製粉場主の息子たちの部屋のひとりのベッド、次にはもうひとりのベッドに潜り込んできて、ごしょうだから自分を追い出さないでくれと頼んだ。彼らはトルコ人をもうしばらく、恐がらなくてすむようになり峡谷での暮らしに慣れるまで自分たちのベッドに寝かせてやるつもりだ、とぼくに死んだ鳥を建増しの中で見せた息子は言った。彼らはトルコ人の名前が覚えられない、とぼくは言った、ぼくも彼の名前を覚えなかった、それで彼らはただ「トルコ」と呼んでいる。製粉場主の息子たちが知っている限りでは、トルコは家に七人の兄弟姉妹と両親がいて、ときどき手紙を送っている、というのもそうでなければ彼は、クニッテルフェルトの建設会社から彼を引き抜いた年上の息子といっしょにここへ来る前に、クニッテルフェルトでなぜあれほど大量の便箋を買いこんだのか。息子たちは彼に、いかなる理由で朝早くから鳥を殺すのかを分からせることができなかった。彼らはトルコ語が分からないので彼の言っていることが理解できず、彼もほとんどドイツ語が分からなかったからふたりの言うことを理解できなかった。製粉場主の息子が言うには、トルコ人は、ふたりが鳥籠から取り出した鳥を殺すのを見て、ふたりにおびえ、壁に身を押しつけたまま、身じろぎもせずに立ちつくしていた。彼は自分たちの頭がおかしくなったと思ったのかもしれない。ふたりは最初の鳥を、その残酷さに気づかなかったこともあって、鳥籠のすぐ前、まだ殺されていない鳥の前で、簡単に首を絞めるやり方で殺したのだが、そうすると血が飛び散るのだった。その後でふたりのうちのひとりが、鳥の首を人差し指に巻き付けて捻るやり方を思いついて、鳥籠の背後に回った。鳥は、首が一度強く人差し指に巻き付けられたとたんにもう気を失う。首の下で頸椎の折れる音が聞こえる。彼らは何度もトルコ人に同じやり方で鳥を殺すのを手伝うよう、鳥を自分で鳥籠から取り出すよう迫ったが、彼は拒みつづけた。ところが突然トルコ人は了解したらしく、すぐに自分ひとりで、彼らのやり方どおり、一〇羽、一二羽の鳥を殺したが、ふたりよりもはるかに手際がよかった。彼は空の粉袋をもってくると、首を捻られて板の上に整然と並べられている鳥をそれで覆った。

　突然ぼくには、この峡谷の中を支配する暗黒と完全に同調した鬱状態から逃れる手段が、レオーベンについて話しはじめることしかなくなってしまった。いきなりレオーベンについて話すと、まるで外の世界について話しているような気がしてくるのだった。ぼくは鉱山学部にいる自分と寄宿舎にいる自分を交互に思い浮かべるよう自分に強制した。ぼくは寄宿舎の自室の精確な観察に集中した。いまぼくは寄宿舎の部屋を見ているが、そこは空っぽではない、とぼくは考えた。次にぼくは食堂を見るが、ぼくはその食堂の中にいる。ぼくはレオーベンの町の広場を見るが、ぼくはレオーベンのその広場にいる。ぼくにはいかにも学者風の技師たちの姿が見え、ぼくは実際には彼らといっしょではなく、峡谷にいるのに、彼らの中にまじっている。現実にはぼくは峡谷の中にいる。しかしぼくは現実の中でレオーベンにもいるのだ。すべてが現実なのだ、とぼくは考えた。

　ぼくはもうずいぶん前から学業に身を奪われているだけという状態を脱し、自信を持って学業に打ち込めるようになっている。学業はぼくにとってもうだいぶ前から現実離れしたものではなくなっている。自分を律することも最初の頃のように難しくない。最初の年はずっと多かれ少なかれぼくはすべての学生の間に広まっているすべてをあらゆる方向に向かって毒さずにいない憂鬱の犠牲となったために、ぼくの学問に関しては滑稽なほど僅かな進歩しか遂げられなかったのだが、いまはぼくにとってすべてが容易で明解なものになっている。「悪しき影響はぼくの身体からも頭脳からも遠ざけることができる」とぼくは言った。「自分にとって何が有益かも分かっている」とぼくは言った。しかしぼく自身を苛酷きわまりない仕方で突き放しながら自分の精神的盲目を脱するのはそら恐ろしい道のりだった。自分の若さとは身の毛のよだつ状態だ、とぼくは考えた。しかしこういうことを父に報告するのは馬鹿げたことである。ぼくはもう長いこと父に誤ったイメージを伝えてきた。多くのことがぼくの心を締めつけているとか、ぼくも困難を感じない人間ではない、と父に言ったところで無意味だと思ったのだ。ぼくの困難は時とともに大きくなっている、と言っても。ひょっとして父は、とぼくは考えた、ぼくには困難などないと思っているかも知れない。ぼくは父にわざわざ誤ったイメージを伝えている。なぜそんなことをするのか、ぼくには自分でも分からない。「ぼくはいつも」とぼくは言った「自分の困難を自分で切り抜けることに大きな満足を感じてきた」。ぼくは言いすぎたのだろうか。父は全然ぼくの話を聞いていなかった。彼はクライナー家の子供たちのこと、そしてザウラウ侯爵のことしか考えていないだろう。ぼくはもう自分のことは自分ひとりで処理できるくらい強い、とぼくは考えた。ぼくはときどき自分が他人より強いという思いを恥ずかしく思うことがあるが、そう思うことはしょっちゅうだ。でもぼくはそのことは知らせなかった。

　ぼくにもっとも顕著なのはぼくが人に報告をしないことだが、でもそれは妹が報告をしないのとは全然違っている。ぼくの寡黙さは妹の寡黙さの対極にある。そして父の寡黙さと彼が報告をしない有りようもまったくの別物だ。ぼくが父について知っていることは、とぼくは考えた、いつも少なすぎて彼の人となりを自分なりに構成するには足りない。

　一瞬ぼくは、今日妹といっしょに過ごすつもりだったことを思いだした。

　ぼくは「予期していなかったことはいつでもすばらしい」と口に出した。

まだ明日がある、とぼくは考えた。そう考えると楽な気持ちになれた。明日の日曜には早く起きて妹といっしょにずっと遠くまで散歩をしよう。そして妹と話をするんだ。レオーベンではぼくはまる一週間部屋の中に、そして部屋の中では自分の中に閉じこもり、年の瀬に向かってますます閉じこもりきりの度合いを強めていっている、とぼくは考えた。ぼくはもう自分に新鮮な外気を吸いに出ることすら許さなくなっている。ぼくはそうやって閉じこもることで、多くの人の気持ちを傷つけている。ぼくはみなから強制され弱気になって何かの気晴らしの席に顔を出してしまうと、必ず後悔するのだ。ほかに手はないのだろうか。ぼくは一一時前に寝なくてはならず、とぼくは考える、五時に起床する。この時間割から少しでも逸脱すると、ぼくはバランスを失ってしまう。学者になるということは果てしのない暗くていつもまったく空気の通わない学問の果てしのない道を歩みつづけるしかないということなのだ。

　ぼくたちは滝のそばに車を停め、危険な坂道を急ぎ足で上へ向かって登ろうと努めた。絶えず注意を払わなければならず、後ろを振り向くのは勧められたことではなかった。ぼくたちは押し黙ったままやがて外側の城壁に行き着いた。父にはこの登坂は少しも困難なものでなかった。ぼくはそのことにびっくりした。行く手に平屋建てのすでに城の一部である家が見えたが、そこにクライナーの子供たちが住んでいる。終生ザウラウに仕えている実直なクライナー夫妻の息子は不具である。彼の妹がすぐにぼくたちを兄の部屋へ案内した。兄はもうずいぶん前からふたりがおいでになるのを聞きつけて、と彼の妹は言った、そわそわしています。両親は今日はもう朝早くからお城です。クライナーの息子はぼくと同い年の二一歳だが、ぼくには二倍も年を取っているように見える。彼は先の尖った黒い帽子を被り、狂人のような仕草で父の方に手を差し伸べたのに、ぼくにはそうはしなかった。ぼくはドアのすぐそばの椅子に座って、そこからぼくたちがいる間に部屋の中で進行していたことを観察していた。クライナーの妹は、窓から隙間風が入ると言い、窓を閉めた。今日の診察は「綜合診断」だと、父は言った。

上に登り着いてからクライナーの住居に向かっている間に、ぼくはどこにもまして欠けるところのない静けさがここを領しているという印象を受けた。もう峡谷の中のように暗くはなかったが、やはり何もかもが暗闇の影響下にあった。クライナーの住まいはぼくの見たところでは常時城の影に包まれている。峡谷の上では空気は尖っていて、ここから下を眺めると、重苦しい空気の立ち籠めた一帯が見はるかせるのだった。

ぼくの父と彼の妹は不具の若者の服を脱がしていた。どうやら父は一日中城で働いていてだいたい夜しか家にいない両親以外にこのクライナーの兄妹が顔を合わせる唯一の人間であるらしかった。

父は、ぼくたちが峡谷を脱してこの山の上に上がってきたとき、彼がクライナーの家に行っている間城壁の上をぶらぶらしてはどうかと提案したのだが、ぼくは不具の若者とその妹に会ってみたいと言ったのだった。ぼくは、父がぼくをクライナーたちから遠ざけておきたいと考えているような印象を受けた。父が実はぼくを連れてくることを拒んでいたからこそ、ぼくはついてきたのだ（後で峡谷へ下っていくとき、父はぼくに言った、クライナーの子供たちはぼくたちつまりぼくとぼくの妹と同い年であるからか、あまりにまざまざと自分の子供たちを思い出させる、「まるっきり違っているのだが」、と）。

　クライナーの息子は顔が小さすぎた。両目が顔からはみだしそうだ。妹が彼の身体を覆っている服を脱がせたとき、彼が長い足と短い足を持っているのが見えた。ぼくにはなかなか彼の右足が長いのか左足が長いのか分からなかったが、ついにこの目で短いのは彼の左足であるのを見てとった。ぼくは彼が立ち上がって歩き始めたなら、きっと巨大な昆虫のような動きをするにちがいないと考えた。

　家族の者たちは彼を落ち着かせるのにさんざんてこずった。いつでもだが、だれかからほんの少しでも身体に触られると、と父は言った、彼は全身を動揺させ、危険な状態になる、いつ殴りかかるか、噛みつくか、つばを吐きかけるか分からない。彼はたえず、彼が診断を受けられる状態を創り出そうとするふたりの努力を無にするような動きをするのだった。ときどき彼は妹の顔面を殴ろうとした。でも父は仕舞いには彼の両腕をベッドの縁板に押しつけ、同時に彼を聴診することに成功した。彼のように長年ベッドに伏せっている人間が放つ臭いが部屋に立ち籠めていた。クライナーの息子の身体は汗にまみれていた。徐々にだが彼は、全身でたえず進行しつづける病変、いわゆる破局的病変によって言葉を完全に失っていっている。もういまでは彼の言っていることはその断片しか理解できない。彼はまるで吐き出すようにして言葉を発する。そのほとんどはまるで中東の言葉で話されているかのように聞こえる。彼が口にする言葉のリズムは彼の奇形の身体と密接な関係にあった。彼が喋ることは彼自身と同じように奇怪に歪んでいた。ときおり、彼は長い両腕をやおら宙に振り上げたかと思うと急に振り下ろし笑い声を立てた。彼の腹はせわしなく膨らんでは萎む球体であり、それを彼の両腕がずいぶん長い間不安げにかかえこんでいた。彼の頭がかなり小さいことは、彼が腹の中の音がよく聞こえるように頭を自分の腹に押しあてるようにするときいちばんはっきり分かった。彼は自分の顔を絶えず歪め、いらいらした渋面を浮かべつづけた。彼はまるで座りながら跳びはねる者のように座っていた。彼は馬に乗っているところを思い浮かべているのかも知れない、とぼくは考えた。シーツがきれいなのは、父が来ることが分かっていたからかもしれない、とぼくは考えた。ときどき彼のベッドは上に格子囲いを被せてほんものの檻に変える必要があった。でもいま彼は、と妹は言った、比較的落ち着いた時期を過ごしているので、檻を必要とはしていない。父はクライナーたちにいつも檻を息子のベッドから取り去ってはならないと助言していたが、彼らはその助言に従わなかった。父が考えるには、息子は突然ベッドを抜け出し、家族をひょっとすると殺害すらしかねないのだ。しかし彼の妹はしだいに格子囲いが見ていられなくなった。いま格子囲いは屋根裏部屋にある。兄が檻の中にいるなんて彼女にはもう我慢できない。格子囲いをもう二度と屋根裏部屋から降ろしてこずにすんだらいいのに、と彼女は言った。兄はもう自分では起き上がれない、と妹は言った、兄はときどきベッドから落ちるが、そのほうが絶えず彼が檻の中にいるのを見なければならないのに較べればまだましだ。父が彼の頭をつかみ、妹が彼の両腕を押さえつけた。突然彼は腕と頭をもぎ離して、跳び上がろうとした。でもうまくいかなかった。突然笑い出してしまったのだ。父に自分の頭を診てもらい、聴診器を当てられるのが見るからに面白いようだった。父は彼の額をこんこん叩き、彼の瞼を引き下ろしてから、ずっと上まで引き上げた。彼はクライナーの息子の膝も検査した。尿を持って帰って検査をしよう、と父は言った。彼がクライナーの息子のとんがり帽子を脱がせたとき、ぼくはびっくりした。彼の頭に一本も毛が生えていなかったからだ。ぼくが彼のこめかみに確認した黄色いしみは彼の胸の上のしみと似ていたがもっと小さかった。そういう黄色いしみが彼の全身に散っていた。彼の足指の間に深いところまで入り込んだしつこい水虫が巣くっていて、と妹は言った、そのせいで彼は一晩中ずっと水鳥のように足を動かしている。彼はもう眠ることができない。身体を震わせるのと唾を垂れ流すのはもう一年前からだ。彼はベッドの中で用を足している。彼はよく、と妹は言った、「軍隊」が峡谷の中を行進するのが聞こえるという。

部屋の中は、そのためのスペースのあるところはいたるところに楽器がおいてあったが、クライナーの息子は健康な間はそれをみな演奏できたのだった。彼が好きな楽器はチェロ、好きな作曲家はベーラ・バルトークなのだそうだ。何百という楽譜が簞笥の引き出しに積まれているが、それを彼はすべてそらんじるまで練習したのだそうだ。自分の作品もあって、「聖母マリア賛歌」がそのひとつだ。八歳の子供の時に彼はもうモーツァルトの全交響曲をピアノで演奏できた。まだ半年前まで彼女は午前に一度、そして午後に一度チェロを彼のベッドに持ってきてやっていたが、すると彼は疲れ切って弾けなくなるまでそれを弾き続けるのだった。

　彼の背中はむき出しなのを、ぼくは見たが、彼の胸には黄色だけでなく赤いしみもあった。

　クニッテルフェルトの音楽学校の教師が長年「無料で」谷からここまで上がってきてくれていた、とクライナーの娘が言った。「ふたりはよく夜更けまでいっしょに演奏していた」と彼女は言った。でもあるとき兄はその音楽の先生の頭を何の理由もなくヴァイオリンの弦で殴ってしまい、それからはもう一度も先生に会っていない。兄の病気はそれからすぐにものすごい勢いで悪化した。

　いまではもう頭の中でどんな楽曲も構成することはできなくなってしまった。いま彼が弾く曲は恐ろしいものだ。

　四年間、と帰りの車の中で父は言った、クライナーの息子はシュタインホーフに入っていた。

その四年の間中、彼の妹は、彼を一人にしないですむよう、オッタクリング［ウイーン西部の地区、シュタインホーフに近い］に小さな部屋を借りていた。最初彼はもう二度とその精神病院から出ることはないと思われており、医師たちは彼女の兄の病気について何か言う度に「見込みなし」という言葉を使っていたのだが、シュタインホーフでの四年が経過した後、つまり彼がそのヨーロッパの全精神病院中最大にして最悪な施設で過ごした後で、医師たちが突然彼女に、兄さんを連れて帰ってもいいと言ったのだった。「自己責任だがね」と医師たちは同時に付け加えたが、彼はもう危険ではない、とのことだった。彼女は兄をまずは自分のオッタクリングの部屋に連れて帰り、彼に主都を見せてやった。彼らはふたりで主都を歩いたときおおいに人目を惹いた、というのも狂気と結びついた彼の奇形をみなが滑稽だと受け取ったからだ。クライナーの娘はしかしもうだいぶ前から人々が自分の兄を見るやいなや目が離せなくなり笑いをこらえきれなくなってももう心が痛むことはなかった。彼女は兄にプラーター公園を見せ、彼といっしょにオペラ座やブルク劇場に行き、ふたりでレーバニック・サーカスを観にいった。ふたりは一週間あちこちを訪ね、シュテファン寺院に入りナッシュマルクトへ行き、何度もシュテファン寺院に入り何度もナッシュマルクトに行ったし、楽友協会でベートーヴェンのソナタの全曲演奏をした高名なチェリスト、カザルスのコンサートも聴きにいった。しかしまもなく町の中をそうやって歩き回っていることに彼は疲れてきて、一週間後にはもう町にも厭きてきてしまい、彼女の方はザウラウ侯爵が彼らのために出してくれている金（侯爵はシュタインホーフの滞在費用も払ってくれた）をふたりにますますうんざりするものになる一方のその町のために使うのも気が引けてきたので、ふたりはオッタクリングの小部屋をたたんでホッホゴーベアニッツに戻った。最初のうち彼はできるだけ遠くまで散歩することをおおいに喜んだ。田舎が気に入ったのだ。自然が彼を魅了した。彼らはほとんど垂直に落ちかかる岩壁まで行って、峡谷を覗き込むのが好きだった。そこから妹は兄に谷間にちらばる集落の説明をしてやった。彼はこのときかつてないほどものごとを柔軟に受け入れることができていた。まもなく彼は、またチェロを弾き始め、ヴァイオリンもピアノも弾きだした。妹は彼とますます遠くまで散歩をした。しかしあるとき彼女が彼とフォホラーミューレを真下に見下ろすことのできるオークの木の茂みまで歩いたとき、彼は突然彼女の頭を背後から棍棒で殴りつけたのだ。彼女が気絶から目ざめると、彼は彼女の隣に座って泣いていた。ふたりは家に戻った。夜、彼女は、彼が眠っていることを確認した後で、屋根裏から格子囲いを降ろしてきて、ベッドに被せた。その時以来、彼女は兄が自分のことを憎んでいると感じている。しかし彼女は彼のことを愛しているのである。

　彼女はごくまれにしかひとりで家を出て、城まで行き、城の中庭に入ったり城壁の上をひとりぶらぶらしたりすることができなかった。そういうときは家に帰ると、兄に何をしたかを話さなくてはならない。自分はもうずいぶん前から何かをじっくり味わいながらすることがなくなってしまった、と彼女は言った。「私が兄に何も話さないと」と彼女は言った「あの人は私を脅かすの」。ときどき彼は、彼女が彼の顔に化粧をするようにせがむ。彼が絶えず熱を出しているのを見られたくないというのだ。

診察は困難だったが、しかし三〇分しかかからなかった。

父は実際完全に頭がおかしくなっているクライナーの不具の息子に最後に舌を突き出させた。父が処方箋を書いている間に、ぼくは奇妙な発見をした。場所が足りないために恐ろしいことにクライナーのふたりの子供が起居を共にしなくてはならない部屋の壁にたくさんの大きな銅版画が掛かっていたのだ。たぶんそれは、とぼくは考えた、ザウラウのコレクションの一部で音楽の巨匠たちを描いたものなのだろう、と。最初そのフランス製の単彩の銅版画がすべて作曲家の肖像であることは全然ぼくの注意を惹かなかった。しかし突然ぼくはすべての銅版画にクライナーの息子が赤い文字を書き記していることに気づいたのだ。モーツァルトの肖像の上に彼は「すごく偉大だ！」と記し、ハイドンの肖像の上には「豚の顔」、グルックのそれには「お前は嫌いだ！」と書いていた。エクトル・ベルリオーズの顔に彼は「ぞっとする」と書き、シューベルトには「女々しい！」と書き込んだ。ぼくには彼のベッドの上に掛かった二枚の銅版画はあまりはっきり見えなかったので、書かれた文字の判読はできなかった。クライナーの息子はぼくが書き込みを読み解こうと努力するのをずっと見ていたが、彼のベッドの上の二枚の版画ともそれがうまくいかないのを見て、ぼくをあざ笑った。アントン・ブルックナーの肖像には「ジンタ!」と、パーセルのそれには「やめとけ、スコッチ爺い!」と書いてあった。ベーラ・バルトークの大きな銅版画の下に彼は「聴いているよ!」と書いていた。部屋の、ぼくがそこにずっと座っていた隅っこに、その部屋から出てくる前に、首を折られた、そしてその折られた首の所を紐で結わえて束ねられた三丁のヴァイオリンが置いてあるのを見た。クライナーの息子の陥っていた錯乱状態は、診察が終わると、疲労困憊に変わった。彼は妹が彼の頭をクッションの上に置くのを抵抗なく受け入れた。そして彼は水を欲しがり、妹がブリキの容器に入れた水を持ってきた。ぼくが考えたのは、彼はもう何度も水を飲み終えるや、その容器を壁に投げつけただろうということだった。

ああいう不具の進行には、と父はぼくたちが外に出たときに言った、つねに相応の狂気の進行が伴う。身体の病を、それから発する精神の病が追いかけるのだ。

父はもう銅版画の書き込みを読んだことがあるか、ぼくは訊いてみた。あるという返事だった。クライナーの息子は父に一度銅版画の上下への書き込みが何を意味するかを実に詳細に説明したことがあるのだそうだ。ちなみに彼は、と父は言った、手に入るすべての紙に書き込む、というか書き殴っているばかりか、引き出しの中の何百という楽譜にも文字を記し、無数の奇妙なコメントを書きこんだ。「クライナーの息子のような人間は恐ろしく長生きすることがある」と父は言った。「おまえの勉強になるように」ぼくを連れて来たのだ、と父は言った。「勉強になるように」という言葉を父は何度も繰り返した。

侯爵

実際全方向に向け数百キロにも及ぶ広い眺望が開けていた。

ぼくはいままでいつもホッホゴーベアニッツとその城について話に聞くだけだったが、いまこうしてそれを目のあたりにしているのだ。

ぼくたちは来訪を待たれていたので扉がすぐに開き、侯爵はいま外側か内側の城壁の上にいる、とのことだった。

父はそこへの途上、城には侯爵のほかは彼の姉と妹そしてふたりの娘が暮らしているだけだと話した。侯爵のひとり息子は英国に留学中だ。ぼくたちはそれから内側の城壁で自分を相手に話しこんでいるザウラウに出会った。

彼は父とぼくにごく自然に挨拶した。もうだいぶ前からとりわけ午前中に奇妙きわまりない思いに耽るようになっている、と彼は言った。彼はぼくたちに挨拶するときも立ち止まらなかったので、こちらから合流した。ぼくたちが姿を見せたことに、平静を乱される風はなかった。ぼくはここから見はるかすことのできる以上に美しい景観はないだろうと考えた。

　ザウラウは、管理人が死んだ後の後任探しの困難は明らかに取り越し苦労だったようだと言った。募集広告が掲載されたのは今朝だというのに、早くも午前だけで三人の男が名乗り出た。彼からすると若すぎると思えるヘンツィヒという三四歳の男、逆に老けすぎだと思えたフーバーという五〇歳の男、そしてツェートマイアーという森林経営に関して何の知識もない四二歳の頭のおかしい哀れな男だ。ひとりで早くも八時少し過ぎに管理人職に応募するためホッホゴーベアニッツに現れたのは四二歳のツェートマイアー（プシャッハ谷の農家の息子で元教師）という、自分にも他人にも破局をもたらすだけの取り散らかされた才能しか持ち合わせない、ぽつぽつ喋る、可哀想にもその年齢からすればこちらが恥じ入りたくなるほど体調（肝臓、心臓等々）のすぐれない男で、侯爵はすぐさま彼に、ここの管理人職は彼の能力をはるかに超えたものだから、彼を採用することは彼のためにも侯爵のためにもならないと断言し、「たとえ試験採用という形でもあなたを採用することはありえない！」と言いわたしたのだが、そのすぐ後にほかのふたりが、ヘンツィヒは一〇時、フーバーは一一時に、現れたのだった。「私は執務室で応対したのです」と侯爵は言った。「私は聞くに堪えないプシャッハ谷訛りを喋るツェートマイアーに、私の奉公人になろうと思うのは馬鹿げている、ここの管理人職に当たるには、絶対的に高度で極端に困難な条件を満たさなければならないのだ、と言い聞かせる必要はありませんでした。しかしそもそも、と私は言いました」と侯爵は言った「口にするのも滑稽だ、と私は言ったのです、私はあの男がそもそも自分の力をひどく買いかぶっているという印象を持ちました。あなたは自分の力をひどく買いかぶっているようだ、と私に言われても、ツェーエトマイアーは馬鹿ではないので、私が非難の言葉しか口にしないのに、私の言ったことに少しも反論はしませんでした。いいですか、私が彼に向かって言わなければならなかったことはすべて」と侯爵は言った「最大の説得力をもって言われました。私はすぐさま、この男が相手ならまったく嘘偽りのない真実を口にできると感じました。彼はひ弱で、その身体の出来はひ弱どころか、それ以上ありえないほど虚弱だったのですが、私は彼に少しも手心を加える必要は感じず、最初から私の考えるところを何でもずけずけ口にすることができました。私ははじめからその男について何ひとつよいことは考えませんでした。というのも私は、彼がうちの玄関に入ってくるやたちまち、この男はうちの玄関に忽然と現れた悲劇だと、まずは等身大の、しかしその直後には身丈より大きなものへと脹れあがった、ツェーエトマイアーという名を、アウグスティン・ツェーエトマイアーという名をもつ根源的人間悲劇のステロタイプだと見破ったからです」。侯爵は言った「安っぽい普段着姿のあの男はありとあらゆる人間の貧苦と困窮のステロタイプ的イメージそのものです。私の言ったことと彼が言ったこと、私のしたことと私の中で進行したことのすべてと彼のしたこととすると言ったことのすべて、私がすると言ったことと彼の中で進行したこと、これらはすべて人間存在に取り憑いている困窮と貧苦と衰弱と卑小と疲労困憊の例のステロタイプであり、例のステロタイプのイメージだったのですが、私を瞬時に捉えたのは」（ぼくは侯爵の言葉をほとんど逐語的に書き写している！）「ひとりの病気の男が私の家に入ってきた、私が相手にしなければならないのはひとりの助けが必要な病人だという思いでした。私が語ったのは、先生、ある病人に向けて語られたことであり、私が耳にしたのはある病人の口から語られたこと、およそ考えられる限り空想的な、とは言え病的な妄想に満たされたこの上なく恭順で病的な頭脳から絞り出されたものでした……あの男は自分が何をしたいかがまるで分かっていなかったので、私は彼にもっとも効果的な仕方でそれを明らかにしてやりました、つまり彼のやっていることはすべて病的であり、彼の生き方そのものが病んでいて、彼の存在そのものが病的なのだから、彼のやることなすことはすべてとまでは言わないにせよばかげている、と言ってやったのです。管理人の職に応募するのはばかげている、と。彼の側の神秘的とも言える一種の誇大妄想がはっきり現れている、なぜなら彼にはその職に必要な前提がそっくり欠けているし、彼はその最低の条件すら持ち合わせていないからだ、と私は言いました。でも何が彼を促し、私の書いた求人広告に執念を燃やさせるのか、と私ははっきり言いました、私には容易に想像できる、と。ばかげている、と私は言ったのです」と侯爵が言った。「ひとりの人間が新聞の求人広告を読んで、彼には自分がその職に決してありつけないことが分かっている、というのもすでに言ったように彼にはその職の前提条件が完全に欠けているからだが、しかしその広告は彼を惹きつけてやまず、彼はもはやその広告から逃れることができない、彼はその広告の完全な虜となって、求人に応募する、その職に応募するのはばかげていると知っていて、自分がその広告に関してなすことのすべて、その何もかもがばかげているのは百も承知なのに、でもそれを追求しつづける。私には、と私はツェーエトマイアーに言いました」と侯爵が言った「ひとりの人間が新聞広告を読んで、それが（明らかに）自分だけに宛てて出されたものと思い込み、広告の完全な虜になって、それがどれほどばかげたことかも分からずに、求人に応募してしまうことがあるのは容易に想像できる。彼、ツェーエトマイアーは、自分には私の公募した管理人職につく前提条件が全然欠けていることを完全に承知の上で、また自分は教師であって、森林経営いわんや森林学の知識のかけらもないこと、自然の素朴さの信奉者である上、自然の意思なき犠牲者としてつねに自然のただ中に存在しているだけであって、自然について何も分かっていないことは承知だし、ずっと承知してきたのだから、管理人職に応募することは病的としか言いようがない。それは、と私はツェーエトマイアーに言いました」と侯爵は言った「欺瞞、私に向けられた欺瞞である以上に、彼つまりツェーエトマイアー自身に向けられた欺瞞だ。というのも彼が私の公募した管理人職に応募することが私に対する欺瞞であるのは言うを俟《ま》たないことだからです……私は」と侯爵は言った「そこにおいて、またそれを通じてツェーエトマイアーが存在する、そしていままで存在してきたすべてが欺瞞なのは事実であるにせよ、それを欺瞞だと断定はしません。私が言ったのは、欺瞞的要素と、その進展がすでに彼をとっくのとうに破壊しつくしてしまった、ということです。私はすべて彼に関係するこの上なく破局的な家族構成を想像してみます」と侯爵は言った。「私はツェーエトマイアーに言います、たぶんあなたは激しい無分別で不自然な少年時代を過ごしたのでしょう。でもあの男には私の言っていることが分かりません。彼はプシャッハ谷の出であり、だから私の言うことを理解できないのだろうと思ったのですが、たぶんあなたは……以下の言葉を口にしたとたん」と侯爵は言った「あの男は私の言うことを理解できず、しかもそれはプシャッハ谷の出身という理由によるだけではないことが分かったのです。私には、ああいう男（そしてもちろんああいう階層の人間！）に接するときは簡単な話し方をしなければならず、複雑なことや緊張を強いるようなことを口にのぼらせてはならないことは分かっています。ああいう男、つまりツェーエトマイアーに対して、おまえ自身の本性であるところの犯罪、すなわち彼をおまえの思考の中に突き入れ、おまえの途方もない数字と、記号と、果てしのない自然の迷宮に引きずり込む罪を犯してはならない。最大の罪は」と侯爵は言った「上位に立つ者から下位に置かれた者に対して言葉で犯される罪、思考とそして言葉によって犯される罪等々だ、と私は考えます。ツェーエトマイアーは私の前に立った瞬間にもう、私の家に（侯爵は私の城にと言わなかった）足を踏み入れることがばかげたことだと分かっていました。彼は私の前に座っている間中ずっと腑抜けたように機械仕掛けめいた動きを繰り返していましたが、身じろぎするというのではありませんでした。私は、彼が何かを言うために、結局彼はそれを言わず、言う勇気を出せなかったのですが、口を開くのを見て、彼のグロテスクな側面を観察することができました。私は彼を見て、存在そのもののグロテスクな側面を観察したわけですが、すでに言ったように、それは彼というひとりの人間に関わるばかりでなく、彼と私の間のすべて、私と彼の間のすべてに関わることでもあったのです。彼は、私の出した求人広告を朝食の時に読んだのですが、その時突然すべて私の広告に関係し、私の広告に起因する無数のイメージが彼の頭脳の内部へと投射されたのだと言いました。彼はそれを別の言葉で語ったのですが」と侯爵は言った「しかしそれが内部への投射だったことに変わりはありません、ツェーエトマイアーは、広告によって自分の頭脳の内部に突如生み出されると同時に上映され始めた、つねに広告に関係するフィルムが自分を興奮状態に引き込んだ、とは言いませんでした、彼が口にしたのは、その方が彼に似つかわしいのですが、自分にはその後もうあの広告のことしか考えられなかった、という言葉でした。そして彼は言いました、妻は、自分が求人に応募することを望んでいるにもかかわらず、この職に応募するのは無意味だと、この職には意味がないと考えました。彼女は、彼にはこの職につく能力がない、彼は教師なのだから、と言いました。彼女は彼に、あなたは教師でしょう！　と、そしていつものように、あなたはだめな教師なのよ！　と言ったのです」。侯爵は言った「ツェーエトマイアーは、自分は服を着るなり飛びだしてきました、と言いました。私はその飛びだしてきたという言葉を」と侯爵は言った「ツェートマイアーが口に出し、私がそれを反復して宙に吊したあと、宙から引き下ろし宙から回収することで、後に続く言葉のために、空気をその言葉から浄化する必要がありました。ツェートマイアーは」と侯爵は言った「自分がなぜその職に応募するのか、自分にも謎だ、と言いました。人間は多くのことをするが、なぜそうするかは謎のままだ、と彼は言ったのです。いいですか先生、彼は、自分がなぜそうするのか分からない、と言ったのです。彼は毎日新聞を読み、いつもすべての求人広告を読む、妻に強制されてツェートマイアーはすべての求人広告に目を通す。彼の妻は働いて稼いでいて、彼は退屈しているが、これまで彼が何かの広告に私の出したそれへのような反応を示したことはない。私は」と侯爵は言った「自分の広告にはひょっとして妙に人目を惹くところがあるのだろうか、と考えました。しかしそんな箇所は見つかりませんでした。（大規模な営林の管理人を募集する…ザウラウ…等々）私の広告はまったくつまらない調子で書かれています。そこには（あるいはその中には）人をいらだたせることも（惹きつけることも）書かれていません。私はそれをさっさと書き上げて、印刷屋に回したので、自分でもそれがきわめてそっけなく、味気なく書かれているのにびっくりしました、というのも最初は当然心のこもった、人を惹きつける文章、少なくとも関心を惹く、味気なくない文章を書こうと思っていたからです…私はしかしそれを断念し、こう考えることにしました」と侯爵は言った

「おまえの広告など無意味で、だれも応募などしはしない等々、と…すると早くも早朝にツェーエトマイアーが私の家に現れ、そのすぐ後に他のふたりの応募者ヘンツィヒとフーバーが顔を見せたのです。私はこれからもっと多くの応募者がやってくると思います。というのも突然だれも顔を出さなくなるほうが、不自然だからです。私は、効果から推すと、私の広告は魅力的なものにちがいないと思います。私は自分が魅力的な広告に対する確乎たるイメージの持ち主だと自負していますが、もしそれが魅力的な広告でないというまさにその理由で魅力的であるのだとしたら…ザウラウ家の当主が広告を出さなければならないところまで落ちぶれるとは」と侯爵は言い、そして「先生、私は言ったのです、ツェーエトマイアーさん、あなたはひょっとして本気で、営林業についての心得があると思っているんですか、と。それに対して、彼は、いいえ私は営林業については何も知りません、ほんとに営林業については全然知らないのです、このあたりで育ったからといって、営林業についての知識があることにはなりませんので。もちろんそんなことにはならない。私は彼にシュナップスをグラスに一杯注いでやってから（私は先生に禁止されているので、もう何週間も飲んでいません）そう問うことが私にはごく当たり前に思われたのですが、あの男になぜもう教師をしていないのか、と尋ねました、というのも教師でありながら、早くも四二歳で教師でないというのは普通にはありえないことだからです。そのとき突然、先生、その考えとドイツ語がまた急に奇妙なものに思われだしたのです。彼は、自分は一〇年前に年金受給権も与えられぬまま、教職から追われた、と言ったのです。犯してもいない罪（強姦か）の嫌疑を掛けられ、それが故に二年の禁固刑と、ガルステンでの三年の懲役刑を終えなければならなかった。どんな犯罪なのかを言うことはできない（強姦だろうか）。自分は教師であることを喜びに思い、特に教師の職に結びついている自由、教師がその中を動き回ることのできる日常の清潔さ、そして田舎教師に開かれている素晴らしい可能性の世界を（あのまま教師をつづけていられたなら、と彼は叫びました）高く評価してきた。ところがいまは」と侯爵は言った「そう認めざるをえないが、妻の仕事と彼女の力に頼って暮らしていて、実のところ望みを絶たれた状況だ。そういうところへ今朝求人広告を読み、それに鷲づかみにされてしまった。ツェーエトマイアーというのは、と先生、彼は実際驚いたことに皮肉たっぷりに言ったのです、調べてもらえば分かるが、かつてシュタイアマルク州とオーバーエスターライヒ州で栄えたけれど生業をつづける権利を剥奪されて没落したある古い家畜商と織物師の家系の名なのだ、とあの男は言ったのです」。侯爵は笑った。「この家名はいまでは屑も同然だ、とツェーエトマイアーは言いました」と彼は言った。「突然」と侯爵は言った「ツェーエトマイアーは万事を解き明かさずにいられなくなりました。身を持ち崩した高山地帯の知識人の典型だ、と私は考えました、疑いなく、と私は考えました、狂っている、自分を救う努力が重荷になりだすとそれを投げ出し、生みの親と同じ気楽な痴呆状態に身を沈める類いの人間だ、と。ばかげた話ですが、とツェーエトマイアーは言いました、求人広告を読んだとき…彼は口にしたとたんに中断したその宙ぶらりんの言葉が気に入ったようでした」と侯爵は言った。「そう、そんな気は、いや、そんな気はさらさら、とツェーエトマイアーは言いました。彼は立ち上がったときに一瞬、自分は自然との呪われた関係のせいでこれまでありうると思っていたよりはるかに滑稽な存在だと感じているようでした。彼が席を立って」と侯爵は言った「執務室から出て行く様子は自分の滑稽さを強調する風でした。自分の惨めさを楽しんでいるのだろうか、と私は考えました。ばかげていますよね、とツェーエトマイアーはもう一度言い、自分を責めさいなみたい欲望を露骨に示しながら出ていきました。私は、ここにひとりの男が現れ、私の出した求人広告を見て城にやって来たと言い、ツェーエトマイアーだと名乗るけれど、この男には接しようがないと考えていました。意図が不明なのです」と侯爵は言った。「すぐに私はあの男が明らかにかなり進行した病をいくつもかかえこんでいるのに気づきました。たぶんこの地方特有の性病も含まれています。北東シュタイアマルクの人間は顕著な近親相姦神秘主義への傾きと独特ののろくて鈍い動作と発話リズムをもって生まれてきます。私がプシャッハ渓谷という言葉を口に出すと、あの男はすぐさま自分がプシャッハ湖で体験した出来事をながながと話し始めるのです」と侯爵は言った。「そもそも私は、人間が自分の過敏な個所を刺激する言葉にいかにやすやすと反応するか、そしてその言葉とかつて体験し深甚な影響を受けた不幸な出来事をいかに速やかに結びつけるか、それが不思議でなりません。

ツェーエトマイアーの話に戻ると」と侯爵は言った「彼は子供の頃プシャッハ湖で小舟から落ちたことがありました。先生はプシャッハ湖をご存じでしたか」。父は「ええ」と答えた。侯爵は言った「彼の兄が小舟から彼を引き上げようとしましたが、うまくいきませんでした。ツェーエトマイアーは、父親がもう一艘の小舟で来て引き上げるまで、五時間も水に漬かっていなければならなかったのです。事故が起こった場所は水深が二〇〇メートルありましたが、たとえ六メートルか八メートルしかなかったにしても等々…彼、ツェーエトマイアーは、もうあと五分も自力で水に浮かんでいることはできなかったでしょう。彼はAの文字を一個でも含んでいる単語に極端に敏感に反応するタイプの人間ですが、もちろん彼個人の多かれ少なかれ恐ろしい体験に関係するあらゆる概念に対しても同様の反応を示します。たとえばある美しい風景を想起しながら私の発した美しい景色という言葉が、プシャッハ湖の出来事についての物語ほど長くはないけれど、不運という点でひけはとらないもうひとつの物語へとまたしてもたちまち彼を引き浚《さら》ったのです。彼が物語った、というよりも概略を辿ったところでは」と侯爵は言った「彼はザラの美景亭という食堂の近くでズーベン刑務所を脱獄したばかりの囚人に襲われたのですが、それは彼自身がガルステンの刑務所を出所して二週間になるかならぬかというときでした…男はツェーエトマイアーを背後から襲って、財布を奪いました。もちろんその財布には二〇シリングしか入っていませんでしたが、間の悪いことに彼がもっていたたった一枚の母親の写真もいっしょでした。盗人はリンツの裁判所で一二年の禁固刑を宣告されました。たぶん、とはツェーエトマイアーが言うのですが」と侯爵は言った「男は四年もたてば出てきます。自分にはこの国の司法は見え見えなんです、とツェーエトマイアーは言いました」と侯爵は言った。「実際私は」と侯爵は言った「ツェーエトマイアーに限ったことでなく（他の者たちの前でも）彼らを刺激する言葉を使わないよう注意すべきでした。ツェーエトマイアーは、おそらくある種彼らと持続的におそろしい関係で結ばれた言葉によってたちまちのうちに気持ちを損なわれるタイプの人間のひとりなのです。たとえば私は父の前では」と侯爵は言った「うかつに言葉を口に出してはならず、たとえばソーセージ、アウシュヴィッツ、SS、クリミア産発泡酒、現実政治家といった言葉は禁句でした。人間にはみなその前で口に出してはならない言葉があります。私の姉妹も娘たちも息子もみな、ある種の言葉に救いようのない苦しい反応をしてしまうことで苦しんでいます。私は、ツェーエトマイアーの前ではたぶんモグラという言葉を口にしてはならないのではなかろうかと考えました。でも私は一度たぶん彼を試すつもりで、モグラという単語を口にしました。私は、プシャッハ地区というのは恐ろしいモグラ地帯じゃないかね、と言い、そしてその瞬間彼という人間の全体がとんでもない苦境におちいったことを確認したのです。私は実際そもそものはじめから、ツェーエトマイアーをモグラという語に直面させてはならない、と感じていました（彼の故郷にもです）。しかし私は彼をそれらと直面させ、そして私が（彼に故郷を想起させる）モグラという語を発すれば彼を苦しめることになるだろうという仮定が事実だと分かったのです。その後分かったことですが、彼に向かっては、反吐を吐く、ブントシェック山麓地方、クレンホーフ地方、キャンバス、坑夫という言葉、そして鉱山、もちろん刑務所という言葉も発してはならなかったのです。でも認めざるをえませんが」と侯爵は言った「ツェーエトマイアーがここにいる間何度も何度もまさに彼が恐れているそれらの言葉が使いたくてたまらなくなっていました。思い出してみろ」と侯爵は自分に向かって言った「おまえは蕪《かぶ》という言葉を繰り返し口にしただろう。私は彼を容赦しませんでした、一瞬たりとも容赦しなかったのです。ツェーエトマイアーは、たいていの人間が容赦されるべきであるように、当然容赦されてしかるべき人間です、ねえ先生、ところが私は彼を容赦しなかった、私には最初から彼の弱点と、彼の病気がすべて分かっていました。でもまさにそうであるがゆえに私は彼にまったく情けをかけなかったのです。この男には情けをかけてはならない、私はある決定的な瞬間に考えました、それは彼のためにならない、彼のためにならない等々…なぜでしょう。先生、私は繰り返しそういうまったくばかげた問いにとらわれるのです」と侯爵は言った「それらはもちろん説明と解明を求めます。でも説明できることや解明できることは存在しません。シュタインツという言葉を聞いて」と侯爵は言った「（私でなく）ツェーエトマイアーはラサッハという言葉を連想し、そのラサッハという言葉にもう一つの物語を結びつけました。その物語は」と侯爵は言った「お聞かせしないわけにいきません」と彼は言った「ツェーエトマイアーは、彼をむずむずさせる言葉と結びついた物語によってのみ存在しているかのようです。そして彼はそういう言葉を聞くと、語りださずにいられなくなるのです。ラサッハで」と侯爵は言った「ツェーエトマイアーは子供の頃親戚の家の干し草置き場で遊んでいました。午後のことで、先生、親に助けてもらわないと息が詰まって死ぬのではないかと子供ならみな怯えるくらいのものすごい暑さでした。干し草置き場の暑さはお分かりですね。ツェーエトマイアーは、そのとき四歳だったのですが、突然夕飯だぞと呼ぶ伯父の声が聞こえたので驚いて振り向くと、もういちど驚いたことに梁に男の死体があるのを見つけたのです。首つり人でした、とツェーエトマイアーは言いました。彼は首をくくった男に呼びかけ、梁から飛び降りろと命令しました、というのも四歳の子は、首つり人は簡単に梁から飛び降りることができると思っていたからです。ご飯だぞ、と子供は大きな声で言いました、何度もご飯だぞ、と。その死人は、ツェーエトマイアーが見た初めての素っ裸の人間でした。突然四歳の子は梁で首を吊った男が死んでいることに気づき、大きな声で叫びましたが、それを聞きつけるとすぐ親戚の者たちが干し草置き場に集まってきました。彼らのだれひとり知る者のないその男は、多分前の晩に、とはツェーエトマイアーの言葉ですが、梁で首を吊ったのです。取り乱した挙げ句に（今日ツェーエトマイアーはそう言いました）。ツェーエトマイアーはそれから彼の伯父が縄を切らずにすむように、死体を叩き、引っ張り、引きずって縄から外したこと、親戚の者たちが自殺者の身元の謎を解こうとさんざん頭をひねったことを話しました。彼らは床に脱ぎ捨てられていた服（上着とズボンだけだった）のポケットを探ったのですが、何も見つかりませんでした。彼らは何度も」と侯爵は言った「死体と死体の発見者である幼いツェーエトマイアーを代わる代わる眺めていました。すると突然伯父が幼いツェーエトマイアーをまじまじと見て、可哀想な子だ、と言ったのです。そのとたんに彼、ツェーエトマイアーはひどい恐怖に襲われて、立ち上がって駆けだし、干し草置き場から玄関へ、そして玄関から表へ、そして森の中へ走って行き、そこを泣きながら走り回っていました等々…ツェーエトマイアーが、彼にとってラサッハ（シュタインツ等々）という語と関連する物語を語っている間に、私は彼が全然素面《しらふ》でないことに気づきました。私はそれまでずっと、ツェーエトマイアーが酔っているかもしれないとは思いもしなかったのです。私は考えました、ひょっとして彼は家から酔って出てきたのではないか、ツェーエトマイアーは絶えず酔っているのではないか、と。このツェーエトマイアーについてはまだまだお話しすべき奇妙な話がたくさんあるのですが」と侯爵は言った「やめておきます。私は家を出て行く彼を、いまだかつてだれかをそれほど子細に観察したことのないほど子細に、彼が城壁の外に出てしまうまでずっと観察しつづけました。彼の姿が消えてなくなるまでずっと。九時でした」と侯爵は言った「私はもう一度求人広告を読み、ありきたりの陳腐な広告だと考えました。私の書いたその広告に反応する人間がひとりしかいなくても驚きなのに、ほかにまだヘンツィヒとフーバーというふたりの応募者がやってくるというのです。まずはヘンツィヒですが」と侯爵は言った「簡単にヘンツィヒの性格描写をしておきます」（侯爵の口調は病的だった）。「三四歳の」と侯爵は言った「ヘンツィヒは（この職に適応するには感じがよすぎるように見えるフーバーとは逆に）この職に最適の人間に見えますが、感じはよくありません。ヘンツィヒはアウスゼー近くの森林関係の家の出で、父親は山林関係の要職にあり、本人はオルトの林業学校とウィーン農業大学出身等々…彼の話すことはみな自信に満ち、そして彼の話すことはすべて整合しています」と侯爵は言った「ワーグナー式境界択伐法、樹冠除去択伐法、樹冠維持択伐法等々。もちろん私はあの男があれほど当たり前のように何もかも知っていることに驚きました（垂直方式すなわち林間画伐法等々…）。でもあの男のきまじめさが気に入りません」と侯爵は言った「清潔さ、着こなし等々、長所であるものがすべて突然いやになったのです。なぜでしょう。彼の証明書類に目を通すまでもなく、非の打ち所のない男を前にしているのは分かりました。私はヘンツィヒとの面談を始める前に、ツェーエトマイアーとの名を笑いによって頭の中から追い払わねばならず、哀れで気の毒な男と口に出した後で、ヘンツィヒにこれまでの経歴を述べさせると同時にそれについて説明させたのですが、そうしながらずっと口に出しはしないけれどもプシャッハ湖という語の余韻を味わっていました。私はヘンツィヒでなくツェーエトマイアーを相手にしていたのです、先生。私はヘンツィヒが自分の経歴（発展過程でしょうかね）を詳しく描写するのを聞きながら、ツェーエトマイアーの全般的絶望について考えていました。突然私は大きな声で言っていました、もちろんだが、目も当てられないほどひどい生まれつきの、しかしけして不快でない仕方でこちらの心を惹きつづける人間がいる、と。ヘンツィヒはまごつきましたが」と侯爵は言った「それも一瞬に過ぎず彼はすぐ報告をつづけました。ヘンツィヒの話を聞きながらツェーエトマイアーについて考えるのを私は楽しみました」と侯爵は言った。「私は造作なくその楽しみを味わい尽くすことができたのです。ヘンツィヒは、自分は六年間オーストリアで他とかけ離れた林業学校でもあるコーバンアウサーヴァルトという森に」と侯爵は言った「かつてハプスブルク家の所有でありいまは国有林になっているその森にもう六年も前から勤めている、と言いました。ヘンツィヒはベイマツや乾燥低地帯や湿潤低地帯や樹幹の扁平化やラジアータマツや支払い条件や購入や販売について意見を述べ、私はリベリアという言葉やマングローブという言葉を耳にしました。きわめてグロテスクに響くハプスブルク家という単語も何度か。この男をその場ですぐに採用するのが上策だったのでしょう」と侯爵は言った「私にはそれが最良の策だということはすぐ分かりました。でも私は彼をすぐには採用しませんでした」と侯爵は言った。「あの男は若いころの私を、第一級の服に身を包んで森林参事官ジークムントといっしょに何時間も森の中を歩いていたころの私を思い出させました。純血種の猟犬や射止めた獲物の代金や樹木の病やフランスとイタリアへの木材輸出や私のもう長《た》けはじめていた青春を。その頃の私は急に多くの学術的テーマや」と侯爵は言った「いまではすっかり忘れられた政治的駆け引きやくだくだしい絶対内密のいまは跡を絶った形式の対話に首を突っ込みました。そういう対話や学術的テーマや森や服の匂い、そしてアッヘ川の岸辺の匂い、チロルとザルツブルクとオーバーバイエルンとオーバーエスターライヒの匂い、そして親類の所有する森の匂いがいまも鼻に残っています。私はその頃チロルの森のはずれに建つある森林管理事務所の建物を覗いたことがあったのですが、そこの床板は上を歩いているのがだれかを教えるのでした。森林参事官だとかコンスタンツ博士だとかマリーだとかという風に。またその建物のドアを開けると書庫に通じていて、そこには二〇〇〇冊もの倒錯した物語の本が並び、さらにはデカルト、パスカル、ショーペンハウアーからシュレルン村の公文書までが納められていました。私はヘンツィヒという人間を見透かしながら、インフィアテルと平らなバイエルンの間の広大な森とスロヴェニアの果てしなくひろがる森を目に浮かべていました」と侯爵は言った「私は、自然を支配する静けさは無限の静けさであり、これからもそうありつづける、と考えています」と侯爵は言った「私はヘンツィヒに向かっていきなり言いました」と侯爵は言った「私はひどい当惑を押し切って口を開いたのです、要するにあなたはこの職には若すぎるように思うのです。というのもお分かりだとは思いますが、と私はヘンツィヒに言いました、ここではあなたは完全にひとりで恐ろしい責任を負うことになるのです。コーバンアウサーヴァルトには国に雇われた職員がおおぜいいますが、彼らはどれほど有能でも、責任を負う必要はありません。共和制国家では責任という言葉は外国語なのです、と私は言いました。私には分かるのですが、と私は言いました」と侯爵は言った「国有林では万事が無責任であり、そこに責任など存在しませんが、それがこの新しいという触れ込みながら実は旧態依然たる制度の際だった特徴です。そして私は言います」と侯爵は言った「この無責任の結果がどういうものかご存じでしょう。あなたにはそれが分かっている、と私は言いました。私が言いたいのは、と私は言いました、責任という言葉で自分が何を考えているか私には分かっているということです。自然に対する責任…です。この職に就くとあなたは最大の責任を負うことになります。ここには滑稽な国家は存在しません。ザウラウの地所には滑稽な国家は存在しないのです。いまはまだ、と言っておきます。ここにあるのは他の何にも依存していない国家です。ここを支配しているのは、言っておきますが、ザウラウ家固有の自然法なのです、いいですか、言っておきますが、共和国の自然法でも、まがいものの民主制でもありません。そして言っておきますが、土地は広大です。あなたもきっとザウラウの土地がいまはまだどれほど広大なものかご存じでしょう。ヘンツィヒは肯定しました。ということは、と私は言います、あなたは自分がそういう職に適任だと感じているということですね。注意しておきますが、と私はその男に言います、ここは国営企業でなく、私企業です。途方もない責任が伴うのです。そして私は考えます、まさにこの男、このヘンツィヒこそこの職に相応しい、と。しかし私の口をついて出るのは、もう少し年配の人間がこの職に就くところはすんなり想像できても、ここまで若いとなると…という言葉なのです。ヘンツィヒこそこの職に打ってつけだと考えていながら、私が口にするのは、あなたはきっと自分を過信しているのでしょう…という言葉でした。ヘンツィヒはそれには応えませんでした。ややあって彼は、ところで私はフランス語（当然だが）と英語とロシア語とイタリア語が話せます、と言いました。そうですか、と私は言います、いまは決定できません、決定は下せません、そう私は言います」と侯爵は言った「いまここで決定をもらえるとは思わないように、と私は言います。こちらから知らせるので、正確な住所を教えてください。あなたは二日後に私からの電報を受け取ります。私が席を立ち」と侯爵は言った「ヘンツィヒに手をさし伸べ、だれも彼のためにドアを開けてやる者がいなかったのでドアを開けてやると、彼は出ていきました。ヘンツィヒだ、ほかのだれでもなく、と私は自分に言い、執務室に腰を下ろすと、なぜ私は突然あの男のきちんとしたところ、というより秩序そのもののようなところに嫌気を覚えたのだろう、と考えます。彼の教養に。私は頭を抱えずにはいられませんでした。あの博識に私が突然抱いた反感、と私は自分に向かって言いました」と侯爵は言った「私は何度も繰り返します、いい男だ、いい男だ、なんといい男なのだ、あのヘンツィヒは…私は執務室の中を行ったり来たりします。砂利採石場の来年春の収入をざっと計算します。いったいこの砂利採石場はまだ採算がとれているのだろうか、と考えます。私は、砂利採石場（そして鉱山も）に働くおびただしい数の労働者について思いをめぐらし、鉱山を全部閉めたほうが、閉山にしたほうがいいのではないかと考え始め、鉱山は全部閉める、砂利採石場も全部閉める、ついに鉱山と砂利採石場を閉めるのだと考えていると、ノックの音がして、もうひとりの（三人目の）応募者が私の前に立っていました。フーバーです」。侯爵は言った「フーバーはブントアウの人間です。彼の言葉使いと彼の話し方から、すぐ思い浮かぶのは文明敵対的という言葉です。私は、これはいそいそ、だが同時にぐずぐずブントアウから出てくるタイプの男だ、と考えます。あるいはこの男ならもしブントアウから出られるものなら喜んでブントアウを後にするだろう等々と…この男がブントアウからやってきたのは求人広告を読んだこと以外にも理由があるのではないだろうか。私はすぐに尋ねました。きみは私の求人広告を読んでブントアウを出てきたのかね。この男はどう見ても問題外だ、と私は考えます。彼は、求人広告を読んだもので、そのとおりです、と言います。私は、しかし私が欲しいのは完璧な人材だよ、と言います。私の頭にあるのはヘンツィヒです。次にフーバーは、自分は三〇年間実務をこなしてきました、と言いますが、どういう実務かは話しません。一目見れば」と侯爵は言った「彼が三〇年どんな実務についてきたかは一目瞭然、森の下仕事に決まっています。私が、そこのソファに座りなさい、と言うと、グロテスクにも彼はそうします。私はシュナップスをグラスに一杯注いでやり、医者に禁じられているから私はやらないが、飲むと舌がほどけるぞ、と言います。フーバーはグロテスクなことに、グラスをいっきで空にします。彼の服装はこざっぱりしたものですが、私は箪笥の中でなくドアに吊されていたのだろう、と考えます。それからもう一杯注いでやります。私は彼の帽子、上着、ズボン、上着のボタンを観察し、そして考えます、ブントアウは寒い、あそこは途切れることなくつづく冬の支配下にある、ブントアウに住んでいるのはまぎれもない冬人間たちだ、と。得体の知れぬ者たち、と私は考えます、先生、得体の知れぬ者たちなのです。最低限の生存しか許さない風土です。あそこを占めているのは暗緑色ですが、その暗い緑色の暗闇は自殺をも閉め出してしまうくらい強大です。あの人間たちの中で思考はたえず溺れ死に、生きる欲求は風前の灯火同然で、すべてが凍えることと凍え死ぬことを繰り返しているのです。いまブントアウはどんな様子かね、と私はフーバーに尋ねます。いつもと変わりません、とフーバーは言います。先生、彼はそのいつもと変わりませんという言葉を何度も繰り返すのです。ブントアウには製材場主のドラックがいるだろう、と私は言います。ああ、製材場主のドラックですかね、とフーバーが言います。私は言います、ドラックは確かベルベデーレ宮殿の床を張ったのだと思うが、違ったかな。私は言います、ドラックには三人の姉妹がいる。ドラックと話すのは楽しい、と私は言います。そう」と侯爵は言った「ドラックはブントアウでただひとりの資産家だ。仰せの通りです、とフーバーは言います。私は考えます」と侯爵は言った「私の出した求人広告を見て最初の日の午前中に三人の応募者がやって来るとは妙な話だ、と。先生はなんと仰います。おかしな新聞に載ったおかしな文体のおかしな広告に最初の日の午前中に三人の応募者ですよ。なんと仰います。私はフーバーに言います」と侯爵は言った「ドラックは寄木張り一本に切り替えたそうだな。もう安手のフローリングはやらない。例外はありだが、と私は言います。例外はありです、とフーバーが言います。私は、私の求人広告はひどい広告だ、と考えます。それなのになぜそのひどい求人広告に三人もが最初の日の午前中に応募するのだろう。謎です。謎ですとも」と侯爵は言った。「私は、フーバーには責任はない、と考えました。責任は。フーバーには。なぜだ。そんなことを考えるのはやめたほうがいい、と私は頭の中で自分に言いきかせます。いつ求人広告を読んだのかね、と私はフーバーに尋ねます」と侯爵は言った。「私はそれを知りたいのですが」と侯爵は言った「自分がヘンツィヒにもツェーエトマイアーにも同じことを尋ねたのを思い出します。私は尋ねます、いつ求人広告を読んだのかね、と。そして私は、ヘンツィヒにもツェーエトマイアーにもあなたと呼びかけていたのに、フーバーはきみ呼ばわりしていることに気づきます。きみはその広告をその上着のポケットに入れているのかね、と私は訊きます」と侯爵は言った。「フーバーは広告を上着から取り出し、事務机の上に置きます。私はそれをもう一度頭から読みます。きみは朝食を取りながらこれを読んだのかね、と私は尋ねます。彼はまだ」と侯爵は言った「朝食は取っていないことを匂わせながら、否定します。彼はひと言も言葉を発しないことに成功します、それでも彼を見れば瞬時にまだ朝食は取っていないことが分かります。私が台所へ行くと」と侯爵は言った「そこにはだれもいません。台所は無人です。私はフーバーに生ハムを載せたオープンサンドを作ってやります。もう一枚のパンにはバターを塗り、執務室に戻り、このパンを食べなさい、と言います。モストを飲まないか、と私は尋ねます。モストはけっこうです。彼にはもちろん子供がいますが、三人だったか四人だったかはっきりしません、私は、食べなさい、と言い、きみには子供は何人いるのかね、と訊きます。三人です、と彼は答えます。いくつだね、と私は尋ねます。三一と二四と一七です、と彼は答えます。四人死んでます。人の命がいかにあてにならないか、と私は考えます。で、きみの妻はどうなのか。家のことは（二ヘクタールの農地も）」と侯爵は言った「よくやってくれています、とフーバーは言います。もしドラックがブントアウにいなかったとしたら。彼はうなずきます。ドラックは間接的にだがブントアウを養っているのだ。ドラックは思索に耽り、三人の姉妹が彼の食事の世話をしているが、彼はそれがいやでたまらない。彼は姉妹と葛藤状態にある、と私は言います。ドラックとブントアウ…」と侯爵は言った。「その時私に思い浮かんだのは、私にも家にふたりの姉妹がいるではないか、ということです。そして私は自分がドラックと同い年だということも思い出します。そして結局、と私は考えざるをえないのですが、私の家も家政、家族関係、人間関係の万端にわたってドラックのところとまったく同様の状況に支配されていて、違うのはドラックが山の下にいて私が山の上にいることでしかなく、私が下にいてドラックが上にいることだってありえたのです…私はフーバーに言います」と侯爵は言った「だがドラックの姉妹はみな背中が丸い。そして考えます、ドラックは自分の三人の姉妹の犠牲者だ、男は強くてよく、自分で望むだけ強くなればよいし、ドラックも強い男だが、彼の三人の姉妹の方がもっと強い…独身のドラックがその結果だし、男やもめのザウラウがその結果だ、と私は考えます。私は、ドラックは一ダースものよい結婚相手に出会うことができたはずだ、とフーバーにというより自分に向かって言いますが、フーバーは聞いていて」と侯爵は言った「そして食べ終えると、トゥルン・ウント・タクシス家の女の人と言ったのです。その後でフーバーは、口蹄疫《こうていえき》がブントアウのほぼすべての家畜を食らいつくし、ブントアウはもう立ち直ることはできないだろう、と言います。いいですか先生、もう立ち直ることはできない、ですと。疫病は、と私は言います、いったん始まったら、もう手遅れだ。国にとっては、と私は言います、何もかもが手遅れだ。国がいまのようでは、つねに何もかも手遅れになる。国は死体に薬剤を与えるような浪費をやってのける。それで、と私は言います、フーバー君、きみはいつ求人広告を読んだのかね。彼の妻が新聞を朝いちばんに医師の診察を受けに行ったついでに新聞をクニッテルフェルトから持ち帰ったのだそうです」と侯爵は言った「腎臓病です。フーバーは下着を身につけながら、彼女の手から新聞をもぎ取りました。彼女は毎日のことですが、家には金がないと小言を言います。あんたは働かず、あたしだけがあくせく働き、あたしは稼ぎ、あんたは怠け、あんたは稼がず、あたしが何もかも纏めているのに、あんたは何もかもおっぽり出す等々…あげくに彼女は仕事も嫌い、お天道様も嫌いといった言葉を投げつけたので、彼は腹を立て」と侯爵は言った「ビンタを喰らわすぞと脅しましたが、殴ることはせず、寝室に行ってベッドに身を投げ出しました。そのときベッドで広告を読んだ、とフーバーは言いました。すぐに跳び起きて、服を着、ブントアウを出て私のところへやって来たという次第です。途中彼はこんな職に応募するなんて自分は頭がおかしいのではないか（ツェーエトマイアーもそうでした）と考えました。でも、と彼は自分に言い聞かせました、おれは登っていくぞ、登っていくぞ、ザウラウの城へ登っていくぞ、と。そしてそうやって何度も何度も登っていく登っていくと繰り返すうちに突然上へたどり着いていたのです。しかし城の眺めが彼を怖じ気づかせたので、扉を叩く前に四、五回ぐるぐるあたりを歩き回りました。彼はここを逃げ出して、山の下の食堂へ駆け込んだ方がいいのではないかと何度も考えました…ところがそのときヘンツィヒが、フーバーにいわせるととても恰幅のよい男が出てくるのが見えたので、自分もノックするしかなかったのだそうです。私の年で仕事を新しく始めるなんてばかげてます、とフーバーは私に言いました。彼の妻はしかしのべつ幕なしに小言を言います」と侯爵は言った「彼女は彼の頭をおかしくせずにはいないことに、毎日毎日自分の必要性と彼の無用性を証明せずにおかないのです。でももちろん自分はそもそもその応募する職に向いているとは思っていません、とフーバーは言いますが、でも本当はその言葉で、自分は必ずしもそれに不向きなわけでなく、ひょっとしたら、と言いたいのです。私は、森林の下仕事をする者たちの能力は桁外れたものだと考えています」と侯爵は言った「フーバーの能力もおそらく並み優れているのでしょう。そこで私はそのことを口に出して、きみの能力はきっと最高度のものなんだろうな、と言います。きみはしかし、と私は言いました、自分は管理の仕事には向いていないと考えることもできるはずだな。いやいや、と私は言います」と侯爵は言った「こういう職はまったく違う実務を要求するんだよ。それは彼にも分かっています。そこで私ははっきり言います、きみはたぶんその職に向いていないどころか、全然向いていない、と。私は言います」と侯爵は言った「しかしブントアウからここまで出向いてくるというのはそれだけでもたいしたものだ、と。フーバーは、はい、と言いました。私自身はもう二年間ブントアウに行っていません」と侯爵は言った「私に城を出て、谷に向かうように仕向けるのはいつも葬式です。親戚や知人のだれか、あるいは知らない人間のだれかがしょっちゅう死ぬものだから、たえず国の（そしてもちろん外国の）あちこちに出かけることになります。私のような立場に置かれた人間は職業人である上にしょっちゅう葬儀に顔を出す旅人でもあるのです。そしていつも死ぬのは、いいですか先生、死ぬことがうすうすでも分かっている人間です。不意打ちというのはめったにありません。私は言います」と侯爵は言った「ブントアウでは墓地が拡張されるそうだな。フーバーが答えます、争いごとばっかりです。村長、社会主義者…等々…村のために、とフーバーは言います、猫の額ほどの土地を差しだす者もいませんでした。すると村はさっさと接収してしまったんです。接収だと、と私は考えます。それは国のいやらしさ、国の愚かしさ、卑しい官僚たちで構成された国の馬鹿馬鹿しさをまるごと私の意識に呼びさます言葉です。接収だと。何もかもが接収される、と私は言います、うちの山の下のいたるところであからさまな口実を設けて接収が行われる。政治家もしょっちゅう接収する。接収はしょっちゅうだ。政治家は接収し破壊する。自然は破壊される。接収されるのだ、と私は大声を出します、私は言います、できることならこの国が自らを接収してしまえばいい、と。こんな国はとっとと接収されろ、と私は大声で言います、命を絶たれろ。この国が自らを接収すべき時がきているのだ」と侯爵は言った「こんなおかしな国は、と私は言いました、接収だ。あいつらは私たちの足指とかかとをたたき切るんです、先生、いいですか、足指とそしてかかとをです、もう歩くこともできません。私はフーバーに」と——ぼくたちは立ち止まって谷を覗き込んでいた——侯爵は言った「もう一杯シュナップスを注いでやっていたのですが、突然そのフーバーと政治談義を始めていたことに気づきました。国はぼろぼろに腐っている、と私は言います、真面目な話、腐ってぼろぼろなのだ。最近は、先生、国は腐ってぼろぼろという語の組み合わせが気に入っています。すべては無だ、と私はフーバーに言います、赤の連中も無、黒［カトリック系政党支持者］の連中も無、君主制が無なのはもちろんだが、共和制ももちろん無だ。すべてがいっせいに気の抜けた瀕死状態に陥っている、ちがうかね。すべてがだ、科学だけは違う。私はフーバーに言います、しかしもっとも忌むべきは共和制の瀕死状態だ、もっとも目をそむけたくなる瀕死状態だ。違いますかな、先生。私は言います、民衆は愚かで、悪臭を放つ、いつもそうだった、と。するとフーバーが言います、ブントアウにはドラックのところの労働者の中に共産党員がいます、と。私のところにもたくさんいるぞ、と私は言ってやります。この城の下ではすべて共産主義一色だ。すべてが。しかし共産主義も共産党員も残念ながら共産主義の何たるかが分かっていない。そして私の求人広告に話を戻しながら、私はフーバーに、きみは疑いなくいい人間だが、さっき言ったように管理の仕事には向いていない、と言います。さらにその上に、きみが自分を低く見積もりすぎているのは確かだが、それにしてもきみは管理の仕事には向いていない、と付け加えます」。侯爵はこの男は五〇だが六〇に見える、と考えます。「五〇年前だったらこういう仕事に森の下仕事の職人を当てることも難なく想像できたが」と侯爵は言った「今日ではもうだめだ。今日この職は科学者タイプの人間、ヘンツィヒのような男を必要とする。なあ、と私はフーバーに言います、きみはザウラウがきみを雇うなんてことがありうると本気で考えはしなかった、そうだな。一一時半だ、フーバー、と私は言います」と侯爵は言った。「私は彼に三杯目を注ぎます。そして言います、きみが初めにここを出ていくのを見た恰幅のいい男、それが彼、ヘンツィヒだ、と私は言います、それが彼だ。オルトの林業学校、と私は言います、ウィーン農業大学、ウィーン、パリ、ロンドン、マドリッド。それにさっきも言ったがあのがっしりした身体だ、と私は言います、英語、フランス語、イタリア語…コーバンアウサーヴァルト、と私は言います、ある種自分自身に対しても無慈悲なほどの高慢と科学者精神、と。決して愚かな人間ではない、と私は言います。結局の所、私が思うに」と侯爵は言った「林業は今日では純然たる自然科学でないにしても少なくとも経済学だ。今日すべてはひとつのサイエンスなのだ、と私は言います」と侯爵は言った。「フーバーは席を立とうとしますが、立ちません。すべては巨大な科学という装置なのだ。愚かしい、と私は言います。フーバーは席を立ちます。だがオーストリアでは、と私はフーバーに言います、すべてが倒錯的なくらい時代から取り残されている。ほぼすべての領域で二〇〇年遅れているのだ、と私は言います。滑稽だ、と私は言います、誇張ではありませんよ、先生、そして私は言います、物質、強力な化学、と。それは伝統的自然概念から遠ざかれば遠ざかるほど、美しく、強力に、そして私に言わせれば詩的なものになっていくのだ。フーバー、と先生、私は言います、ブントアウの郵便事情はどうなっているね、あいかわらずめちゃくちゃか。フーバーは言います、めちゃくちゃもいいところです。で生徒たちは、と私は尋ねます。しまいまで発音する間もなく、生徒たちというその言葉で私の心に突然また山岳地帯の児童生徒がおかれている悲惨な状況への同情がよみがえります。フーバーはドアのところへ歩いて行きます」と侯爵は言った「私は考えます、あの男のズボンは愚かしい。あの男の上着は愚かしい。あの男の歩き方は愚かしい上にグロテスクだ、と私は考えます。児童生徒というのは、先生、世界中どこでも悲惨な概念ですが、ブントアウの一帯ほどその悲惨さが最大かつ最悪であるところはありません。二〇年前からブントアウの谷のはずれに新しい学校を建てる話が出ているのですが、今日まで新しい学校は建てられていません。私は繰り返し考えます、この国の教育制度全体が古くさい時代遅れの哀れな代物だと、違いますか、先生。もしも一瞬の思いつきが群がり集ってひとつの考えを形成することができるなら…私は言います、フーバー、考えすぎはいけないぞ…あらゆる言い回しの愚かしさについて私は思いをめぐらします、先生、愚かしさについて、人間がその中で生きかつ考えている愚かしさについて、考えかつ生きている愚かしさについてです…私は愚かしくも自分に生きることを容認しています。私は愚かしくも生きています。みんな愚かしくも生きている。自らの身をドイツ語に委ねる愚かしさですが、先生、なんと愚かしいことか、と私は考えるのです。なにもドイツ語にはかぎりませんが、でもまずほかの何語にもましてドイツ語です。ドイツ語から帰結する愚かしさ、と私は考えます…利益と不利益だけから成り立っている世界の愚かしさ、と…思索せよだと。まっぴらです。私は一度ブントアウで一羽の丸々と太った雉が一頭の猪に止まっているのを見たことがある、ほんとうの話だ、とフーバーに言います。フーバーは聞いています。いいですか、先生、フーバーが聞いているんです…彼はドアの近くに立っています。そうそう、と私は言います、私は父といっしょに何百回もブントアウに行った、雉とそして猪を撃ちに、と私は言います。ブントアウは私の父を繰り返し呼び寄せた、ブントアウの引力だ、と私は言います。私が八歳か九歳の時だっただろうか、と私は言います、私たちはものすごく朝早くにブントアウに入り、そして谷の奥で突然雉が猪の上に止まっているのを見つけます。そのとき父は私に雉と猪の関係について説明してくれました、グロテスクな関係、と私は言っておきます、そして雉と猪にまつわる実にいろいろな話をして聞かせてくれたのです。私たち、つまり父と私は一本の木の幹に腰を下ろしていました。雉は恥知らずにも猪の陰茎に止まって揺れていたのですが、そのとき父がいきなり雉を撃ちました。猪の陰茎から撃ち落とした、と私は言っておきます。猪は一目散に林の中に飛び込んで逃げます。私が雉を取りに行き、雉の上に屈んでいるとき、父が二発目を発射します。私は雉を持って帰ってくると父に、なぜ二発目の銃弾を宙に向けて発射したのかと尋ねます、なんで宙に向けてなの、と私は聞きます。父は答えられません。何の意味もなく宙に向けて撃ったことは一度もなかったんだが、と父は言います。ブントアウには美しい雉と美しい猪がいる、と私は言います。フーバーは出ていこうとしています。彼は玄関の間に出ます。もちろん、と私は言います、私にはきみを雇うことができる、管理の仕事ではないがね。私はフーバーに、老後の手当は出せないが、私のところで下仕事を手伝わないか、ともちかけてみます。クライナーが助けを必要としているのだ、と。彼は私の申し出に応じません。おかしな男です。確かなのは、フーバーには、もう二度と働く気がないということです。いえいえ、とフーバーは言います、自分はこれからも毎日女房の罵詈雑言を浴びている方がいいです。フーバーは私の役に立つはずだった、と私は考えます。ここは荒れ放題です、そうでしょう、先生。でも詮方なしです。フーバーは出ていきます。私の求人広告のおかげで彼はブントアウを出てこられたのだ、と私は考えます。寒いブントアウ、と私は考えます。フーバーが管理人、と私は考えます。フーバーとツェーエトマイアー、グロテスクだ。ヘンツィヒといますぐ、と私は考えます、契約を交わすことにしよう」と侯爵は言った「ヘンツィヒは唯一相応しい男だ。結局のところ、ヘンツィヒこそ私がずっと探し求めてきたけれど、ついに見つけることのできなかった男なのです。私には、彼がたちまちのうちに私にとってなくてはならない存在となることが分かっています。あの男は逸材だ。もちろん電報が」と侯爵は言った「コーバンアウサーヴァルトに届くには丸一日かかる。私がいま正午に打ったとしても、と私は考えました」と侯爵は言った「コーバンアウサーヴァルトには明日午前にしか着かない。郵便、完全に劣化したオーストリア郵便。私は玄関に行って、姉に電文を口述し、姉が老いたクライナーを呼ぶと、彼が郵便局へ降りてゆきます。ヘンツィヒなら危険を冒す心配はありません」と侯爵は言った。「私はすでに彼に関する金銭面の調整もすませました。彼が住むのは狩猟館だ、いや園亭だ、いや狩猟館だ、狩猟館に住まわそう。就任は即刻でも可、私はそう電報に書きました。でも、ヘンツィヒはまだ国との契約があるので、就任できるのは早くても来週だということに気づきます。国有林はすべてを滅ぼします」とザウラウは言った「すべてを滅ぼす国、国のやむことも留まることもない自殺、いいですか先生、今日では、ヨーロッパの国だけでなくすべての国がたえず自殺しているのです。私のとても古いテーマなのです、先生」と侯爵は言った「すべてを滅ぼす国と、自分の国と手をきれずに国を滅ぼしつづける人間たちです。知的破局という言葉が頭に浮かんできます、いいですか先生。私はフーバーが出ていった後で、管理人の職は埋まりましたと書いた紙を城壁の門に張り出させてから執務室に行きました。実際それからもまだ管理人職への応募者がおおぜいやってきたのです。私は、その紙を見て何人かはすぐに、何人かはしばらくぐずぐずした後に立ち去るのを目にしました。多くは年を取りすぎていました。私は自分に向かって、この広告を見てこんなに多くの応募者がやってくるとはなんて奇妙なことだろうと繰り返し言うほかありませんでした。ひとりはドアをノックしますが、ドアは開かれません。最初の三人の応募者の中に相応しい人間が入っていたのが不思議な気がします、違いますか、先生。知り合ったばかりの人間と話すのは考えものですし、疲れます。人間をからかうのはよいことではないですが、人間をまじめにとるのもよいことではありません。どこまでコンタクトを取るか、そもそもコンタクトすべきかどうかもつねに問題です、先生はそうは思われませんか…コンタクト」と侯爵は言った「…先生、私がコンタクト等々を取る度に、あなたがいつも言われることですが、その限りでは私は…でもそれはまずは私の思考のアイロニー的要素を引き出します…アイロニーが耐えがたさを和らげてくれるのです…神経衰弱者の周辺に長くいると…と私は考えます、私はフーバーに親切すぎなかったか、フーバーにあまりに不親切でなかったか、と。ツェーエトマイアーに対してはどうだったか。自分は親切すぎなかったか不親切すぎなかったかという考えが、ある人間が私のもとを立ち去るたびに、突然私を捉えます。私はしかしフーバーに対して実に親切に振る舞ったと考えます。ツェーエトマイアーに対しても私は実に親切でした。私がいちばん不親切だったのはヘンツィヒに対したときで、あれはとても短い面談と出会いであり彼に対する嫌悪感から発した侮辱行為でした。ヘンツィヒこそ、と私は考えます、理想的な管理人だ、と」。

　そのときザウラウが言った、自分は自室にいるのが「耐えがたくなると」気楽な会話がしたくなって「階下の部屋へ降り」みなでしゃべったり黙ったりし「ホッホゴーベアニッツをつねに支配下におき」ときに牙を剝くこともある薄闇に包まれて「自分を省みながら夜への備えをする」のだが、姉や妹や娘たちがいっしょのそのときも、何度かぼくの父に話したようにひどくなる一方の耳鳴りが聞こえている。もう「何カ月も前から」耳鳴りにつきまとわれている。

　ザウラウは「高揚と思索の程度をより高めることに専念する精神のからくり」（父の言葉）に徐々に順応しているが、おそらく一生を終えるまでホッホゴーベアニッツで生きていかなければならないという事実によって自分自身に向けられる仮借のなさが最大に達したため忌まわしいいらだちへと駆り立てられている彼の精神に極度の緊張を強《し》い、彼の精神能力に「あらゆる自然科学的事象への徹底的浸透」（ザウラウの言葉）を強いる議論、息子の英国留学中も途切らしたことのない門を固く閉ざした自室にこもりいつも通り厳しい緊張が必要な高みで自分ひとりを相手に交わすマゾヒスティックな議論（父の言葉）をつづけるうち、ここ数カ月でもはや耐えがたい苦痛となったいまの衰弱状態の下、昨夜もレッツ枢機卿の回想録を精読しながら、「致命的な騒音」（父の言葉）を聞いていなければならなかったのだが、その耳鳴りを聞くよう強制されたのがいつからかという点に関しては記憶が働かない。絶えず騒音が聞こえ、もはや眠ることもならず、耳鳴りがますます恐ろしくなっている。ここ何週間は昼も夜も耳鳴り（アンティタイプだろうか（父の言葉））に身を刺しつらぬかれ、昏乱させられ、残酷きわまりないことに自分自身の死の中へ「放り投げられて」いるのだ。

　自分は世界から身を引いていなければならないと自分の信じるちょうどその分世界に身を引き渡していきます、とザウラウは言った。「私たちは空想的に思考することで疲れてしまうのです」と彼は言った。「疲労の可能性をつきつめながら」ザウラウはホッホゴーベアニッツを、ホッホゴーベアニッツはザウラウを暗い陰で包んでゆく。「類推は致命的」というのが彼がしきりに口にする言葉だ。

　彼の名をかたってここホッホゴーベアニッツにのさばる「ひどいことにたえず精神の一部を切除されている」（ザウラウの言葉）家の者たちが数百数千の仰天すべき精神的盗癖のひとつであるその「日常生活」を生来の救いがたい無力さで「はるか遠方からまずは体内へ、その次に頭の中へ吸入している」のだとすると、ザウラウ自身は彼らに取りまかれたこの「破滅的環境」のなかであの耳鳴り（「マグマの地殻内爆発だろうか」（父の言葉））に身をさらしている。轟音が彼を支配している。ザウラウは自分の脳髄（「太古以来干上がった個所へ流れ込む水の音か」（ザウラウの言葉））はつらいことだが全人類のために濫用される膜組織であり、そこでは一瞬も耳鳴り（「現にあるもののこれから来るものへの変容だろうか」（ザウラウの言葉））が途絶えたことはないと感じているが、彼はこの騒音を聞くだけでなく、それを見かつ感じてもいる。彼の脳髄はこの騒音（「拡大する亀裂、自然の理想的解体過程」（ザウラウの言葉））に「耐え」なければならない。彼が突然堪《こら》え性を失って自分の苦痛を投げこみ始める言葉はほぼすべて「全人類のため」という語句でしめくくられる。

　彼はしばしばとてつもない「感情の歴史と岩石の歴史」が猛烈な勢いでぶつかって完全に新しい物質が生まれるのを感じるが、彼にとってそれは「万物が破壊しつくされ最終的存在となる」プロセスなのだ。

「私はいつもここのこの場所で私の管理人とホッホゴーベアニッツにかかわるいっさいについての話し合いをしてきました」とザウラウは言い、そしてつい最近ホッホゴーベアニッツの下の広大な地域を襲った洪水に荒廃させられた谷間に広がる土地に私たちの注意を向けた。「まだ三週間にもなりませんが、私がここを」とザウラウは言った「あのとてつもない洪水がもたらした荒廃についての感想をいだくこともできずに行ったり来たりしながら」と彼は言った「水がゆっくり引いていくのを驚きとともに黙って眺め、二時間もの昏乱に囚われているときに、先生」英国に留学中の息子のうさん臭い生き方が彼の意識にのぼったのだ。「この場所に立つと」とザウラウは言った「いつも息子が意識にのぼるのです。実際息子の生き方は私の生き方とまったくの別ものです」。管理人が死んで間もない三週間前のあの時、ザウラウは「私の性分に反することに」この場所で何時間も洪水が引いていくのを眺め、「それから私の性分に反することにひと言も発することなく」城の中へ戻ったのだ。ザウラウはそのとき「息子は英国にいますが私はここで滅びるのです」と言った。

　最後に往診したときに、と父は回想するのだが、ザウラウは洪水を論評しながら、何度も「土石流」という言葉を叫び、自分でも「取り扱いかねるくらい取り乱した状態」について語ったという。ザウラウは繰り返し大声で「土石流」という語を叫び、「洪水被害額、洪水被害合計額、莫大な洪水被害総額」を見積もり、あたり一帯が鼻をつくほどではないが「厄介な」腐臭に悩まされていたため――溺れ死んだ家畜がアッヘ川の両岸にひっかかり、引き裂かれ、膨張し、一部は猛烈な水勢で切り分けられ（父の言葉）、谷のあちこちにあるザウラウ家の牛舎や豚舎はまだ片付けが済んでいない――腐敗という語、腐敗過程という語、洪水宿命論という語を叫んでいたが、突然、脳内の騒音によって彼の頭蓋の中で起きている、下のアッヘ川の岸辺のそれよりはるかにひどい荒廃について語りはじめた。「私の頭の中では」とザウラウは言った「実際想像を絶する荒廃が進行中なのです」。

　父は、洪水後のその一日目がそれ以後「信じがたい勢いで」（父の言葉）猛威を振るいはじめたザウラウの病にとってきわめて重要な意味を持っていたと考えている。「あの日は破滅的出来事のあまりの規模に驚いてふたりでアッヘ川へ降りていった」（父の言葉）。実際洪水の規模は、水が正常位に戻った後にふたりが確かめえたかぎり、壊滅的なものであった。ザウラウに理解できなかったのは、洪水が管理人の死の直後に起こったことだった。「よりによって私が助けをえられなくなったときに起こるとは」と彼は何度も大声で繰り返した。最初ふたりはあまりの衝撃に互いに言葉を交わすこともできなかったが、流木と獣の死体をアッヘ川から掬い上げる仕事に従事している労務者たちに挨拶はした。彼らはできるかぎり歩こうとつとめた。ザウラウは父にあまり早く自分を置き去りにしないでくれと頼んだ、いまはひとりきりではいられない、と言うのだった。ザウラウは繰り返し「数百万の損害」について語った。そして先ほどは何時間も沈黙していたのに、城へ戻ると止めどもなく喋った。

　ザウラウは今度はぼくに向かって言った「私が集中して洪水について語れば語るほど、あなたの父上は洪水から私の注意をそらそうとしました。それも」とザウラウは言った「私たちが壊滅的洪水の前日に園亭で上演した芝居によってです。毎年異なる内容の芝居は」とザウラウは言った「ホッホゴーベアニッツの伝統になっています。奇妙なことですし」とザウラウは言った「いまは滑稽と言っておきたいことなのですが、私が洪水について話し始めると、その瞬間に父上は芝居について話し始めるのでした。父上は、私が洪水に心をとらわれると、その分芝居に心をとらわれるのでした。私は洪水について語り、父上は芝居について語りました」。父は言った「私はずっと洪水の話をしなければいけないと考えていたのに、でも話していたのは芝居についてだったのです」。ザウラウは言った「私はしかし洪水について話し、芝居については話しませんでした。私にあの日洪水以外の何について話せたでしょう。私は当然洪水以外の何も考えられなかった。でも父上は芝居以外の何も考えていなかったのです。私がますます洪水に心をとらわれるにつれて、父上はますます芝居に心をとらわれてゆき、洪水について話す私が芝居について話す父上にいらいらさせられるその分だけ、芝居について話す父上は洪水について話す私にいらいらさせられるのでした。なんと凄まじい苛立ちだったか」と侯爵は言った。「私は何度も、私のいつ果てるともない洪水語りのなかへ、父上が芝居の批評を投げ入れるのを聞きました。信じられぬほど奇妙な取り合わせでした」と侯爵は言った「私は時がたつにつれますます洪水について話し、しまいにはもっぱらそれだけを話したのに、父上はもう芝居以外のことは何も話さなくなっていました。そして父上はますます大声で芝居について話し、私はますます大声で洪水について話しました。大声、同じ大声、同時に同じ大声で、私たちふたり、父上と私はとんでもない芝居について、とんでもない洪水について話したのです。そしてそれから」と侯爵は言った「ある周期が来て、そこでは私たちはふたりともひたすら洪水についてだけ話したのですが、また次の周期が来て、そこでは芝居だけが話題になりました。でも私たちがふたりで芝居について話している間も、私はひたすら洪水のことだけを考えていましたし、私たちが洪水について話している間も父上は芝居のことしか考えていなかったのです。つまり交互なのですが、私たちが洪水について語っているとき、父上は芝居のことを考え、私たちが芝居について語っているとき、私の考えは洪水を離れませんでした。私が洪水担当なら、父上は芝居担当でした。私は自分たちが洪水について語っているとき、父上は芝居について話したがっているのだと考えましたが、芝居について語っているときは、洪水以外の話はしたくなかったのです」。「私は」と父が言った「かつてオックスフォードで見たある芝居と比較しながら芝居について、英国の俳優と当地の俳優の比較について、英語と私たちの言葉との比較について論じようと思ったのです」。侯爵は言った「私は当然ながら洪水に完全に支配されつくしていたのですが、当然ながら父上が芝居によって私同様に完全に支配されつくしていたかというとそうではありません」とザウラウは言った。「私たちが芝居について語っていたとき」と父は言った「侯爵、あなたはたえず大声で高額の費用とか法外な費用と言いつづけ、一方私たちが洪水について語っていたときに、私はすのこ天井とか身振りとか高揚とか人形振りといった語をたえず口にしていました」。「しかし結局」と侯爵は言った

「私たちはあの日何を口にしようと、洪水のことしか話していなかったのです」。

「芝居がはねるとすぐ」と侯爵は言った「私は園亭を出て、内側の城壁の上に行きました。というのも芝居は耳鳴りから注意をそらしてくれなかったからです。私は芝居が耳鳴りから注意をそらせてくれることを期待していたのです。しかし実際内壁の上でも耳鳴りから注意をそらすことができなかったので、私は外側の城壁の上に行きました。わずかの間私は外壁の上で耳鳴りなしでいることができました。それなので外壁の上から芝居を見終えて家路につく者たちを見下ろしていました。何人かは峡谷を下って行きました」と侯爵は言った「私にはなぜなのか分かりません。私にはいまでもまだ何人かがなぜ峡谷を下って行ったのか分からないのです。私は大きな松の木の背後に隠れて、私の姉と妹からそして私の娘たちから別れを告げている人たちを観察していました。この芝居は」と侯爵は言った「もちろん女たちが勧進元であって、私は実際芝居全体には全然関わっていないのですが、女たちは毎年あいう芝居を上演して、それに何百人もの人間を、私にはまったくどうでもいいというか大部分は鼻持ちならない連中を招待するのです。女たちには芝居はもちろんいつでも何百人もの人間を招待する口実ですし、彼らは実際にやって来もするのですが、その際芝居が果たす役割はたいしたものでなく」と侯爵は言った「女たちは人を城に呼び寄せる手段に利用しているに過ぎず、芝居を見に城に上ってくる連中も、芝居目当てというよりたんに好奇心に駆られて上ってくるだけです。私の意向を通したならば」と侯爵は言った「そもそもだれもここへ上ってはこなかったでしょう、だれひとりです。もちろん」と彼は言った「そこまでの孤絶状態は当然病的です。しかし世間、私が言いたいのは世間全体ですが、わけても世間の中でここへ芝居を見に来るのはろくでなしばかりです。でも私は女たちの好きにさせているので、彼女たちは呼びたい人間を呼ぶことができているのです。ホッホゴーベアニッツでだれにも会いたくない私は、芝居にぞっとしています。実際」と侯爵は言った「大きな松の木の後ろにいたときは全然耳鳴りが聞こえていなかったのです。私は、そのままだと凍死しそうな気がしてきたので身体を温めるためにしばらく中庭を歩き最後に少し走ったのですが、その後でゆっくり歩きながらだれにも聞こえないくらいの小さな声で芝居のいくつかの台詞を口にしました。私の記憶力は破壊されていない、と私は考えました、いやいや、私の記憶力はまだ無傷だ、だって芝居の中のもっとも込み入った台詞もまだそっくり暗唱できるのだから、と。私は芝居の台詞を唱えながら中庭に向かって歩いているとき、女たちとポーランドからきた親戚の若者はもう寝ただろう、と考えました。実際芝居の中の台詞、それも一番の長台詞ばかりを全然間違えずに唱えることが楽しくなっていたのです。いくつかのまとまった箇所は」と侯爵は言った「文章のリズムが気分を爽快にしてくれました。一時間以上中庭を行ったり来たりし一度は内壁に一度は外壁に上ったのですが歩いている本人はそれに気づかず、できるかぎり多くの台詞を記憶に呼び覚ますことに集中していたのです。そのうち実にいい芝居だという気がしてきました」と侯爵は言った「それは私の従兄弟のひとりが書きおろした一度限りの上演のための作品です。私は」と侯爵は言った「自分の記憶力を苛酷の極みまで検証し自分に対していっさいの手加減も加えませんでしたが、記憶力が完璧なのを確認できました。本当に、先生、あの夜の私の記憶力は完璧でした。突然また完璧さを取り戻していたのです。私は芝居を再構成してみました」と侯爵は言った「とりわけ人間の内面をえぐるその構成が私の興味を惹きました。その効果的なところが。突然」と侯爵は言った「私は眠れるのではないかと感じましたが、それはもう長いこと無縁だった感覚で、私はすぐにその時いた内側の城壁から降りて、中庭に行き、自分の部屋に戻ろうと思いました。最初図書室は通るまいと思ったのですが、思い直してやはり図書室を通っていくことにしました。ある本に関心があり、その出だしの個所を読んでみたいと思ったのです」と侯爵は言った。「図書室の中へ入ってゆくと、女たちに出くわします。彼女たちがまだ起きていたのに驚きました。ポーランドの従兄弟もいました。全員が床に座っていました。朝の四時なのを確認しました。奇妙なことに全員が身じろぎもせず床にクッションを敷いて座っていました。死ぬほど疲れ果て徹夜の疲れに身体をこわばらせた一同がウイスキーを手にクッションの上に腰を下ろしていたのです。突然」と侯爵は言った「私はその人間たち相手に議論が始めたくてたまらなくなりました。そうです、私はその人間たち、なかでも私の姉と妹に、ここは寒くはないか、と問いかけました。ここは寒すぎはしないかと、そしてすぐに自然の中に存在する抗体について話しはじめたのです。そのテーマはとっさに頭に浮かんだものです。私は」と侯爵は言った「朝のすがすがしさの中、自分の考えをとてもよく纏めとても速く展開させることができました。私にはよい聴衆がいました。突然私が感じたのは、こんなによい聴衆を前にしたのは実に久しぶりで、自分はもう何年もこのようなよい聴衆を待ちつづけていたという思いでした。この人間たちはなんとよく人の話が聞けるのだろう。そしてなんとよく議論ができるのだろう、と私は考えていました。若いポーランド人はみごとに、じつにみごとに議論しました」と侯爵は言った。「でも突然、いいですか先生」と侯爵は言った「耳鳴りが戻ってきたのです。つまり私はそれまでの間耳鳴りを抑えることができていたにすぎない、あの芝居によって抑えることができていたにすぎない、と私は考えました。そう、芝居によって。耳鳴りはたちまちのうちに私の考えを破壊し、私の脳の中のすべてをカオスに変えました。耳をつんざくカオスに。そのことに私の聞き手たちはもちろん何も気づきませんでした。もちろん」と侯爵は言った「彼らには私の脳の中を覗くことはできませんでした。でも私の聞き手たちは間違いなく」と彼は言った「私の脳の中ですばらしい秩序が突然恐ろしいカオス、恐ろしい耳をつんざくカオスに変わったのを感じたはずです。耳鳴りがふたたび始まり私の頭の中のすべてを破壊しつくしたその瞬間の苦痛は」と侯爵は言った「すさまじいもので、私は講義とすべての議論をすぐにも打ち切らざるをえないだろうと思いました。でも、先ほども言ったように、もう何年もこれほど注意深くこれほどきちんとしていて勘所も分かり、緊張の糸を切らさずに議論できる相手と思える聞き手を前にしたことのなかった私は、がむしゃらに踏ん張り、なんとか脳内の秩序を回復することに成功しました。朝の四時半でした。とりわけポーランド人に注意を向けなければならなかったため、その必要から部分的にポーランド語を交えて、自然界の抗体について、自然と抗体について、自然由来の抗体について話しました。私はその講義を仕上げながら、聞き手たちの思考の難易度に照らした私の思考の難易度を探っていました。おそらく芝居のおかげで」と侯爵は言った「私がもう自分たちの間ではありえないと思っていた精神集中、明らかに自然哲学的な会席という形での思想共有が突然また可能になっていて、しかもポーランド人が居合わせたおかげでそれはこの上なく集中度の高いものでした。私が議論の火蓋を切る前に訪れていた議論の頂点で、私は私の聞き手たちに、議論とは何かということ、それは今日議論だと信じられているのとはまったくの別物であることを話しました。私は、この図書室にいるのは本当にすっかり前とは違う人間たちだという印象をえたばかりでなく、実際にげっそりさせられる親族でなく、受容力に富み思考力と考えを発展させる能力を有する、思考の道筋をつけられる議論の可能な、根底から完全に変化した人物たちを前にしていたのです」と侯爵は言った。「みなは突然別人になっていました。私は自分が学問のできる頭脳に向かって話しているという印象を持ちました。私は行ったり来たりしながら、学問的頭脳に話しかけました。私自身突如、混沌とした苦痛だらけの頭脳でなく、明晰で学問的な頭脳の持ち主に戻っていたのです。というのも私の完全に明晰な思考は、もはやそんなことはありえないという思いとは裏腹にわかりやすく提示し注釈を加えるだけで聞き手たちの中へどんどん流れ込んでいったからです。私たちは」とザウラウは言った「その朝全力を傾けることを楽しみました。それと同時にまわりで溶けだす夜の闇と東から射してくる朝日を、そして地を匍って渓谷と谷間へ引き上げてゆく蛙と蟋蟀《こおろぎ》が立てるからくりめいた鳴き声を堪能しました。空が白んでくる間、私たちは自分たちがいつの間にか相手の神経をいたぶる存在でなくなっているのを感じとりました。私たちはよりよい人間になっていたのです。私は私たちみなの表情から、私たちの感情と精神状態と精神動向が催淫性であることを否定できないある種の安らぎにみたされていることを確認することができました。この朝私は、自分たちがまだ完全に破滅させられてはいないことをつきとめたのです。私の息子の姉と妹は」とザウラウは言った「私自身の姉と妹同様、私の考えを容れ私の考えに従いましたが、静けさの中芝居の効果も加わって、彼女たちみなに私の考えは空想的だが耐え難くはなく堪え忍べるものと感じられたのです。私たちはみな脳内が突如澄みわたり、突如自然の虜《とりこ》になりました。あの静けさの虜に」と侯爵は言った。「私たちが静けさを手中に収めることができるのはなんとまれなことでしょう。私たちみなは突如いっせいにこのホッホゴーベアニッツを常時支配している静けさを手中に収め、いささかもあの嫌悪すべき衰弱に陥らずにすんでいました。彼女たち（そしてこの私もです）が思考力をいささかも衰微させることなく取り組んでいたのは、いや増す驚嘆の念とともに意識したことですが、私たちの心をますます捉えてやまない物理的化学的宇宙という機械に巣くう不気味なものの正体の解明なのでした。しかし私は絶え間なく」と侯爵は言った「私の脳内の騒音に苦しめられていました。私は私たちを連れて私たちの思考と私たち自身の闇の中を、掌の中のようによく知った道なので少しの危なげも感じずに案内して回ったのですが、その間ずっと脳内の恐ろしい騒音に囚われ人生から遠ざけられたままだったのです」とザウラウは言った。「私は私の家族の中にいて、自分が彼らみなにとってとっくに姿の見えない存在になってしまっていると感じましたが、この感じは強まっていくいっぽうでした。突如私は彼らにはもはや全然存在しない、いないものになっていたのです。私は自分に最大の緊張を強いることでしたが、私自身の鏡像を獲得しようと努め、彼ら全員にその鏡像をのぞき込ませようとしました。私は（芝居がはねた後）」とザウラウは言った「城壁の上と中庭で、そしてその後もう一度図書室で、自分は人生の中へ乗り出すことができるし、その切っ掛けを摑まえたと思い込んだのですが、実際にはそうはいきませんでした。頭の中の騒音がすべてを妨げるのです。私にはもうずいぶん前から耳鳴りが毎日倍の強さで聞こえるようになっています」とザウラウは言った。「私の苦痛はしかしあなたには閉ざされた苦痛です」と彼はぼくの父に言った。父がザウラウのところへやってくるのは、彼の不眠治療だけが目的であって、彼の病、すなわちぼくたちが外側の城壁の上を行ったり来たりしている間に次第にはっきり顔を現してきた彼の狂気の治療とは何の関係もない、とぼくは考えた。というのもぼくには突然、侯爵が狂っていることがはっきり分かったからだ。最初彼が午前の出来事について語ったときはそうと気づかなかった。そのときは、侯爵は狂っていないように見えたし、空きのできた管理人ポストへの応募者について彼が語ったとき、ぼくは侯爵は彼のことをいつも狂人と断ずる父の言葉とは裏腹に、狂気からはほど遠いと考えていた。しかしいまぼくたちが外側の城壁の上をますます歩度を上げながら行ったり来たりするうちに、彼は実際に狂っていることが分かったのだ。侯爵は言った「あの朝の困難、いいですか先生、芝居がはねた翌朝に私が陥った困難は、次の事実から来ています。図書室に足を踏み入れ、家族の者たちがそこの床に座っているのを見た瞬間から、自分は議論を主導し講義を行わなければならないことが意識されたという事実、また私にはいまはもう引き返すことはできず、いまはもう数千の原理によってこの世から隔てられた私の思考の中、私の脳髄の中へ立ち戻ることはできないことが分かったという事実から来ているのです。私は声高に思考しなければならず、たとえば自然界の中の抗体がそのひとつであるような高度に錯綜しおそらく克服不可能な、しかしあくまで直線的な事象に突然また公然と決着を付けねばならないのですが、それと同時に、先生、人為的人身御供にさせられた上に、過去数千年間と未来数千年間により、また自然の備える概念一式を通じてその事象から隔てられている私は、全精神世界の上に張り渡されたロープの上を、あらゆる学問と芸術そしてあらゆる因果のもつれを眼下に、頭脳はたぶんもう遥かな宇宙の気に曝して、漆黒の闇に沈む目的地めざして進んでゆかねばならないのですが、行く手からは凍り付く冷気が押し寄せてきます」。私たちは立ち止まった。「芝居のはねた後の夜、あの芝居はよかった、先生、とてもいい芝居でした」と侯爵は言った「静かな夜でした、洪水の前のあの静けさ、先生、（芝居のお蔭でした）ホッホゴーベアニッツではとても希少になった静かな夜のひとつだったのです――息子が去って以来、こうした静かな夜がホッホゴーベアニッツではいかに希少なものになったか、あなたになら想像できるでしょう。ホッホゴーベアニッツの静けさは完璧な静けさであり、実在する静けさですが、もはやそういう静けさは存在しないのです……もはや静けさはホッホゴーベアニッツから消えてなくなったのです――私たちの間と書物の間に入り込んできていたあの夜と冷えこんだ朝、感情を思考に対し完全に解き放つとともに思考を感情に対して完全に解き放つあの凍てつく夜明けの冷気の中で、突然いっしょにいることに耐えられるようにする理想の魔術なのでした…家族の抱える家族を破壊し家族を解体する要素がみな、芝居の後の疲れの仕業か、払暁を前にした妄想の仕業か、あるいは芝居の後の、そして払暁を前にした疲れと妄想がいっしょにはたらいた結果か、いずれにせよ絶妙な形で抑えられていたあの夜、突然すべてが真実のなかでのみ存在可能なもの、存在が許容されるものになっていたのです――考えてみてください、家の者全員が突然、家の中を領する静けさは家の中を領する静けさでしかないと悟り、そこに恐ろしさや不気味さを感じなくなったのです。この家の本性そのものに内在する露骨な悪に合致するよう構成されたメンバーは突然牙を抜かれ、芝居によって活性化している一日の進行はそこで、耐え難い哲学的なものから受忍可能な非哲学的なものへ（おそらくは天才的構成へ）と姿を変えたのです。その朝、私の中で初めて秋が、私の中と他の者たちの中でそれぞれ異なる秋として感じられたのですが…私たちは突然自分の中の今年の秋（それぞれの自分の秋）を見下ろすことが、芝居の前と芝居の最中の自分たちの興奮状態を通じて、芝居の後の秋の静けさの中を、内なる自然を通じて外なる自然が枯死してゆく過程の幾何学の中を見下ろすことができたのです」。芝居のあった翌朝、ザウラウは一同が揃った図書室で、「息子を除く家族の事実上全員が集まっていたのですが」と侯爵は言った、ホッホゴーベアニッツでみなが顔を揃えるなどもう絶えて久しいとしか思えなかったのだが、「その一同を相手に」と彼は言った「講義をしながら彼らを腑分けしたのです」。「みなはそこに腰を下ろして、私が自然について話し、自然の概念について、自然の中にある抗体の概念について、自然抗体概念について話すのを聞いています。そして私は突然私の家族の中、法外に大きく、法外に古びたホッホゴーベアニッツの中、次第にその起源に遡行するにつれ暗さを増す恐ろしい歴史の中、ぞっとする幾世代もの悪臭の中、ますます酷い悪臭を放つ幾世代もが伝えてきた芸術と幾世代もが伝えてきた拵え物の中、ザウラウの名前の下でついえた凶報の数々の迷宮の中をのぞき込むのですが、その迷宮からはときおり実際いまなお恐怖の叫びが聞こえてきます、そうなんです先生、私には実際私の家族の迷宮の中から立ちのぼる恐怖の叫び、私に先立って死んでいった者たちが発する遅まきにすぎる恐怖の叫びが聞こえるのです…そうです」と侯爵は言った「私の息子は私に便りを寄こしません、息子は沈黙しています、英国で大学に通いながら沈黙している、英国で沈黙しながら大学に通っている息子です」とこのとき侯爵は言った。「あれは真実の手紙を書きません。」その後数歩進んでから侯爵は言った「洪水で私は一五〇〇万の出費です。洪水は一〇〇万にもつきました」と彼は言った。「しかし」と彼は芝居の後の朝に話を戻しながら言った「あそこで家の者たち、ホッホゴーベアニッツの私のもとに居残った身寄りの者たちに混じり、私に向け、そしてとりわけあのいかにも高度な知性の持ち主らしい顔立ちをしたポーランド人に向けて、すべてを解明し、自然の概念を解明し、そして解明したことを説明し、というのも解き明かされたものはすべて説明されなければならないからですし」と侯爵は言った「それは蒼古たる必然的なりゆきであるからですが、要するに私が自然の概念を説明し解き明かしさらに説明しようと努めている間、薄明と鋭利な刃のような空気がもっとも私の役に立つものなのですが、私は、姉と妹の顔、娘たちの顔を覗き込んでいます――この秋の冷気の中では突然すべてがとても鮮明に見えてきます、先生――私はみなを、息子も含めて、そうですここにいない息子も含めて、先生、全員を、私を通じて存在する者たちと見なすのですが、私にはある途方もない運命的状況、おそらく恐ろしさそのものと言ってよい、私が父親だ、という運命的状況が意識に上ってくるのです」。

侯爵は言った「私はみなを極度に差異化された現実前存在、すなわち私に由来し私もそこに由来する現実前存在とみなします――そして私の脳内では耳鳴りがとどろいているのです」。

ぼくたちは、向こうの谷の下方に架かる木橋の上で、足で操るからくり人形のような人夫たちが姿の見えない親方の話に聞きいっているのを見、轟々とどろく音が一陣の風に乗り急に速度をあげながら森を上ってくるのを聞いていた。

侯爵は言った「いつそうなっても当然ですが、世界は崩潰するような気がします。それとも自ら滅さずにいられないのは自然の方でしょうか」と彼は言った。「これはつねに内部に発して外に向かうプロセスです。私は、私の中のすべてを傷つけるこの観察結果とこの見解にたどり着く、あるいはそれを強制されるたびに、というのも私はどうやらこの観察結果とこの見解にたどり着く訓練だけを積んできたからなのですが、時は（といっても最初は剝落、罅割《ひびわ》れ、断裂、破砕と崩落です）満ちていると感じるのですが、それだけではありません…時は何世紀にもわたって満ちつづけることもあれば、もちろん、私が置き去りにしてきた世紀、あるいはこれからやってくる世紀に満ちることもありえます。幾千年も先かもしれません。しかし私を狼狽させるのは」と侯爵は言った「すべてはつねに私の脳内にあった騒音であったという事実でも、この耳鳴りはつねにあるし、つねにあったし、つねにありつづけるという事実でもありません。そうではなく恐ろしいのは、私がかつて接したことのある人間のだれひとり、そして先生、私は実に多くの人間と、じつに多種類の人間と接してきたのです。もしあなたがあれほどおびただしい人間を目の当たりにしたなら、あなたの目の前にあのおびただしい人間が現れ、世界中の人間が一瞬のうちにあなためがけて殺到してくることになったとしたら。私のところへは実にいろいろな人間が顔を出していて、毎日きまった時間には性格も考えもまるで異なる人間と交流していますが、私を狼狽させるのは、そのだれひとり、どんな頭脳の持ち主も、一度としてこの耳鳴りに気づかなかったし、これからも気づかないだろうということです。現状がこのようなものだということでなく、私だけ、とはつまり私の脳髄だけがその恐ろしくも致命的な結果を記憶に刻まなければならないということが、衝撃的なのです。私の環境——私はいつも私を、とはつまり私の脳髄を基準に、いわば精神的ホッホゴーベアニッツ、すなわちまぢかな、じきじきの環境を基準に、全体すなわち全世界等々…を推し量っていて、そこにはいずれにせよ」とザウラウは言った「全人類がそっくり座を占めているわけですが——私の環境はまさに生を虚脱させる知覚不能、記憶不能、受容不能に陥っています…この事実は私にとって致命的です。これは私にとって致命的な事実です、と言うのも私はこの事実の中で独りであり、独りでこの事実の中にいるからです。この巨大な土石流！」と侯爵は大声で言い、その後も何度か「この巨大な土石流」と繰り返した。彼は私たちに、谷間を見下ろして木橋の上で立ち往生している人夫たちを見てくれと言った。「ああやってぐだぐだしている者たち全員に私が金を払ってやらなければならない、あんな風にぐだぐだしている者たちみなに私が払わなければならないのです。私があの人間たちに自然の不調のせいで金を払う、自然の不調のせいで私があの役立たずの人間たち全員に金を払うのです。」彼が口にする人間たちという言葉は、ぼくにはその人間たちへの途方もない距離を意味するように聞こえた。「私には以前」と侯爵はつづけた「あなたもそうだったでしょうが、先生、たったひとつの問題、たったひとつのテーマ、主題設定、思考の流れのどこであろうと、見てのとおりあいかわらず危険極まりない形で互いから区別されている高みと深みへ入り込むことは容易なことではありませんでした。そういったテーマ、そういった考え、そういった思考の流れを少なくとも凡庸のそしりを受けることなく吟味し制御し見通すことは、私がいま無意味に陥らずにすむためにはありうるかぎり同時に並列する空間での作業を強いられるこの絶体絶命的状況ではまず不可能だと思われますが、恐ろしいことにその空間には見てのとおりもはや境界が存在していないのです。というのも私に関していうと、私は実際もう境界喪失が確実となり、高齢化による持続的昏乱の度合いが高まり、精神の哲学的孤立化が進んだ結果、何もかもがたえず意識にのぼり、本来の脳髄が存在しえなくなった段階に到達しているのです…真実のところ私はますます自分こそがすべてと信じるようになっています、なぜかというと私はもうほんとうは無に等しき存在であり、それゆえ人間に関わるあらゆること人間に可能なすべて人間にできるいっさいが」と侯爵は言った「屈辱的だとしか思えなくなっているからです。芝居がはねた後、私にはこの状態」と侯爵は言った「とりわけ私がずっとうつけ者たちと呼んできた身内の者たちの状態が完全に意識されるようになりました。かつてなくはっきりしたのは、同時にこれ以上はない近さであり苦悩の共同体であったけれどけっして苦痛の共同体であったことのない恐ろしいほどの距《へだ》たりと冷たさでした。私は一度も人間たちといっしょに苦痛の共同体の中に身を置いたことはなく、いっしょに身を置いたのはいつも苦悩の共同体の中だけだったのです。私はいままでの人生を、人間の頭にはなんとものすごい緊張への許容力があることかと、それだけを考えながら生きてきたような気がします。そして私はもう長いこと」と侯爵は言った「私の在処《ありか》は苦痛の中、私固有の、私だけに属する苦痛の中、つまり私固有の自然の中にしかなく、私自身はもう人間的に苦悩する能力から遠ざかり、年を取るにつれ人間的なものや人間に可能なものから隔てられてきたと考えています。私の周囲のすべては、おそらく最近すべてがまがいようなくはっきりひとつの絶えざる苦痛に化しているここゴーベアニッツの山上であるがゆえに、当然のことながら空気の希薄な高所であるがゆえに、ほかより破壊的かつ一世代前に戻ったかのようにあるいは頭ひとつ分ずれているかのようにそして結局完全に知覚を失ったかのように見えているにちがいないと確認することが、私にもう長いことすべてを最大の苦痛とだが同時に最大の楽しみと感じさせているのです」。

ぼくたちは外側の城壁から内側の城壁に移動した。侯爵が指摘したのは、自分は父親から受け継いだ領地を「あらゆる噂に反し」と彼は言った「ヨーロッパの政治動向と全世界の動向に逆行することですが」わずか三〇年間で二倍以上に拡げることができた、ということだった。全生涯を通じて、ホッホゴーベアニッツを大きくすることを考え続けてきた彼は、ある日ホッホゴーベアニッツが二倍の大きさになったことを確認したのだった。「でも私の息子は」と彼は言った「ホッホゴーベアニッツを手中にしたとたんに、その破壊にかかるでしょう」。

侯爵は言った、彼は昨夜ある夢を見た、と。「その夢に」と彼は言った「遥か下方から頭上高くへゆっくり上ってゆく一枚の紙が現れ、そこに私の息子が次のように書いていたのです。私には息子がその紙に書いているすべての言葉が見えました」と侯爵は言った「それを書いているのは息子の手です。息子は書いています、ぼくの父は学問的寓意の中への逃亡者であるぼくによって、あたかも感染性の病が克服されるように、その生涯に決着を付けられたようだった。今日のぼくにはしかし、その病が基本的な意味で衝撃的な死病であり、誰もがそれにかかれば必ず死ぬことが分かっている。ぼくの父が自殺した八カ月後――先生、忘れずにおいてくださいよ、自殺の後だそうです。私の自殺後、と息子は書いているのです、私の自殺後、と。父が自殺した八カ月後、すべてはすでに破壊されていた、そしてぼくは、ぼくがそれを破壊したと言うことができる、ぼくがホッホゴーベアニッツを破壊したのだと、言うことができる。息子はそう書いているのです。そして彼は書いています、あの赫奕《かくえき》たる領地をぼくは破壊した、あの時代錯誤の巨大な農園と森はぼくが片を付けてやった。ぼくは突然、と息子は書きます」と侯爵は言った「農園が最良のものであるということとは関係なく、あるいはまさにそうであるがゆえに農園を整理しながら、自分が初めて理論的なことを実践しているのだと気づいた、と息子は書いています」と侯爵は言った「ぼくは初めて実現へと漕ぎ着けた、と息子は書いています。執務室からモーザーがやってくるのが見える、と彼は書きます（モーザーというのは村の助役です）。ぼくの嫌っている男が近づいてくる、と息子は書きます、ぼくは自分に向かって言う、あの男が何をしたいのかぼくには分かっているけれど、でもやつは別のことをしようと思っているのかもしれない、いやそうじゃない、これはもう彼の三度目の試みだ。ぼくがモーザーを観察するのはこれがもう三度目だ、と息子は書きます」と侯爵は言った「ぼくは、森まで垂れ込めたまったく同じ霧、ロンドンの霧とまったく同じ英国風の霧が晴れたいま、執務室の窓から、窓外に拡がる森に囲まれた領地を眺めているのだが、外を眺めるということはぼくの個人的かつ基本的な恐怖に立ち向かうことにほかならない、と息子は書いています、現実には、と彼は書きます、おそらく英国から帰って以来ますます強まっているぼく自身とすべてに対する嫌悪感と、実際多かれ少なかれ空想的だが壊滅的でもある寂寥感と、また極めて短時間の内に絶えず変化するぼくの心身の状態にも関わる、恐れている状況で成り上がり者のモーザーに不意打ちを食らうことへの卑屈な恐怖心が重なり、と息子は書きます、窓から外を覗かずにいられる時間は何分も続かない。ぼくは少なくとも二、三分おきに窓から外を覗いて領地を見渡し、森の中で動くものがないか探らずにいられなくなる、というのもしばしば、と息子は書きます、森の中にだれかが身を潜めていて、見られていないと思うと、それまで狡猾に木々の間で身じろぎもせずじっとしていたのが、急に動き出して、信じられない敏捷さで餌食に跳びかかってくる気がするからだ。実際、と息子は書きます、村の助役のモーザーは長いこと木々の間に身を潜めていたにちがいなく、彼が領地を突っ切って城へ駆け上がってくる様子のすべてが、何らかの企み、すなわちぼくに関係する何らかの計画を長考する時間、ぼくを狙った、もちろんぼくにとって有害な悪巧みを案出する時間に区切りが付いたことを示唆している…この男は、最初にひと目見た瞬間から、と息子は書きます、うさんくさい上に、その不快な肉体よりも、嫌悪の水準まで下落した悪の全範疇を万人に絶えず害をなす唯一の悪へと括ったかに見える下劣な精神が原因で、つねに吐き気を催させる言語道断の存在だった、いいですか先生、息子はそう書いているのです。彼は書きます、ぼくの父にはこの男――実際生来の陰りを帯びたその恐るべき卑しさは比類がなく、その外観がどこをとってもつねに偽りであることは衆目の一致するところだ――は存在しないも同然だったが、ぼくのほうは、いままで一度も法に抵触したことのない、そして世間があまりに愚かすぎるゆえ、これから先も法に抵触することなく一生のうのうとのさばりつづけるだろうこの常習犯罪者から身をかわせたためしがないのだ。ぼくはモーザーを、そしてそれがちょうど、と息子は書きます、今日の読書で出会ったもっとも恐ろしくかつ興奮せずにいられない、市民革命においては流血とテロと政治的暗殺が勃興する階級が手にする不可欠の武器である、という一節を吟味しているときだったのははっきりしているが、いいですか、先生、お聞きください、実際に彼が森から出てくるずっと前から観察していて、樅の木の幹と幹の間で何かがほんのわずかに動くのを目の端で捉え、その二、三分後に習慣通り窓の外に目をやったときは、早くも外側の城壁沿いの牧草地を走るものが目に入り、ただちにそれが助役のモーザーなのを確認したぼくは、なんと見苦しい前進手段を取る男かと口に出し、立ち上がると玄関の間へ行って、と息子は書きます、扉を閉める、というのも気温が急に上がったので、扉を開けっぱなしにしてあったのだが、たぶんそれが長すぎたせいで、突然また寒くなったからだ。この建物で暑すぎたり寒すぎたりしないためには、ドアと窓をいつ開けいつ閉めるかについて感覚を研ぎ澄ませる必要がある。そしてひとつひとつの窓とひとつひとつのドアが別々の開閉のリズムを求める」と侯爵は言った「そしてここの天気は、ぼくの見るところでは英国の天気と違って、一時間ごとにがらっと変わるから、修得困難なこの学問に挫折すると、頭が変になりかねない。玄関のドアを閉めている間に」と侯爵は言った「と息子は書きます、読書を急に妨げられ中断させられたため、自分がぼくなりのやり方で何百回も乗じたり除したりしていた先の命題、そしてぼくが繰り返し大声ではっきり読み上げていた、プロレタリア革命はその目標を達成するためにテロを必要とはしておらず、人間を殺害することを忌み嫌う、という第二の命題が何の役に立つのか急に分からなくなってしまったぼくは、助役のモーザーを中に通すのはやめよう、と考えた。ぼくはカーテンを閉める、と息子は書きます」と侯爵は言った「そうしたらぼくは出かけていると思われるのではないか、と息子は書きます、そして実際カーテンを閉めるが、でもすぐまた開ける、というのも助役のモーザーのせいでカーテンを閉めるのがばかばかしいことに思われてきたからだ、そうだ、とぼくは考える、助役のモーザーはザウラウ家の人間に対してすでに、このぼくが彼の前で何かを取り繕わなければならないほど、彼とぼくの前で何かを取り繕わねばならないほど、ぼくが彼の前でカーテンを閉めなければならないほど、彼の前で玄関のドアを閉めなければならないほどの大きな力を持ってしまっているのだろうか、と……そしてぼくはカーテンをできるかぎり開き、また玄関に入っていって、玄関のドアを思い切り広く開ける。突然また気温が上がっていて、モーザーはもうぼくから一〇〇歩ほどしか隔たっていない内壁の上にいるが、足取りは前よりゆっくりになっている。ぼくは先ほど、心臓が悪いと言われていて、ぼくの知るかぎりでも年に一、二度ホルツエスターの心臓専門病院に数週間入院することを一般地域健康保険組合から認められているモーザーがどれほどのスピードで牧草地を走るかに仰天させられたばかりだった。彼は内壁の上を走るときはぼくがもう八カ月間刈り取りをさせていない牧草地を突っ切るときよりさらに速度を上げていた。ぼくが生きているかぎり、とぼくは考え、もう一度ぼくの計画の実行について、と息子は書きます」と侯爵は言った「ぼくの理論の勝利について熟考する、ぼくが生きているかぎりこの牧草地では穫り入れは行われない、ぼくが生きているかぎり、とぼくは考える、ぼくの領地では何かの役に立つことは行われない、もうけっして、いいですか先生、もうけっして、もうけっして」と侯爵は言った「今後ザウラウ家の領地は完全な無用の長物になる…モーザーは国家の卑しさと下劣さの代表だ、と息子は書きます、息子はさらに書きます、モーザーは人間の卑しさと下劣さを代表する、モーザーを例に取ればいっさいのことが証明できるが、理想の証明だけはできない、モーザーはだれもが分かっている人間は下劣で卑しいが人間の創造主は人間の創造主であるがゆえに人間よりもっと下劣でもっと卑しいという真理を体現している。モーザーは世界とその創造主に失格宣言を突きつけているのだ。突然、と息子は書きます、モーザーのような人間を前に演技をするのはみじめではないかと思えてくる。ぼくは、あやうくモーザーについてのつまらない考えに耽る自分の姿がまだなまなましく残るこの玄関の間でモーザー本人を出迎えなければならないところだった、とんでもない、と息子は書きます、あの男をこの玄関で迎えるなんてありえない、それは自分の無能を証明するに等しいことだ、モーザーに対してごくわずかでも奇妙で不思議な不安を感じていないのなら、最初から執務室の書き物机の前を動かずにいるべきだったし、自分がモーザーの姿を発見する前にいた場所で彼を出迎えるべきだったのだ。このぼくが村の助役ごときに、考えてほしいのだが、実際に口に出しはしないが本人のことを考える度にいつも白痴と呼んでいるモーザーに太刀打ちできない、ザウラウ家の人間がモーザーごとき男に太刀打ちできないとは。しかしもはや挽回の手段はなかったから、ぼくが村の助役をどこで出迎えようと、玄関だろうが執務室だろうが同じことで、そしてぼくには、あの男はドアにカギがかかってさえいなければ家だろうが城だろうが中にずかずか踏み入って、偽善的にだれかいますかと尋ねながら次つぎにドアを開けはなつ人間に思われるのだ。モーザーはしかし、と息子は書きます、ぼくが寝ていないときはずっと執務室にいることを知っている、彼がなんでそれを知っているかは分からないが、彼がそれを知っていることは分かっている。モーザーは、自分の役に立つことは基本的に何でも知っている人間なのだ。知っておくべきなのは、ぼくが、と息子は書きます、モーザーもよく知っているけれど、読書をするため、そう言えばこの前モーザーはぼくのシュンペーターとローザ・ルクセンブルクとモアとツェトキンの読書を中断させた、眠っていないときはいつも、図書室でなく眺めのよい執務室にいるということ、そしてぼくは、これを知っておくことは彼にとって重要なのだが、死んだ父とはちがって、執務室で領地経営のために汗を流すことはない――ただし領地の破壊、全領地の破壊、いいですか先生、全領地の破壊がザウラウ家の領地経営のために汗を流すことでないとしての話だが――ということだ。父への復讐…ひょっとして一〇〇年越しどころか何千年越しの不当行為の代償である復讐に他ならぬその不意打ちに関してぼくはこれからたっぷり時間をかけ厳密に考察してゆかねばならないが、巨大な父の農場はぼくにはますますひとつの無限に増大する誤謬に見えてきていた、と息子は書きます。ぼくは執務室で読書をする、と彼は書きます、ぼくはそれがいやでならないが、でも読書をする。あらゆる嫌悪すべきことのなかでもっとも耐えやすいのが読書だ。モーザーにとって、と息子は書きます、他の何にもまして、ぼくが執務室にいるのは読書のためと知っておくことは有用なのだ。実際ぼくには、これから先ももはや何かが綴じられることも計算されることもない農場経営と森林経営の書類を入れた数百冊のライツ製バインダーと計算機に囲まれて読書をするのはばかげたことに、父親譲りのばかげたことに思われる。ここでぼくは、父が死んだいま込み入った復讐計画を練っているのだ。ここでぼくは意識の薄れる寸前まで少なくとも五〇〇年続いてきた農林業の作業規律の匂いを吸い込みながら、カウツキーやバブーフやトゥラーティの本を読む。父はぼくがいまはまだ頭の中でだけとはいえ、すでにホッホゴーベアニッツ全体の目的外使用を実行したことに気づいているはずだ。父はいまいる場所で、この目的外使用を嗅ぎつけているのだ。そこは天国だろうか。というわけでぼくは執務室で本を読んでいるのだが、と息子は書きます、彼が書いていることを読んでやってください」と侯爵は言った「モーザーはあちこちで、ザウラウの息子は父親が働いていた場所でいま読書三昧に耽っている、と言いふらす。モーザーはときどきそれも自分にもっとも都合のよいときを選んで、と息子は書きます」と侯爵は言った「ぼくは何者かあるいはぼくは何者でないかという問いを立てておきながら、口を開けばぼくのことを狂人呼ばわりする、ぼくには、ぼくが聞いていないときにも絶えずぼくのことを狂人と呼ぶ彼の声が聞こえる。あまり頻繁でもあまり稀でもないが、彼がどこかでぼくについて口を開くと『有害』という言葉が出てくる。彼が出来損ないの息子という言葉を発するのを聞いても取るに足りない気がするのは、モーザーがどこをとっても取るに足りない存在だからだ。しかしモーザーは自分が取るに足りない存在に見えることを警戒している。実際モーザーは奇妙なことにぼくの目には、ぼくがそう欲しているにもかかわらず、と息子は書きます」と侯爵は言った「けっして滑稽に映ったことはなく、取るに足りないように見えるだけだが、それは彼の下劣さがはっきりした輪郭を欠き、滑稽かつ悲喜劇的な要素を欠いているからだ、とぼくは思う。モーザーはぼくを立腹させ、人間を理解する修練を積んでいない者からは憎まれているが、ぼくでさえ、と息子は書きます、モーザーのことを考えると腹立ちが憎悪に変わる。あの欠陥に腹が立つのだ。モーザーをぼくは憎む。モーザーのような人間が、頭脳の全面的集中を必要とし、ますます強い苦痛を強いる規律により地平の遥か下方に位置する唯一の思考のできうるならすべてを虚無の中から引き出す能力を要求する仕事のさ中に突然姿を現すと、彼はその接近によって苦労して探り当てた、有用なもの利用されるべきものをどんどん破壊してしまう。モーザーは近づくにつれ、ぼくが午前中全部と午後の半分を費やす読書によって突き止めたことを破壊していくから、モーザーがいると、すべてが最後には無に帰してしまう、と息子は書きます。モーザーは、と息子は書きます、その接近によってぼくのこの主張の正しさを裏付けたが、ぼくは突然脳に憂鬱な脱力感を覚え、と息子は書きます、ますます強く万事休すと感じるようになり、精神集中も、モーザーのせいで、どうでもよくなってしまった。たぶん手短に言ってよければ、と息子は書きます」と侯爵は言った「モーザーが来ると分別が立ち去るのだ。卑しい人間はもったいぶった歩き方をするということに、ぼくはほんの数歩のところまで来ていたモーザーを見て気づいた。モーザーは足取りの一歩一歩がもったいぶっている。こういう足取りは愚鈍のなせる業《わざ》だ、とぼくは考える。受け入れるに値する知性の持ち主の歩き方はぞんざいで、ときにはまったくぞんざいと言っていいのだが、卑しく下劣な人間はもったいぶって歩く。非凡な人間はぞんざいに歩く、と息子は書きます。例えば職人だが、と息子は書きます、あれももったいぶって歩き、そもそも農民も労働者ももったいぶって歩く。しかしぼくは知識人全体の四分の三ももったいぶった歩き方をする側に算入したい、と息子は書きます、ジャーナリストも作家も芸術家ももったいぶって歩き、公務員はほぼ全員がもったいぶって歩くが、いちばんもったいぶって歩くのは最近の政治家だ。まったくぞんざいな歩き方で」と侯爵は言った「と息子は書きます、歩くのは、みごとなまでに完全にぞんざいで天才的な歩き方で歩くのは精神にとらわれのない人間だけだ。しかしいつになったらぼくたちはそういう精神にとらわれのない人間に出会えるのだろう。実際ぼくの父は、と息子は書きます、完全にぞんざいとまではいかないまでも、かなりぞんざいな歩き方をしていたし、ぼくの祖父は自分の歩き方に全然重きを置いていなかった…奇妙なことにモーザーの歩き方はいつもいろいろな囚人の歩き方をごちゃまぜにしたものを思わせる…モーザーには実際どこか囚われの犯罪者めいたところがあり、またあらゆる点で彼しか知らない秘密に酔いしれているようなところがあった。ぼくはすでに何度もモーザーが心に抱えている卑しさとは、彼の下劣さとは何だろうということに思いをめぐらしていた。彼がぼくの目の前に立った瞬間、ぼくが考えたのは、彼はやってのけたということだった。もっともぼくは自分の頭の中で、彼がやってのけたことを総括することはできなかった。ぼくは、この男はよくもまあこんなことをやってのける、と独り言を言っていた。それから彼はぼくに手を差し出したのだが、ぼくはその手を取りはしなかった。モーザーは、と息子は書きます、ぼくが彼を迎え入れることは期待していない、ぼくはまだ一度も彼をホッホゴーベアニッツに立ち入らせたことはない。彼はゴーベアニッツの中を知らないが、しかし、と息子は書きます」と侯爵は言った「もしも彼が城の中の様子を知らないとなると、彼はモーザーではないことになる。それこそがモーザーの形を取ってぼくの前に現れる不気味なものの正体だ。ぼくはモーザーが玄関に立ち入っただけでも、そこに一生拭えない汚れが残ると感じただろう。モーザーの一統が哀れな犠牲者を待ち伏せし告発する汚い手口や、どんな状況からも自分たちに都合のよい証拠をでっちあげるやり口を見ると、彼らは何もかもを訴訟沙汰にするか、そこまでしないまでも悪評まみれにするのだと思う。モーザーはぼくが手を差し出さなかったので一歩あとずさった、と息子は書きます。それから息子は、ぼくはモーザーにひと言も声をかけなかった、とも書いています。モーザーたちはつねに他者を犯罪に巻き込む手がかりを探している。少しでも隙を見せようものならすぐにそれにつけいり、徹底的に絞り上げる抜け目のなさ。モーザーのような人間の集団を想像してみればいい、とぼくは考える、と息子は書きます、彼らは世界のありとあらゆる所から突然降って湧いたように現れて至るところを支配しはじめ、しまいには実際に支配しつくすことだろう。モーザーはぼくの計略によって機先を制する言葉を発する機会を奪われたため、と息子は書きます、何が望みかをすぐに口にしなければならない、収穫だ。私には時間がないのです、とぼくは言った、と息子は書きます、あなたは私の邪魔になる、私は仕事中なのです、あなたも知らないわけではないでしょうが、私は読書をしながら仕事をしています、マルクスの博士論文について、つまり『デモクリトスとエピクレイトスの物理学の関係についての判断』についてと『デモクリトスとエピクレイトスの自然哲学の同一性に関する困難』についての仕事中です、そしてぼくは実際、と息子は書きます、初めてモーザーにひとつの言葉、つまり読書をしながらという言葉を発した、私にはあなたの物乞いに付き合っている時間はありません、とも。ぼくは、あなたがここに来たことにびっくりしています、とも言った、と息子は書きます。けっきょくあなたは、収穫物を立ち腐れにする私の決断をご存じだし、ホッホゴーベアニッツを破滅させ、ホッホゴーベアニッツを処分し、ホッホゴーベアニッツを破壊するという私の揺るぎない決断もご存じだ、先生、そう息子は書きます、私はあなたが私のしようとしていることを理解できないのが理解できない、でも私には自分のすることは分かっています、と息子は書きます」と侯爵は言った。「にもかかわらずモーザーはいま、なんと三度目に、ぼくに対してそのほとんどが養老院の入居者のかき集めである村の労務者をホッホゴーベアニッツの領内、すなわちぼくの領地内に立ち入らせ、農作物の穫り入れをさせるよう提案したのだ。すべてが腐る前に穫り入れをさせてほしい。モーザーは厚かましくも、もうかなり多くが腐っていると言い、さらにぼくはそのことを知らないのかと訊き、さらに最後まで言いきりはしなかったが、ぼくは気が触れていて、父はぼくのせいで浮かばれない思いをしているはずで、穫り入れをしないのは気の触れた人間だけであり、気の触れた人間だけがこれほど栄えている農地をほったらかしにできるのだと匂わせた。実際ぼくがと、先生、息子は書きます、父の遺産を放りだして破滅させることによって、とんでもないことが出来する。事実ぼくは中央ヨーロッパでただひとり三八四〇ヘクタールもの領地を放置している人間だ。ところで下賤な世界はモーザーの世界、国家全体もモーザーの世界なのだが、そのモーザーの世界すなわち村の世界からすれば、ぼくが彼らにはとうてい測りがたい理由から家畜のすべてを売り払い、ホッホゴーベアニッツの土地に付属するすべての動産を売り払ったこと、そしてぼくは父が自殺してから一週間以内にこの家に住むすべての人間を家から追い払ったのだが、こうしたことはすべて前代未聞のとんでもないことなのだった。しかしぼくにはいまそれがぼくのなしとげた快挙に思える、と息子は書きます」と侯爵は言った「息子は書きます、ぼくは父の姉と妹もホッホゴーベアニッツから追い立てた、ひとり残らずだ、なんとみごとに、あれこそ快挙だ。突然完全にひとりでいることを実現した、快挙だ。しかし、と息子は書きます、でもまだだれもが、ぼくはおそらく家畜と人間のいない、完全に自動化された農地経営を始める、と考えかねない…でも彼らはまもなく、ぼくが農地経営をすることはもうありえず、ぼくの関心事はあげて農場全体、ホッホゴーベアニッツ全体を破壊することに向かっていると悟ったのだ。ぼくはある日の午前のうちに、機械全部とトラクター全部を捨て値で売り払った。ぼくの怪物性は彼らの力を上回ったから、彼らが裁判所や、地方政庁や州政府に駆け込んでも何の役にも立たなかった…ぼくは、モーザーが穫り入れという言葉を使った瞬間にすべてをまざまざと思い出す、と息子は書きます。要するに、とモーザーは言う、自分たちはすべてが立ち枯れる前に穫り入れがしたいのです、あなたもすべてを立ち枯れさせるなんて本気で考えていらっしゃるわけではないでしょう。しかしモーザーも、きちんと整理されている地所に関してぼくに指図できる法律などあるわけがないことは百も承知の上なのだ。穫り入れ。ぼくは何度も聞かされたことをまた耳にしている。村の困窮、村民の困窮、貧困、共同体、村民の連帯、害虫との闘い、等々についてだ、と息子は書きます。しかしこの人間はどうして、と彼は書きます、もう終わっていることを厚かましく何度も蒸し返すのだろう、ホッホゴーベアニッツは終わっているのだ。ぼくは自分の出した結論に粛々と従うしかない。ぼくが口に出すのは、と息子は書きます、モーザーさん、あなたは迷惑ですよ、のひと言だけだ。ぼくには振り向いてモーザーを無視する力がない。彼はそこにいる。モーザーはそこだ。ぼくは一瞬ぼくの領地へ通じるすべての道を見渡したが、どれもぼくが封鎖してあって、至るところに立ち入り禁止と記された表示板が立ててあった。村の助役であろうとこの禁止は守らなければならない、というのもここ、すなわちぼくの領地へは、郵便配達を除き、だれもいっさい立ち入ってはならないからだ。ぼくにはいままた領地へ通じる道にいくつも壕を掘り、その上に大木を切り倒し、何百メートルにも及ぶ鉄条網の壁を張りめぐらす自分の姿が見える、と息子は書きます。先生」と侯爵は言った「不気味だとお感じになりませんか。もちろん、と息子は書きます、ぼくのものごとの進め方は狂気の沙汰と思われるにちがいない、でもそれでかまわない。モーザーの口調はいつだって耳にするだに苦痛だった。モーザーのような人間は諦めない。何度も何度も試みる。毎回違う口実を拵えてだ。しかし今日の彼の強引さはとても耐えられるものではない。公衆衛生という言葉まで口にした。ぼくの自己実現についてもだ、余計なお世話だ、と息子は書きます。でもぼくは、と彼は書きます、ぼくの心内に少しのぐらつきも感じていない。いまぐらついているのはモーザーの方だ。ぼくが思うのは、ぼくはまだ一度もモーザーに挨拶をした記憶がない、ということだ、そしていま思うのは、いいですか先生、そう息子は書きます、ぼくの父も一度もモーザーに挨拶をしなかったことだ、それはしかし村の助役にとって、ぼくが彼に会うたび、あるいは父が彼に会うたびに、気まずい瞬間を狙って偽りの極みの仕方で挨拶をし、泥をぬりたくる目的でぼくまたは父に取り入ることの妨げにはならないのだ。モーザーのような輩に入り込まれたなら、不治の病をうつされずにいない、と息子は書きます。こういう人間は、と彼は書きます、けっして是認されることがない、いや、こういう人間が是認されることは絶対にありえない。ぼくは、彼がすでにホッホゴーベアニッツの農地の穫り入れに必要な人手を、と息子は書きます、集めたと聞かされる、もちろん村長と公衆衛生担当部門からの委託を受けて、と彼は言う。明日の早朝午前六時に全員が村役場の前に集合するよう指令が出ていて、後はぼくの許可を待つのみだという。上からの許可、ホッホゴーベアニッツから下りてくる許可を、ぼくが思うに、みながつねに上からの許可を、つねにホッホゴーベアニッツから下りてくる許可を求めるのだ。だがぼくはどんな許可もしない。農具や機械は村が提供するのだそうだ。収穫はざっと見積もったところ、とモーザーはぼくを見すえながら、そしてやっぱりぼくから目をそらして何度も言う、と息子は書きます、精確に計ることはできませんが、しかし数千人が半年以上食べていくに充分な量です。だめだ、とぼくは言う、するとモーザーは今年の収穫は最高の収穫です、と言う。モーザーが長くなりそうになった話を気ぜわしく端折るのは、ぼくが彼のちょっとした当てこすりにもいらいらするのが分かっているからだ。全部が腐る前に、とモーザーがもったいぶって言う。ぼくは何度も慈善という言葉を耳にする。だがぼくは慈善という言葉を聞く耳を持っていない、慈善なんてものは存在しない、とぼくは言う。ぼくの農地の穫り入れのために高い手間賃が払われることになっている、とモーザーは言うが、どのくらい高い手間賃かは言わない。この人間はいつも、どの季節であれいつも、とぼくは考える、一張羅のローデン地の冬用ケープを、安物の重い冬用ケープを着ているが、だんだん、とぼくは考える、ぼくが一度素っ裸のところを見たことのある彼の身体は、と息子は書きます」と侯爵は言った「この軍用ケープと一体化していっている。ぼくは一度アッヘ川で（同じく裸の）妻といっしょにいる、と息子は書きます、モーザーの身体を眺めたことがある。彼の子供じみたペニスと、藪の陰に二人きりと思い込み、澄んだ水を避け、黄昏時の剣呑な気楽さに心許して日曜の物憂さに身を委ねる夫婦のあさましい生活がまだ記憶に新しい。穫り入れはいますぐ始めなければなりません、とモーザーは言う、さもないと全部腐ってしまいます。そのすぐ後で、ぼくは城の中庭から、ぼくのいる上の方へ何度も、人非人という言葉が上ってくるのを聞く。何度も人非人という言葉が聞こえてくる。ホッホゴーベアニッツを救出する彼の三度目の試みであるいま、そしてぼくは自分がこの世に存在するかぎり、このぼくの地所ではもう二度と穫り入れが行われることはないという決定が将来に亘って遵守されるよう留意し、ホッホゴーベアニッツを確実に破滅させる決意を固めているのだが、モーザーはすでに三度も人非人という言葉を叫ぶ挙に出ている。民衆は誇大妄想に取り憑かれたのだ。民衆がこのホッホゴーベアニッツの中庭でモーザーの口を借りて叫ばせた人非人という言葉はぼくを長時間捉えて放さなかったが、その間ぼくは自分の読書と学問へ戻ろうと試みて果たせず、理解できない文章を走り読みしながらやり過ごすしかなかった。モーザーは挫折した、とぼくは自分に言う、でもぼくも挫折した、モーザーは逃亡する、でもぼくも逃亡する。どこへだろう。モーザーの敗北すなわち民衆の敗北は、ぼく自身の敗北でもあるのだ。しかしぼくの敗北は、モーザーのそれよりはるかに気を滅入らせる質《たち》のものだ、とぼくは思う。腹立ちは疲れに座を譲るが、疲れからはぼくにとって価値のあるものは何も出てこない。ぼくは窓から外を見る、と息子は書きます、すると二つの城壁の間にいるモーザーが見える。それから少したって、あそこにモーザーは行った、出て行った、彼が出て行った先が見える、とぼくは考える。人非人。ぼくはもう城の中にいたたまれなくなって、ブーツを履き、城から出て、まずは城の内壁へ、つぎに城の外壁へ行って双眼鏡で下を見はるかし、すべての腐敗がどこまで進んだかを確認した、と息子は書きます」と侯爵は言った。「妙ではありませんか」と侯爵は言った「あれほど長い紙ですよ。私にはそこに書かれた文字がすべて読めるのです。ですから私には私の死後に起こることはすべてはっきり分かるのです」と侯爵は言った「少しも誤解の余地はありません」。

ぼくたちはいま外側の城壁に移った。「あの下に、いいですか」と侯爵は言った「ハウエンシュタインがあります。そしてあそこがシュティヴォルです。そしてあれがケフラッハ。私は昨日の夕方谷へ降りました。水車場に立ち寄ろうと思い立ったのです。でも水車場の後ろの大きな檻の中の鳥が立てる騒音に、あのぞっとする鳴き声に耐えられませんでした。私はすぐに谷を出て上へ戻りました」と彼は言った。「私はひとりでないときも、私だけが相手です。私自身は時とともにほぼ完全に世間から身を引き、人をだれひとり迎えずにいますが」と侯爵は言った「女たちは耐え難い社交の乱痴気騒ぎにうつつをぬかす一方です。ご存じのように、私はクライナーとのチェスの手合わせもやめました。私は人交わりに関わるいっさいを断ち切ったのです。私が付き合うのは、付き合わねばならない者たちだけです。職業上の交わりも最低限に切り詰めています。おまえは穀物に関心があるのか、この農場全体に関心があるのか、私は自分によくそう問いかけます。森林関係の人間は、しかり、彼らにはまだ関心がある、というのも彼らはザウラウ家の領地付きの人間だからです。ほかにはだれも。でも女たちはそうではありません。彼女たちが催す水曜の夕べの集《つど》いは鼻持ちなりません。土曜の夕べときたらそれに輪を掛けて鼻持ちならないのです。私はこうした夕べのいずれにも顔を出すことを拒否しています。しかし自分の部屋の中にまで、階下の彼女たちが数十年変わらぬ調子の建物中に響く声で水曜の夜ないし土曜の夜にホッホゴーベアニッツへ上ってくるくだらない人間たちの名を呼び交わすのが聞こえてくるのです。その大半はすでに生まれながらに破産宣告を受けているも同然の人間たちです。都会から来るのは不快な連中ですが、近隣から来るのはそれに輪を掛けて不快で退屈な取るに足りない連中です。早くも火曜日に家中の椅子と長椅子とテーブルが水曜日の客のために動かされ、早くも金曜日に土曜日の客のために動かされます。食器がカタカタいう音が聞こえてくると、私はもう仕事が手に付かず、もう何も考えることができなくなります。ナイフやフォーク類とコップのぶつかり合う音がホッホゴーベアニッツを占拠するのです、いいですか。私を呼ぶ声がしても、返事はしません。私を下に来させたいのですが、私は降りていきません。水曜の夜の掛かりは相当なものですが、土曜の夜の掛かりときたらそれに輪をかけます。そこでは何時間にも亘ってうちの墓が暴かれ、その臭気が解き放たれるのですが、巨大な家族の墓地は掘り返され、その静穏が饒舌によってかき乱されるのです。このあたり一帯のことで話の種としてつつき回されないものはありませんが、しまいにはみな疲れ果て、ひどいむかつきを覚えながら城を出て、重い足取りで下へと戻ってゆくのです。水曜と土曜にここゴーベアニッツの山上は駆除されるべき害虫のような者たちに」と侯爵は言った「欠陥人間たちに占領されてしまいます。絶望が自慰に耽るのです」と彼は言った。息子というのは自分の父親を手本に未来の人生について学ぶものだ、と彼は言った。父親がそのために生きた目標は、いずれにせよ息子の目的でもあり、父親の満足は息子の満足、父親が世界に覚えるむかつきは息子が世界に覚えるむかつきでもある。やがて息子は父親を追って死ぬが、その時には自分の脳の中で出入りを繰り返すしかない孤立状態に陥っている。

息子は、自分の父親を見るとき、父親の惨めさを見ているが、父親も同様に絶えず自分の息子の惨めさを見ている。父親と息子は絶えず惨めな状態に置かれた相手を見つめている。「しかしつまるところ息子の方がつねに父親よりもはるかに恐ろしい目を見ざるをえないのです。」彼はときどき図書室の窓から中庭で話に夢中になっている自分の家族を観察する。単純な言葉しか操れない素朴な境涯に閉じ込められた彼の家族と親類縁者は根腐れを起こした植物も同然で、彼がいなければ生存もおぼつかない。この考えがときどき彼に退屈を忘れさせ、彼らの身体への途方もない吐き気を催させる。「私から出たあの身体はどれも」と彼は言った「人生へのわずかな偏愛ももたない私によって作られたものだ」。ホッホゴーベアニッツはときどき数週間に亘る昏乱に支配された。「原因ですか。この昏乱に襲われるのは私だけではありません」と彼は言った「全員がこの昏乱に襲われるのです。私たちは全員がひとつの、大きいだなんてとんでもない、実際に狭い建物の中で暮らしていますが、たがいに数千キロメートルも隔てられているのです。大声でたがいに呼び合っても、声は聞こえません。天気のせいで私たちは何週間もの間、破局的な原始神経系の中に閉じ込められます。完膚なきまでの意気消沈状態に達すると、私たちはまた話し始め、たがいが立ち上がるのを助け、相手を理解し始めますが、しかしそれもまたすぐに相手がもっとも理解しがたい存在になるまでの間にすぎないのです。信頼への一歩、血縁ゆえの気配りへの一歩を」と彼は言った「最初に踏み出すのはだれでしょうか。私たちはまたいっしょに食事をし、みなで話をし、笑い合いますが、それはまた別れるまでのしばしの間です。いっしょにいることのできる時間はますます短くなってきています」。彼の息子は、今年はここ数年のようにたんに休養と故郷への顔出しつまり「気晴らしと盛夏の歓談のため」でも、「毎年ホッホゴーベアニッツで前後に前座の一幕物と大切《おおぎ》りの一幕物を添えて上演されている三幕物の」芝居という娯楽に立ち会うためでもなく、と侯爵は言った、主に父親と「領地に関する法律的性質の話し合いを持つ」ために英国から戻ってくると期待されていたのだった。侯爵は、ほぼ毎日英国へ書き送っている息子宛ての手紙の中で、自分がしなければならないホッホゴーベアニッツの変革についての暗示を何度も繰り返し、領地の規模を拡大する目論見と、だが同時にその維持と管理を思い切り簡略化する決意を強調していた。「しかしそうした根底からの変革について書面で」と侯爵は言った「それもホッホゴーベアニッツだけでなく、エッツやテアラーンやクムンデン近傍の砂利採石場やウィーンの町屋もかかわってくるのですからなおさら、説明するのは容易ではありません」。しかし彼の息子がホッホゴーベアニッツで過ごした時間はいつもながら、その方向での話し合いが一度も持たれることのないうちに慌ただしく過ぎてしまった。「息子は、まだ四、五年ロンドンに残るつもりでしょう」と侯爵は言った。「私には息子がどういう計画を立てているのか分かりませんから、ただぼんやりそう想像するだけです。いま彼が書いているのは徹底して政治的な論文です。私は息子が実際また休暇中のほとんどの時間をその学術的かつ政治的な論文執筆のための研究に費やすのを見ていました。彼はしかし私に、今年の休暇は理想的だったと言いました。ときどき息子も集中力の低下に苦しんでいます」と侯爵は言った「息子は私に、長期に亙《わた》る学術的な仕事、高度のないし最高度の努力を要する到達不可能ではあるがときに視界内に捉えることのできる目標へ向かって踏み出した長丁場の仕事はたまに中断するのも有益だということを再度認識させてくれました。ドーバー海峡を渡る船の上で、ホッホゴーベアニッツは自分には完全に無縁だということが息子の意識に上ったそうです。私はそれが事実だとは思っていません。息子は、ホッホゴーベアニッツには恐れを抱かざるをえない、と言いました。一方、里帰りにはいい面もある、と息子は休暇について言いました、思考作業というのは、決定的な瞬間、決定的な個所で中断する勇気を持てずにいると、自然の声に耳を貸さずにいたつけが回って、突然いとも簡単に取り返しの付かない形で破壊されてしまうことがあるからだ、と息子は言ったのです」。この決定的瞬間が彼、つまり侯爵の息子の場合は休暇の直前に訪れたのだった。侯爵が彼に、帰って来い、と書いた瞬間に、仕事を中断したのは正しかった。「しかし私は息子をある特定の目的のためにホッホゴーベアニッツの私の所へ呼び寄せたかったのです。この特定の目的を私は果たせませんでした。息子はでも仕事の中断の有効性に満足していました」と侯爵は言った。「私は息子が英国からここホッホゴーベアニッツの私の所へ戻る旅をつづける間、私たち二人の間のごたごたや悪化していく関係をまざまざと目にとらえていましたが、それらは刻々と強度と度合いを増してゆくのでした。やがて息子は到着し、私は失敗のすべてをはっきり目の当たりにしたのです。息子は今はすでに救出されたとある文書の研究をしている、と言いました。息子は一日中陽のあたらない、ハイドパークの近くとはいえ、殺風景で安っぽい小さな部屋に住んでいます。息子には消耗することが必要なのです」と侯爵は言った。「徹底的に消耗したときでないと、彼は戻ってきません。」侯爵は言った「私はこの間息子を説き伏せて、下の峡谷への散歩に誘い出すことに成功しました。彼は夕食のときに、二人で翌朝早く峡谷へ散歩に降りてゆくことに同意したのです。私たちは実際に朝早く起き、峡谷へ散歩に出かけました。それは」と侯爵は言った「またもや私が好む散歩のひとつである無言の散歩になりました。その散歩では、言うまでもないことですが、先生、ひと言も喋ることが許されないのです。こうした散歩でひと言も喋ってはならないという禁則を破った者は、私によって未来永劫この無言の散歩から閉め出されます。しかしその朝あたりはいったん夜が白みかけていたのに私たちが峡谷へ下って行ったため急にまた暗くなったのですが、私自身が突然話を始めていたのでした。私は息子に言ったのです、もう長いこと私の頭の中に痛みが巣くっている、この耳鳴りも頭の中の存在だ、だんだんこの痛みとこの耳鳴りは私にとって耐えがたいものになってきている、と。この耳鳴りは、と私は言いました、ある事柄を、それがなんであれ、私が最後まで考え抜くことを不可能にしている。この耳鳴りは、と私は言いました、私のすべてを破壊せずにおかない。痛みと耳鳴りは、と私は言いました、同じものだ。私たちが下の峡谷に向かって降りているとき、私は息子に、この耳鳴りとこの痛みは私の死病を意味しているのかもしれない、と言いました。かもしれない、と私は言ったのです、私は死病にかかっているのだよ、と。そして私は言いました、おまえは悲しくはないのかな、と。息子はしかし何も言いませんでした。私が人間をみつめるとき、私の目にするのは悲しげな人間ばかりです」と侯爵は言った。「それは自分の苦しみを路上へ持ちだし、そうすることでこの世を喜劇に変えてしまう者たちです。喜劇ですから笑いの的になって当然です。彼らはみなこの喜劇の中で精神的身体的性質の潰瘍を病んでいて、自分たちの死病に喜びを感じています。彼らはその病の名を耳にすると、その舞台がロンドンだろうとブリュッセルだろうとシュタイアマルクだろうと関係なく、一様に恐れおののきますが、その恐怖を表に出さないように努めます。この世の別名である喜劇に登場するすべての人間が本当の芝居を隠そうとするのです。彼らは誰からも見られていないと感じるとそのとたんに、大急ぎで自分から逃げ出し自分を目指して駆け寄せます。グロテスクです。でも私たちはもっとも滑稽な面は全然見ていません、というのももっとも滑稽な面はつねに裏面だからです。神がときどき彼らの口を借りて語りますが、でも神はその時彼らのと同じ安っぽい語を話しまるっきり同じぎこちない文章を口にするのです。ある人間がひとつの巨大な工場の持ち主だろうが、巨大な農場を所有していようが、同じように壮大なパスカルの文章を頭の中に納めていようが、そこには何の違いもないのです」と侯爵は言った。「人間を同等にするのは貧困です。すべては、巨万の富であろうと、人間が手にするとたんに貧しさに変わってしまいます。貧困は人間の肉体に宿ろうと精神に宿ろうと、肉体の貧困であると同時に精神の貧困なのですが、そのことが人間を病ませ狂わせずにいないのです。いいですか先生、私はこれまでの人生を通じて病人と狂人しか見てきませんでした。どこに目を向けても、私を見返してくるのは死に行く者、押し流されてゆく者ばかりなのです。人類というのは、五つの大陸に振り分けられた何十億にもなんなんとする死の共同体以外のなにものでもありません。喜劇です！」と侯爵は言った。「私が目にする人間、私が何らかの噂を耳にする人間はみな、人間という種が完全に無自覚な存在であることを証明し、人間と自然の全体が欺瞞であることを裏付けています。喜劇です。よく言われることですが、世界とは実際稽古舞台であって、そこではたえまなく稽古が行われているのです。私たちが目をやる至るところで、たえまない語りの練習、歩きの練習、考える練習、暗記の練習、人を騙す練習、死にゆく練習、死んでいる練習が行われ、私たちの時間を要求します。人間とは私たちに私たちがすでに知っている役を演じてみせる役者にほかなりません。役割習得屋です」と侯爵は言った。「私たちのだれもがたえまなしにひとつの（自分の）役割を、あるいはいくつかの役割ないしは考えられるかぎりありとあらゆる役割を練習していますが、なんのためあるいはだれのためにそれを練習しているのかは分かりません。この稽古舞台は唯一の苦痛であり、その上で起きていることに楽しみを見いだしている者はひとりもいません。でもこの稽古舞台の上のすべては自然に生起しているのです。しかし絶えずドラマトゥルークが求められています。幕が上がったとたん、すべては終わります。」

人生は、死を教わる学校です。無慮数百万人の生徒と教師がそこを満たしています。世界は死の学校なのです。「世界はまず始めは死の小学校、次に死の中学校、それからごく僅かの者たちのためですが」と侯爵は言った「死の大学です」。人間はこれらの学校ではかわるがわる生徒だったり教師だったりします。「唯一到達可能な学習目標は」と彼は言った「死なのです」。彼の息子が彼に話したところによると、息子はときどきロンドンで目を覚まし、服を着て家を出、オックスフォード・ストリートを走って下ってゆくのだが、それはオックスフォード・ストリートの先にアッヘ川があって、そこからだとホッホゴーベアニッツを見ることができると信じているからなのだ。「多かれ少なかれ人間はみな頭がおかしいものですが、息子もそうです」と侯爵は言った。実際自分の息子の頭のおかしさは並大抵ではない。「息子がオックスフォード・ストリートの行き着く先にアッヘ川があると信じて下へ向かって駆けだしたというのが本当だとしたらですけれど。だれでもそうしたければ」と侯爵は言った「どこでもいつでもアッヘ川を覗き込むことができます。だれもが自分のアッヘ川を持っているし、だれもが別のアッヘ川を持っているからです。私自身は」と彼は言った「ときどき目を覚まして服を着ると中庭へ降りていって城門を抜け城の内壁か外壁の上へ出ますが、実際はブリュッセルの町を歩いているのです」。どの人間の頭にもその頭に見合う人間固有の破局が宿っている、と侯爵は言った。人間の頭には人間固有の破局しか入っていないことを知るために、わざわざ人間の頭を開けてみる必要はない。「自分に固有の破局なしには人間はそもそも存在できないのです」と侯爵は言った。人間は自分の悲惨が好きだ。そして人間は自分の悲惨を失ったなら一瞬も存在できないから、自分の悲惨な状態を取り戻すために何でもする。「私たちが人間を見つめると、彼らは自分の悲惨の中にいるか、自分の悲惨を探し求めているかのどっちかです。人間固有の悲惨抜きに存在する人間など存在しません」と彼は言った。人間はたえまなく高度に危険な状況に身を置いているが、と侯爵は言った、たえず自分を敵に回している人間には、自分がたえまなく高度に危険な状況に身をさらしていることが分かっていないだけだ。人間はだからこそ存在してゆけるが、だからこそ病んでもいる。「死にゆく者たちです」と侯爵は言った。「子供たちはおそらくひとの不幸を喜ぶ気持ちしか持たない、考えられるかぎり最悪の身勝手な両親によって作られこの世に引きずり出されるのでしょう。ある人間を探すとは」と侯爵は言った「その人を見つけるために巨大な死体公示所の中を長時間うろつき回るようなことなのです」。みなはもう自分との対話しかしていない、と侯爵は言った「私たちが生きているのは自己対話の時代です。自己対話術は、対話術よりずっと高度なものです」と彼は言った。「しかし自己対話も対話も無意味なのは同じです」と侯爵は言った「前者の方が無意味の度合いはずっと低いですが」。だれかと話を始めるとき、つまり「このまま黙っていると窒息するかもしれないという突然の不安に駆られて（自分自身をも含めた）だれかと話を始めるときは」つねに、そのだれかはこちらを中傷するためなら何でもやりかねないということを覚悟しておく必要がある。「それは極めて洗練されたデリケートな仕方でも、しかしまたこの上なく粗野な仕方でも起こりえます。人間が話を交わすときは、いつだって中傷合戦になるのです。対話術は中傷術ですし、自己対話術はこの上なく恐ろしい中傷術です。私が常時考えているのは」と侯爵は言った「私の対話相手は、私がやっとの思いで私自身の深淵を抜け出してきたばかりだというのに、私を彼の深淵の中へ突き落とそうとしている、ということです。対話相手というのは自分の相手を同時に可能な限り多くの深淵の中へ突き落とそうと構えているものなのです。対話相手はだれでもみな自分の相手をいつだってありとあらゆる深淵の中へ突き落とします」。ときどき彼は特定のクラッシックの旋律あるいはより変則的な旋律を頭に入れたまま就寝し、同じ旋律とともに目を覚ます。「その旋律は」と侯爵は言った「とぎれなく一晩中私の頭の中に宿っていたと考えるべきでしょうか。当然です。おまえも知っての通り、と私はいつも自分に言い聞かせます、いつもすべては、すべてはいつもおまえの頭の中にある、すべてはつねにみなの頭の中にある、みなの頭の中にしかない、頭の外には何ひとつ存在しないのだ、と。私は、何についてだれと話そうが」と侯爵は言った「だれかと話す時点でもう万策尽きているのです」。人間は成人すると原理的だが、と彼は言った、まだ成人していないときは自然と同様に無条件的だ。大部分の人間は人間の二つの主要特性である購入と消費以外の何ものでもない。厳密に言えば人間は数千年の時間をかけて「私たちが今見ているとおり」とザウラウは言った「この二つの本能、すなわち購入本能と消費本能しか進化させてこなかったのです。私たちはそう確認すると衝撃を受けるかもしれませんが」とザウラウは言った「衝撃を受けて愕然とすることもありえます」。人間はみな自分に分からないひとつの言葉を話す。しかしその言葉がときどき理解されることがある。そうであるから生きてゆけるのだが、少なくとも誤解されることはある。きちんと理解される言葉が存在すれば、とザウラウは言った、ほかには何も要らなくなるだろう。「私たちはつねにある問題が生じたときに逃げ場を見つけてきました」と彼は言った。「人間はともに歩きともに語りともに寝るけれども相手を知らないのです。おまえはおまえを知っているか、と私はときどき自分に尋ねます」とザウラウは言った。深みはつねに高みなのだが、ある高みの深さが深くなればなるほど、ある深みの高さも高くなってゆく。その逆もまたしかりである。「想像してみるといいのです」と侯爵は言った「（底知れない人間をのぞき込むように）底知れない井戸を、そしてその果てしない高みと広がり等々をのぞき込んでいる自分を。私は」と彼は言った「息子はロンドンにいると信じています。なぜなら私は彼がロンドンにいるのを知っているからです。私は、自分が息子に手紙を書いていると信じています。なぜなら私は自分が息子宛に手紙を書いているのを知っているからです。でも私は、自分が息子はロンドンにいると信じているからといって、彼がロンドンにいることを知っているわけではありません等々……不可能性はひとつのすこぶる恐ろしい基盤であり」と彼は言った「すべては不可能性の上に立脚しているのです。私は姉に声を掛け、下のアッヘ川までいっしょに行ってくれと頼むと、姉は私といっしょにアッヘ川まで降りていきました。しかし私は、私たちが戻ってすぐ、姉はほんとうに私といっしょにアッヘ川へ行ったのだろうか、と考えました。私はたえまのない反問状態から抜け出せずにいるのです、先生。これは、つまり私の身に起こっているいっさいは残忍な死の現実化の兆候なのではありませんか。私はもう」とザウラウは言った「妻のことを考えません」、彼女をすべての人間の中でもっとも愛したにもかかわらずだ。彼はなぜ妻を夢にすら見ないのか、考えてみる、彼は言った「私はもう何年も私の妻を夢にも見ていません。彼女のことを考えもせず、夢にも見ないのです。妻は行ってしまったのです。行ってしまった、でもどこへでしょうか。もちろん彼女はまだ存在しています、なぜなら私はいま彼女のことを話しているからです。悲劇は、そうなのですよ、先生、けして何ひとつほんとうに死にはしないことにあるのです。息子のことですが、私は彼を駅まで迎えにいこうと思っていて、そう手紙に書いてやりますが、迎えには来て欲しくない、というのが息子の返事で、息子は突然玄関に姿を現します。息子の行動はいつだった唐突きわまりないものでした。私たちはいつも新聞をよむことへの偏愛を分かち合ってきました。すでにその出発時において息子のような暮らし方ができれば非の打ち所がありません。でも息子がとてもよく使う『官能的知覚』等々の言い回しは私には関心の持ちようもないものです。私はまた息子と違って、まったくと言ってよいほど引用が鼻持ちならない人間です。引用は私の神経に障ります。でも私たちは四六時中何かを引用しつづけている世界の中へ、世界という名の絶えざる引用の中へ閉じ込められているのではないでしょうか、先生。先生は、『大衆が信じているのとは違って、神ではなく、偶然を前提とすべきなのだ』というような命題についてどうお考えですか。私の息子はこういう命題を操作しているのです。いかなる行為も罰すべき行為でありうる、だからすべての行為をすぐさま罰すべき行為にしたてあげることはとても簡単です。これを敷衍すれば、万人に対して死刑を宣告し執行することも可能になります。国家はこのことを見抜いたのです。国家はその上に立脚しています。私はいまなお息子には耐えがたい、意気消沈という語、忠実なとか法外なという語、つらいという語、致命的なという語のような語彙を用いています。私の汎神論に対する息子の背教論です」と侯爵は言った。「私の息子は」と彼は言った「実際ある似非《えせ》形而上学の虜なのです。むろん私たちは恐ろしく強力なガルヴァーニ電気によって動かされる無特性の機械装置です。あてどのない状況の中で次第に方向感覚すら失ってきている私たちを最近とらえて離さないのが、あてどなさをめぐる破局的なまでに具体的な考えです。息子は」と侯爵は言った「以前は優雅に服を着こなしていたのが、いまでは何を着ようとどうでもよくなっています。プロレタリアの服装をしたこともありました。不愉快なのは、息子はいつでもそれを脱いでしまえることです。ぞっとしてしまいます。以前息子はよい判断をすばやく下したものですが、いまでは見当違いの判断をぐずぐず下すだけです。互いの距離は大きくなる一方、互いの緊張は高まる一方です。世界はすでにまるごとそっくり田舎じみたものになりはてました。長い間自然は彼つまり私の息子を彼の姉妹つまり私の娘たちの間でまったくひっそり養い育てました。しかしある時突然その同じ自然が驚くべき情け容赦のない仕方で息子の知的資質のすべてを全面展開させた結果、あたかもそれらがあげて、まだ子供時代ないしは娘時代特有の譫妄《せんもう》状態にどっぷりつかって遊び呆けているか漫然と時を過ごしている姉妹への攻撃に向かったかのような（あるいはそう思われるような）事態が生じたのです。息子は私たちへの絶え間のない離反という意味で気難しくなっていく一方でした。私たちつまり息子の両親が心掛けていたのは、ほかでもない彼をいつも真理との境界の間際まで連れて行ってやることでした。私たち自身も真理を知覚することができたわけではありませんが、でも私たちつまり息子の母と私には真理との境界がどこにあるかは分かっていたのです。すでに息子は大都市からはいつも仕合わせか不仕合わせかどちらかの便りを、田舎の滞在先からは不仕合わせの便りを寄こすようになっていました。彼は後に大学で勉学を始めると、いつも私たちの不意を衝いて私たちの許を立ち去るようになり、やがて私たちの考えの中からも席を立ち断りもなく出ていくようになったのです。二一歳と二三歳の間は自分の部屋に何日も籠もるようになり、食事の時も自分の思考がなによりだいじと言い部屋から出てきませんでした。私たちはだれしも自分が全然存在していないで存在を装っているだけの時期を過ごすものです。ときとしてある人間の現実の存在と装われただけの存在が入りまじることがありますが、それはその人間にとって致命的です。ホッホゴーベアニッツではすべてが息子中心になっているのですが、息子はホッホゴーベアニッツから支配されているだけで、ホッホゴーベアニッツを中心とは見なしていません。時として彼は思いがけない知識を披露して私をびっくりさせることがありますが、それは全然使いものにならない知識でしかありません。息子が家に帰って、遺産を受け継ぐとき、すべては腐敗していることでしょう。彼はすでに四歳半で学校へ通い始めましたが、学校を心をほぐす手段だと感じたのです。私たちは息子をいつも何らかの事故に結びつけます。だれかが谷へ落ちたと聞くと、うちの息子が谷へ落ちたと考えてしまうのです。息子は徹底した存在論的タイプの人間です」と侯爵は言った。「息子の四週間以上にも及んだ最近の帰省は、私たちの中へそしてすべての中へ押し入ってくる闇でした。ホッホゴーベアニッツ全体が闇に沈められたのです。ホッホゴーベアニッツは息子がホッホゴーベアニッツへ戻る前の数週間英国で息子を闇に包んでいたのですが、息子はホッホゴーベアニッツへ帰るなりホッホゴーベアニッツを、そして私たち全員を闇に沈めたのです。女たちのいらいらはときとしてあたり一帯に浸透します。女たちの居室のある階下では秩序が保たれていますが、私の部屋のある上階は無秩序が支配しています。でも秩序は無秩序のあるところに存在するのです。厳密に考えれば」と侯爵は言った「私の息子が私から遠ざかるのに用いているのは、私自身の方法です。人生を原料だけでしのぎ加工をしない人間がいますが、彼らは原料に満足しているのです。息子の手紙の中では、息子以外はすべて舞台装置であり、思想は世界の天井から吊り下げられる書き割り、息子の脳髄は錯雑を極めた現代的照明装置そのもので、これがたえず書き割りに影響しています。私には息子の仕切るこの政治演劇の活動を通じて彼の悲惨な財政状況が丸見えになっています。狂気の方がまだ耐えやすいのですが、世界は根底においてひとつの徹底してカーニバル的な体系です。女たちには時間はどんどん長くなっていますが、私にはいちばん短い時間がいちばん長い時間なのです。絶対的不動心《アタラクシー》が私の常態です。自殺は」と侯爵は言った「ひとつの更年期症状です。ここは中央ヨーロッパでもっとも自殺率が高い場所です。なぜでしょう。私たちは世紀も半ばにさしかかるいまに至るまで、自殺以外のテーマを高度に展開できずにきました。すべては自殺です。私たちが生き、私たちが読み、私たちが考えているのは、すべて自殺への手引きなのです。死者たちは」と侯爵は言った「まだ死んでいない者たちより魅力的です。私たちは何を想起させられ、何に注意を向けさせられても、想起と注意の向かう先は死なのです。夜窓辺に立ち、無限の中に張り渡されたロープの上を歩く綱渡り芸人を眺めますが、彼らに声を掛けるのは死をもって罰せられる御法度です。でも私たちは、自殺について語るたびに、滑稽なことをしでかしているのです。私が自分の頭に銃弾を撃ち込むのも、銃弾に自分の頭を貫通させるのも、自分を撃ち殺すのも、首を吊るのも、すべて滑稽です。私自身が全然おまえを信頼していないのに、どうしておまえに、と私は昨日息子に宛てて書きました、私を信頼しろと要求できるだろう。私は全然息子のことを信頼していないのです。おまえは確かにおまえの金を支出したが、しかし私に対してまだ、その金を、銀行や株式に有効な投資をするような有効な形で、おまえの頭脳に投資したと納得のいく説明をしていない。株式市場や金融機関としての頭脳など、私にはつねに疑いの対象でしかなかった。もちろん自分の頭脳を、全世界へ電力を供給する発電所に見立てることは、あっていいことだ…いいですか」と侯爵は言った「息子は私の財産だけが目あてだったのです。私は彼の研究など信じていません。息子はロンドンでさる世界史的詐欺事件の研究に平常心を失うほど熱中していますが、嘆かわしい熱狂と言うしかありません。私をいらだたせるのは、私が息子をヘイマーケットのまともなレストランで見かけることは稀で、彼はいつも書斎に籠もって書物に没頭しているということです。ところで」と侯爵は言った「人の話に耳を傾ける技はほとんどすたれました。でも、先生、あなたはまだその技を残しておられる」。侯爵は、ぼくの方を向いて、父は一度ぼくを彼が年に二、三度催すザウラウ家の狩りへ連れてこなければいけない、と言った。「ザウラウ家の狩りは名高いものです。私個人はもうあまり関心がないのですが、家の者たちにとって狩りは欠かすことのできない重要事なのです。私たちは」と侯爵は言った「自分たちの身で試してみることのできないことをたえず他人を使って試します。私たちはたびたび人間を殺《あや》めその経過と結果を観察するのです。人間はそういう恐ろしいことを始終他人に実行しておきながら、自分自身には（あるいは自分自身では）しません。私たちはつねに他人を実験台にありとあらゆる病気の臨床試験を行っていて、研究目的で絶えず他人を殺めています。今朝早く」と侯爵は言った「私は突然床に身を投げ出したい、完全に素っ裸になって這いつくばりたいという欲求に捉えられました　私は服を脱ぎ、素っ裸で床に這いつくばりました。私は朝食の席でその話をしましたが、だれも笑う者はいませんでした」。彼の思考と行動は、彼からすると今に至るまでずっと彼の領地すなわちホッホゴーベアニッツに根ざすものであった。「もっとも迂遠なものも私の領地」と彼は言った「すなわちホッホゴーベアニッツに根ざしています。なんなら今、先生、私に尋ねてくださってもけっこうです、名前を挙げてみてください、要求してみてください、名前を、名前を、概念を。私は、そうしたければ学問にでも、芸術にでも足を踏み入れればいいけれど、でもやがて必ずすべてを私の領地、すなわちホッホゴーベアニッツへ連れ戻るはめになるのです」と彼は言った。「地平線とは何にでも効く万能薬のようなナンセンスです。今朝」と彼は言った「私は姉にめったに口にしたことのない言葉をかけました。私は姉に言ったのです。詩的なものがぼくにうさんくさいのは、それがこの世界で、あたかも詩的なものは詩だというという見かけをよびさますからだが、その逆に詩が詩的なものなのだ。唯一の詩が、と先生、私は言ったのです、自然で、唯一の自然が詩、すなわち唯一揺らぐことのない概念なのだ、と」。彼はその前日に突然女たちに『親和力』の中の一カ所を朗読したいという欲求を抱き、彼女たち全員をその目的で図書室に呼び集めた。しかし彼女たちが図書室に集まったとき、彼は急に女たちに『親和力』の朗読をすることは無意味だと感じ、女たちには古いタイムズ紙から読み聞かせることにした。「私は女たちに『親和力』の中から足場が完成したことを記した個所［第二部第三章］を読むつもりでしたが」と彼は言った「私が彼女たちに読んだのは、英国ではじゃがいもをどうやって越冬させるかという記事でした。私は彼女たちに英国ではじゃがいもをどうやって越冬させるかという記事を読み聞かせた後で、彼女たちを図書室から追い立て、さあ仕事だ、仕事だ、仕事だ、馬鹿どもめ、と大声で言いました。その直後に私は中庭に降り、足場が完成したことを記した章を自分一人で読みました。邪魔されず、汚されず、女から解き放たれて」。「私はしじゅう息子がロンドンのとある通りにいるところを目にするのですが」と彼は言った「それは私自身がロンドンで学生時代を送ったときから知っている通りです。木々。人間たち。木々である人間たち。人間たちである木々。息子は私がロンドンにいたときに着ていたのと同じ服を着ています。ときどき息子は私の考えを抱いてトラファルガー広場を横切り、ハイドパークの中を歩きます。私の問題を抱えてです。そして私は、息子がおまえの問題を抱えてトラファルガー広場を横切り、ハイドパークの中を歩いているぞと考えます。息子は私の考えを抱いて、まさにあの私が坐っていたハイドパークの椅子に坐っています。そして息子は、ハイドパークで私のハイドパークの椅子に坐り、私がハイドパークの椅子に坐りながらホッホゴーベアニッツについて考えていたように、ホッホゴーベアニッツのことを考えています。ロンドンでホッホゴーベアニッツのことを考えると」と侯爵は言った「ホッホゴーベアニッツは以前と全然変わらないホッホゴーベアニッツだと思えてきますが、それはホッホゴーベアニッツにいてロンドンのことを考えると、ロンドンは少しも変わらなかったし、少しも変わっていないと思えてくるのと同じです。でもホッホゴーベアニッツは一瞬ごとにすっかり姿を変えたホッホゴーベアニッツなのです。私は、息子がハイドパークの椅子に座ったりテート・ギャラリーの中を歩き回ったりしながら私のことを考えていると考えますが、それは私がロンドンにいたとき、ウイリアム・ブレーク目当てにテート・ギャラリーの中を歩き回りながら私の父のことを考えていたからです。私は、父親がロンドンにいる息子のことを考えているのと同じように、息子はロンドンでホッホゴーベアニッツにいる父親のことを考えていると考えます。ロンドンにいながらしじゅうホッホゴーベアニッツを見ていると、私が思うに、病気になるか気が狂うかしてしまいますが、ホッホゴーベアニッツにいながらしじゅうロンドンを見ていてもまったく同じことです。そして私はロンドンを見、ロンドンを聞いています」と侯爵は言った「息子がロンドンにいながらホッホゴーベアニッツを見、そしてホッホゴーベアニッツを聞いているのと同じです。でもそれはいつも別のロンドン、別のホッホゴーベアニッツなのです」。彼の息子は自分の精神はロンドンでのみあらゆる方向へ向けて発展できると信じているが、父親である彼は息子の精神はホッホゴーベアニッツでのみあらゆる方向へ向けて発展できると信じている。「いうまでもなく」と侯爵は言った「ロンドンに発する精神は果てしないものです。でも精神はホッホゴーベアニッツに発していても果てしないものであることに変わりはありません」。ぼくの父が前回侯爵を訪ねたとき、彼はひっきりなしに「線の縺《もつ》れ」という言葉を口にしたという。侯爵にとってすべては間断のない「線の縺れ」なのだった。「私の頭の中には線の縺れが存在しています」と彼は父に言った。ふたりが管理人の死後に一度小作人たちを訪れたとき、侯爵はしじゅう、小作人というのは「身体的」存在であるから自分はつねに彼らの「清算をする」必要がある、と言っていた。身体的な者たちは清算しなくてはならない、と彼は何度も口にした、たとえばつぎのように。「身体的なものは清算しなければなりません。すべては身体的なものの清算に行き着くのです」。自分はあっというまに恐ろしい欠乏状態の中で疲労しきってしまう、とそのとき彼が言う。自分は疑うことを知らぬ母親によってまるで空洞の中へのようにホッホゴーベアニッツに産み落とされた。自分はずっと実はもう全然存在しない言葉をしゃべっている。「私たちがしゃべっている言葉は実はもう全然存在していません」とザウラウは言った。「私たちが用いている言語手段全体がもはや全然存在していないのです。かといってしかし完全に沈黙してしまうことも不可能です。そう」と彼は言った「人生を財政学的に応用してみることです」と彼は言った。「私が早くから自分に確認できた顕著な能力のひとつに」と彼は言った「そうするに適わしい相手と判断したならだれであれ、彼をその脳内で引きずり回す冷血さがあります。気分が悪くなるまで脳のメカニズムの中を引きずり回すのです、先生、もちろん命に関わります、もちろんです。息子は老年ゆえに私を非難しますが」と彼は言った「私は青春ゆえに息子を非難します。私の老年はそれ自体素朴なものですが、息子の青春はそれ自体素朴ではありません」。侯爵は愚かな社会に対して社会は愚かだということをたえずつきつけなくてはならず、この愚かな社会にこの社会は愚かだと証明してやるためたえず全力を尽くさなくてはならない。そうするとときどきこの愚かな社会は、愚かなのは彼の方だ、と言う。「社会の側の唯一の逃げ道です」と彼は言った。「もちろん」と侯爵は言った「私にはこの長い生涯を通じていつもひとりの友人がいました。息子は違います。なぜでしょうか。息子のやっている学問が友人を閉め出すのです。あの学問はすべてを破壊します、すべてをです、先生、存在するすべてを。ある日あの学問がすべてを破壊し尽くすのです。あの学問は、すべてを破壊せずにはいられないがゆえに素朴でもあります。私たちは素朴な学問にしか関与しないのです。私は私の頭脳を何度もしばらくの間他の頭脳と分かち合うことができましたが、息子は一度として彼の頭脳を他の頭脳と分かち合うことはできません」。「頭脳の中の現代性は私をリフレッシュしてくれます、内なる現代性です」と彼は言った「外なる現代性は私に反感を催させます。目に見えていない現代性は」と彼は言った「私をリフレッシュさせます。目に見える何ひとつ前に運ぶことのない現代性でなく不可視のすべてを前進させる現代性です」。昨夜彼は起き出すと図書室へ入ってゆき、そこの本に向かって「私の食料！」という言葉を投げつけた。「いまはでもその食料はすべて毒されていて」と彼は言った「死をもたらすのです」。彼はぼくたちといっしょに城の内壁から再び城の外壁へ行こうと決めた瞬間、脳内に「ひどい苦痛をもたらす持続する騒音」を感知したのだった。「まれにですが自分は自分しか頼れるもののいない苦痛に満ちた存在だということがまんざら棄てたことでもないと思えるときがあります」。彼はしばしば身近な者たちから長い間放置される自分自身の死について長時間思いに耽り心乱されることがある。「私があなたにお話ししていることはすべて」と彼は言った「たいがいの人にはまずちんぷんかんぷんだと思います。息子が笑うところを私は一度も見たことがありません。彼の母親もです。先生、あなたはお母さまが笑うところをごらんになったことがありますか。そうでしょう、あなたはお母さまが笑うのを見たことは一度もないのです。あなたの息子さんは自分のお母さんが笑うのを見ましたか。そう息子さんも、お母さんが笑うのを見たことはありませんね。でも以前は私自身も笑う理由がけっこうみつかったものです。いまではときどき理由のない笑いを笑っています、お分かりでしょうか。息子がメルヘンに嫌悪感を示すことにはずいぶん早くに気づきました。彼の姉と妹がメルヘンに恐るべき偏愛を抱くのと対照的でした。息子の過敏症は私からすれば行きすぎです。みなが私からすれば過剰な過敏症にかかっています。カオスがすでに過大になりすぎているせいで、みながすでにあまりにも酷い過敏症を病んでしまっているのです。しかし息子の姉と妹がいつも何かに関して性急なもの言いをするのに対し、息子は何事に関しても性急な意見表明をすることはありません。私に関して言えば、先生、私はご存じの通り、引用符で括ったことしか言いません。私の言うことはすべて引用符に括られた発言なのです。抑えた声でです。毎日私は目を覚ますなり、だれに遺産を継がせるべきかを考えます。ほかにだれも思いつく人間がいないのでいつも、ひとり息子に継がせるよりほかないという結論に行き着きます。息子が黙っていようと、私はたえず自分を弁護しなければならないという思いに駆られます…息子がいっしょだと、彼の（そして私も）いやがる私の特性がすべて表に出てきます。あの耐えがたい特性は息子がいっしょのときだけ現れるのです。他の特性が他の人間といっしょのときに現れるのと同じですが…私は自問します、息子があの耐えがたい特性を表に出すのは私といっしょのときだけなのだろうか、と。私たちは今日あらゆることを分析できますが、先生、自然それ自体ばかりはそうはいきません。すべてはつねに理性《ヌース》の問題です。人間は」と侯爵は言った「すでに若いうちに暖かい服を身にまとうかのように職業を身にまとい、ほつれたぼろ布になっても後生大事に着つづけ、そのほつれた服を自発的あるいは強制的に何十年も修繕し、裏地を付けたり拡げたり縮めたりするのですが、どんなにしたところでそれがほつれたぼろ布であることに変わりはありません。おまえには世界中の人間が滑稽な完全にほつれたぼろを着てうろつき回るのが見える、と私は自分に言います。ヨーロッパ中が完全にほつれたぼろをまとって走り回っています。みなが服を羽織るように職業を羽織りますが、学究生活を羽織るとは服を羽織るのとまったく同じように職業を羽織ることです。精神を羽織った者の大半は結局は滑稽なぼろしか身にまとっていません。昨日私は――朝食に向かったとき――」と侯爵は言った「すべての木を切り倒すところを想像しました。私が城から下を見下ろすと切り倒された何百万本もの木しか目に入ってきません。その時私には、この何百万本もの木を一メートルの長さの丸太に切らせ、次に一センチの厚さの板に切り刻ませる、そして労務者にそれを粉にさせてみたらどうか、という考えが浮かびました。突然私には、私の木の粉が一帯の地をすべて埋めつくしているのが見え、そして私は木の粉の中を下のムーア川に至るまでさらには下のバラトン湖に至るまで歩き通したのです。人間はひとりも目に入りませんでした、もはやひとりもです。おそらく、と私は考えました、ひとり残らず突然頭上に降りかかった木の粉に埋もれて窒息したのでしょう。昨日」と侯爵は言った「私が長年研究してきていて繰り返し研究する価値のあるものに思えているレッツ枢機卿の回想録が私の神経をいらだたせたのです。そう、なぜ、とあなたは尋ねられますよね。私はレッツ枢機卿の回想録のせいで眠ることができませんでした。私は何時間もレッツ枢機卿の回想録を眺めていて、眠れないのです。私はしかし立ち上がってその本を窓から放り投げることができません。でもついに私は立ち上がってレッツ枢機卿の回想録を窓から放り投げます、そして自分がその本を五時間も眺めつづけていたこと、その本が私を五時間もの間いらだたせていたのに私はそれを窓から放り投げずにいたことに気づきます。最大の決意を持って死んでゆく人間」と侯爵は言った「断固不退転の死を遂げる人間がいます。私もそういう風に死にたいものです。でも大多数の人間はあいまいに死にます、見た目にもあいまい、頭脳からしてもあいまい、そういう人間はいつまでも死ねません。私たちが何に楽しみを見いだそうが、死だけはけっして私たちの心を離れないのです」と彼は言った。「すべては死の中で生起するというのが」と彼は言った「人間的なことなのはこの上なく明瞭です」。それから彼は言いました「私の姉妹は、私の娘たちもですが、つねにささいな、あるいは大がかりな欺瞞によって、とはつまり持ち前の目配りという忌まわしいペテンによって私を生かしつづけようとしています。というのも彼女たちだけは」と彼は言った「私が忽然と姿を消したなら、つまり生きる気をなくした私が園亭に亡骸を安置させたならそのとき世界は崩壊することを知っているからです。私は父と同様、園亭に亡骸を安置させるつもりです。死んだ父親というのは実際恐怖心を吹き込まずにいないものです。私はよく何時間も郵便配達のことだけを考えつづけることがあります。郵便が来るはずだ、と考えます。郵便だ！　郵便だ！　郵便だ！　郵便だ！　いつかはおまえを失望させない郵便が届かなくてはならない。でもだれから。先生、一通の手紙を開封して、ああ二四日に私は死んでいるのかと自分に向かって言えるのは悦ばしいことではないでしょうか、突然」と彼は言った「想像するのです、地表が徐々に空気を奪われた空間になってゆくところを。私は、最初は何が起こったのか分からず当然道の真ん中で立ち止まるけれど、ほかの人間たち同様、当然さっきまでより早足であるいはさっきまでよりゆっくりと再び歩き始める人間たちを観察します。彼らは歩きます、ひたすら歩きます、そして店に入ったり、あるいは店から出てきたりしますが、突然全員が、何を意味するのかさっぱり分からない出来事が進行中であることに気づき、そのとたんにつぎつぎと、弱いものが先で強いものが後ですが、地面に倒れます。まもなく通り中が、それどころかすべての道路が窒息死した人間と死体に覆われ、すべてが静止します。そして主を失った機械が引き起こした破局の多くは、人間が消し去られた後に生じたため、もはや破局でもなくなって、まったく知覚さえされなくなるのです…最後に恐ろしい轟音が響き、それに当然腐敗のプロセスがつづきます」と彼は言った。「会話をしていると」と侯爵は言った「だれしも綱の上でたえずバランスを取っている気がして、自分相応の低い水準へ落下してしまわないかと不安でなりません。私もその不安を感じています」とザウラウは言った。「そういうわけで、会話というのは、つねに綱の上でバランスを取っていて自分相応の低い水準へ落下してしまわないか、自分相応の低い水準へ突き落とされてしまわないかが不安でならない人間たちによって交わされているのです。当然ながら」と侯爵は言った「私の息子が英国のロンドンたとえばそのヴィクトリア・ステーションで自分は人類を憎んでいると言うのと、私がホッホゴーベアニッツで、私は人類を憎んでいると言うのとでは聞こえ方は全然違いますが、しかしどちらも滑稽な人間に向けられた滑稽な憎悪である点ではまったく同じです。私たちが母親や父親にヴィクトリア・ステーションで声を掛けようと、ここホッホゴーベアニッツで声を掛けようとそこに違いはありません。お分かりですか。私たちは首尾一貫して歩くとき、そしてこの上なく注意深く書物の中を歩き回るとき、はるか以前から慣れ親しんでいる風景の中を歩いているのです。私たちは未知のものには出会いません。学問の中で未知のものに出会わないのと同様です。すべてはあらかじめ書き記されているのです。寒さが」と侯爵は言った「私の中にあるので、どこに向かって歩こうと寒さが私の中で私といっしょに歩いているのです。私は中から凍えてゆきます。図書室の中ではしかし寒さはまだいちばんしのぎやすいものです。死へと押しひしがれた頭脳のオンパレードです」と侯爵は言った。「私たちはどの本を手にしても印刷工によって圧死させられた人間、版元によって書物という死体に変えられた人間、読者によって読み殺された人間を見いだしてぞっとします。たとえば」とザウラウは言った「ムンバイから私の妹に送られてきた彼女の若い頃のボーイフレンドである羊毛商からの手紙です。その手紙は妹の机の中に入っています。私はそれを知っています。そしてその手紙が妹の机の中にあることを知って何週間にもなるにもかかわらず、妹に、ムンバイから来た手紙はどこにあるんだい、と尋ねるのです。すると妹は、私がその手紙は彼女の机の中にあるのを知っていることを承知の上で、机の中よ、と答えます。人間が起き出してはまた横になることを繰り返す滑稽さは」と侯爵は言った「当然ですが何度でも衝撃を受けるに値します。そうでないわけがあるでしょうか。というのも人間が起き出して横になる滑稽さはそのつど異なるものだからです。たとえば私たちがいまこの城壁の上を歩いていることとの滑稽さですが」と侯爵は言った「あなたはこの滑稽さを意識なさっていますか。あなたの息子さんはそれを意識していますか。私たちはこうした問いを前にすると、まるですぐに土くれで埋められてしまう開いた墓穴の前でのように立ち尽くしてしまいます。私が滑稽さを認定するのも滑稽なことにちがいありません」と彼は言った。「私の性格に愛が欠けていると言われたらその通りと認めるしかないです。でも私はこの世界も完全に愛を欠いた世界だと言わざるをえません。愛とは不条理であり、自然の中には全然存在しないものなのです。」彼は言った「私がホッホゴーベアニッツで計画している変更が進行するとここではすべてが制約を被ることになります。地所の拡大は私たちの生活が制約されることを意味しています。私がしょっちゅう考えるのは、自分は孤立させられている、ということです。そして私は、自分は孤立させられているという考えを、嫌悪すべき考えとみなしています。孤立とは嫌悪すべき状況に立ち至る人間が辿る道筋なのです。老年は大いに嫌悪すべき状態です。青春が不快を誘うなら、老年は嫌悪の対象なのです。私の親族は死者のごとく行ったり来たりしていますが、時々私は彼らに呼びかけ、いつまでも死人の振りをしているんじゃないと面罵してやりたくなります。毎日が同じ事の繰り返しです」と侯爵は言った「私の部屋の中が寒いのは、私の中の寒さがそうさせているからですし、ホッホゴーベアニッツが寒いのは、私の中に寒さが巣くっているからです。私は部屋から外へ出ても、ホッホゴーベアニッツから外へ出ても、と言ってもいいですか、頭の中でそう考えるだけですが、私はいたるところで同じ寒さを確認するのです。私は時どき、私が死んだときここホッホゴーベアニッツでおまえを待ち受けているのは寒さだ、とロンドンの息子に書いてやることが自分の義務だと考えるのです。孤立。錯乱。致命的な独語癖。世界と自然の狂気でもある自ら招いた狂気。私の父は」と侯爵は言った「ホッホゴーベアニッツとそれに付属するすべてを売却するという話をよく口にしていました。最初父は砂利採石場を、つぎに製材所を、それから製粉所を、そしてホッホゴーベアニッツ自体を手放そうとし、ゴンブロヴィッチという名の管理人に全財産を処分する手順の盛られた計画を立案するよう頼んだのです。父は何日もホッホゴーベアニッツから自らの身を解き放つ企てについて語りましたが、砂利採石場の労働者や製粉所と製材所の職人というホッホゴーベアニッツに、ということは父ひとりに頼って生きている労働者たちのことを考えたとき、その計画を白紙に戻したのです…最期に近くなって父はよく言っていました、私は疲れた、ホッホゴーベアニッツに疲れたのだが、ホッホゴーベアニッツを投げ出すには疲れすぎている、それよりは自分を投げ出してしまうほうがまだ楽だ、と。いま思い出しましたが」と侯爵は言った「父は私の姉と管理人を娶《めあわ》せようと企んでいたのです。その組み合わせを父は来るべき事実と見なしました。

管理人は身体的に父の気に入りませんでしたし、精神的にもそうでした、しかし父はその結婚を実際視し、実現しようとしたのです。われわれは何もかも管理人のおかげを被っている、と父はしょっちゅう口にしていました」と侯爵は言った。「そのすぐ後管理人は峡谷へ墜落して葬られ、代わりの管理人がやって来たのです。最期の頃」と侯爵は言った「父はホッホゴーベアニッツを整理しなければならないという考えに恐れを募らせました。でもしまいにはすべてはどうでもよくなったのです。父の最期は悲惨でした。父が家の女たちと接触したのは腹が空いたときだけ、私と接触したのは私を罵り、呪詛するためだけでした。父は自室のドアの下のすき間から、食べたいものと飲みたいものを赤鉛筆で書いた紙切れを押し出すのでした」。最後の二週間、彼の父親が出してよこした紙切れにはパンと水としか記されていなかった。彼はもう部屋を開かなかった。もう身体を洗うこともせず、ときおり朝早く部屋の中を行ったり来たりする足音が聞こえ、大きな声で自分に向かって話すのが聞こえてきたが、その内容はひと言も理解できなかった。彼が自殺する二日前に突然部屋の中を行ったり来たりすることと自分に向かって理解できないことを話すのをやめると、部屋の中は静まりかえった。しかし家の者たちがそれで不安になることはもうなかった。みな彼すなわち自分たちの父親や兄ないし弟のせいでとっくにすっかり感情が鈍麻していたのだ。二週間前から老ザウラウが部屋の窓を開けるのは、用を足した排泄物の入ったバケツの中身を窓から中庭にぶちまけるときに限られていた。彼が最終的に自室にこもりきる前は家族の者たちからまだ時々執務室の机にじっと座っているところを目撃されていた。深夜に自室を出て執務室へ降り、机に向かったのである。彼の息子は、執務室へ入ってゆき、何か手伝えることはないかと尋ねたが、父親は黙ったままだった。息子が受けた印象では、父親はいつも何か重要なことを言わなくてはならないのに、もはやそうすることができないという風だった。老ザウラウはますます不動の度合いを強める姿勢のまま何時間も座りつづけた後突然立ち上がって上階の自室に引き上げるのだった。「父は自分の部屋に入ると」と侯爵は言った「すぐにドアにカギを掛けました」。彼は自室にこもった父親は泣いているのだろうと思った。女たちはその最後の日々老侯爵に対して完全になすすべがなかった。「ほとんどすべてのザウラウ家の侯爵は自ら命を絶ちました」と侯爵は言った「ホッホゴーベアニッツはほぼすべてのザウラウの当主にとって自決によって幕を閉じられる舞台だったのです」。女たちはすべてをその狂人の息子である彼の手に委ねた。彼はその重荷のすべてを担わなければならなかった。自分の父親の最期の日を侯爵は次のように描写した。午後の三時まで父親の部屋からは何の物音も聞こえてこなかった。父親のいる上階を占めている静けさが彼には尋常なものに思われなかった。彼は執務室で砂利採石場の労働者、次いで製材所の職人、その次は山林監督助手を相手に交渉をしたのだが、交渉をしながら何度も、この時間にここがこんなに静かだったことはなかった、と思いつづけていた。少なくとも何度かは父親が行ったり来たりするのが、「あっちへごそごそ、こっちへごそごそ動き回るのが」聞こえていた、と侯爵は言った「でもあの日、とはつまり四八年の一〇月最後の日には何も聞こえませんでした」。砂利採石場の労働者、製材所の職人、そして山林監督助手たちが立ち去った後、彼はなお郡庁から届いた「やはり洪水に関わる書類に」と侯爵は言った、目を通し、それをファイルに綴じてから、台所の女たちの所へ行き、父親の様子を見に行ってくる、と告げた。上階へ行ってドアを叩いたが、何度ノックしてもドアの向こうで動く気配はなかった。「お父さん。」返事はない。父親はいつも「支離滅裂ではあったが」何らかの応答はしていた。返事はない。そこで息子は部屋の中への力ずくの立ち入りを図り、肩でドアを押し開けた。彼は頭を撃ち抜いて部屋の真ん中の床に倒れている不運な人を見つけた。彼は死者の両手首の関節に腫瘍ができていたのを確認すると、ただちにそれを死者の狂気に結びつけた。地区担当医（ぼくの父の前任者）が到着すると、侯爵はすぐにその腫瘍に医師の注意を向けたが、医師は侯爵の父親の狂気と腫瘍の間の関連を否定した。「私はしかしいまでも、それもますます強固に」と侯爵は言った「私の父の狂気と彼の腫れ上がった手首の関節の間には関連があったと信じているのです。それにつけ加えて言っておかなければならないのは」と侯爵は言った「私は一度として医者というものを信用したことがなく、今日も医術は信じていないということです。あなたにはそう、私は医師としてここに来ていただいているのではありません、医師としてではないのです」と侯爵は言った「そして私はいまでも医者というのはつねに人間の本性からもっとも遠く隔たったところにいる、人間の本性に習熟することのもっとも少ない人間たちだと信じています」。侯爵は自分の父親が最後の日にはもはや立ち上がることができず、部屋の中を這い回るだけだったと思う。実際父親は、狂気は別として、何週間も頑なに食事の摂取を拒んでいたことからして、もはやまっすぐの姿勢を保つことはできなかった。「父は最後には完全に衰弱していました。すっかり衰弱しきっていたのです、先生」と侯爵は言った。園亭の中に安置されている父親を見れば、とそのとき侯爵は言った、父親が「死を我がものにするために」どれほどの辛酸をなめたか想像するのはむずかしいことではなかった、と。「私たちはその全身に、父が我が身に振るった恐ろしい虐待の痕を見いだしたのです」と侯爵は言った。彼の全身にはくまなく身を虐げた痕が刻まれていた。「あの高度に知的だった父が」と侯爵は言った。「父が図書室から自分の部屋へ持ち込んだたとえば『意志と表象としての世界』のような若い頃からの愛読書は、決定的に重要なページが引きちぎられていました。父はそれらをすべて食べ尽くしていたのです」と侯爵は言った。「ショーペンハウアーは自分にとってつねに最善の滋養だった」と彼の父親は自殺の数時間前に紙切れに書き留めていたが、検視官のひとりが発見したその紙片には「四八年一〇月二二日」と日付が書かれていた。彼は縫い目をほどいた上着の布地を切り裂いて長い帯状にしたものから一本のロープを撚り合わせていた。「最初は首を吊るつもりだったのが」と侯爵は言った「ぎりぎり最後になって銃で死ぬ方がましだと思ったのでしょう。ことほどさようなわけで父が最後に遺したのは『意志と表象としての世界』の引きちぎられた見返しに記された銃のほうがましという言葉でした」。すべての状況は、父親は息子が発見する数時間前にすでにピストル自殺を遂げていたことを告げていた。「私たちみなが引いていく洪水の様子を見にアッヘ川に降りて行っていた間でした」と侯爵は言った。侯爵が本能的に父親の部屋の窓を開け放った後まずまっ先に考えたのは、起こったのは不慮の事故ではないかということだった。「でもそれは確実に自殺でした」と侯爵は言った「父は完全な意図をもって自らを撃ち抜いたのです。父の狂気は自らを撃ち抜く意図を排除しませんでした」。彼は女たちに報告する前に、地区担当医と連絡を取った。「あの医師が父の手首関節の腫瘍と父の病を関係づけようとしなかったのは」と侯爵は言った「医者というものの蒙昧さと偏狭さをよく表しています」。女たちはまるで侯爵ともども自分の父親に射殺されでもしたかのように父親の部屋に立ち尽くすだけで、まともなことが何ひとつできずにいた。検視官たちがすでに四時半に現れたが、「若い者たちで」と侯爵は言った「ひっきりなしにうちの出来事とはまるで関係のない事件についてしゃべっていました。女たちは」と侯爵は言った「死者の身を清めるために死者を浴室に引きずっていきました。女たちが医師の指示に従い砕けた頭蓋骨を洗濯ばさみでつついて元の形に見せようとし銃弾で開いた穴を蠟に浸した綿で塞いでいた間に、使用人の何人かが父を安置することにした園亭を片付けてくれていました。数週間前に悪天候のため中庭でなく園亭で上演されたその年の芝居が残したおびただしい書き割りや小道具や衣装や座席の類いがまだ園亭の中を満たしていたのです」。侯爵は、使用人たちが園亭を死体安置所に模様替えする手際のよさに舌を巻いた、と語った。浴室から中庭を通って園亭に運んでいく間に死者が女たちの手から滑り落ちたため、息子が死んだ父をひとりで園亭まで引きずっていくことになった。彼らは父親を亜麻布だけでくるみ、亜麻布でおおった。それからまだ何時間も死体の頭から血が流れ続け、口や耳からも出血したため、亜麻布を何度も取り替えなければならなくなった。息子が葬儀の手配を整えるために町へ降りていくときには、父親の身体は冷たくなっていた。女たちが親類へ連絡した。「女たちはみな驚くほど葬儀慣れしているのです」と侯爵は言った。「死因として女たちが挙げたのは突発性狂気でした。突発性の狂気などあるのでしょうか」と侯爵は言った。「ごく内輪の親族以外では山林監督助手たち製材所の職人たち砂利採石場の労働者たちが」と彼は言った「園亭の父を訪れた最初の弔問者でした。彼らの中にはだれひとり父の理解者はいませんでした」。葬儀の後、数週間があっという間に過ぎ去った。領地経営の仕事は瞬く間に彼の手に移ったが、それは彼にとって苦しくもあれば、同時にたやすいことでもあった。「私はひとりです」と侯爵は言い、またこうも言った「私はあなたを家の中にお連れすることができません、ひどく散らかっているからです。すべてがぐちゃぐちゃです」と彼は言った「私はひとりです」ぼくたちが城の内壁の上で突然始まった闇に不意打ちを食らったときには「でもみなはそれに無頓着です。私は自分がひとりきりでいることをだれにもまして無欲に受け入れています。私は着古した服を着、もう一〇年間一足も靴を買っていません。私はすべてを断念しているのです。昨日の晩」と彼は言った「上の娘がホーエンヴァルトへの遠出から帰ってきたとき、彼女は友人に会ってきたのですが、私には自分の無欲さ加減が身に沁みて意識されました。おまえは実際にはもう全然存在していない、と私は考えました、いま存在しているのは女たちだけだ！　娘が自分のしてきた訪問について語るのを聞きながら、私は考えていました、私はいま親族のもとから、どこか分からない遠く離れたところへ向けて猛烈な速さで遠ざかっていて、もはや彼女たちのところへ戻ることはありえないのだ、と。ホッホゴーベアニッツもまた」と彼は言った「ますます暗さの度合いをましつづけているもののひとつなのです。たぶんホッホゴーベアニッツが完全に暗くなるときが来るのはもはやそれほど先ではないのかもしれません。はっきりしているのは」と侯爵は言った「私が、かろうじてまだ存在しているけれど、現実にはもう全然存在していない、死せる人間であるということだけです。私の姉と妹は私と話すとき、と私は考えます、ひとりの死者を相手に話をしているのです。私の姉と妹にとって私が生きているかどうかはかなり疑わしいことだと思います」と彼は言った。「ですがその私も家の中のだれかともう長年ここの習わしになっているひそひそ声で話すとき、死者と話している感じにしかならないのです。死者たちは目ざめると身体を洗い朝食をすまし、話を交わしてからまたちりぢりになり、そしてまたそれぞれのベッドに潜りこむのです」とザウラウは言った。「死せる家族です」と彼は言った。「私たちは身近な人間が自殺すると」と侯爵は言った「なぜ自殺なのか、という問いを発します。そして理由、原因等々を詮索します……私たちは自殺者がいま死をもって唐突に断った人生を、私たちに可能なかぎり遡ります。何日も、なぜ自殺なのかという問いにかかりきりになるのです。細部を再現します。そして自殺者の人生のすべてが——そしていまでは自殺者がその人生のあらゆる段階において自殺者であったこと、そして自殺者の人生を送っていたことが分かっているのですが——自殺の理由であり原因だった、と言うほかないのです。自殺は私たちにはつねに唐突なものに思われます。なぜでしょう。なぜ、と私たちは自問します、私たちはほんの一瞬とはいえ、父の自殺にびっくりさせられたのでしょう。園亭に安置された父からは」と侯爵は言った「驚愕のあまり死に至った人間という印象を受けました。彼の砕けた頭がいまでも夜にときどきなんとも奇妙なものと結びついて現れてきます。父の手は女たちが亜麻布の上で組み合わせていたのですが」と侯爵は言った「私にはそれが見るにたえませんでした。私はいまよく父のことを思い出すのですが、私に見える父は生きておらず、死んでいます。生きた父を思い浮かべることほど難しいことはありません。父に対する私の関係は難しいものでしたが、私たちはそれを相手の不利になるような形で利用することはありませんでした」と侯爵は言った。城壁の上では彼はひとりの状態に耐えることができる、「なぜなら私は城壁の上では完全にひとりだからです。私はいつもひとりだったのでしょうか。それについては、先生、あなたに何か言っていただけるはずですね」と侯爵は言った。「あなたはひとりなんかじゃありませんとか、あなたはまだひとりではありませんよとか。あるいは父親というのはいつも息子より先を行っているものですとか、その反対に、息子は父親より先を行くもの等々…そうです」と彼は言った「かつてブリュッセルで見た光景がときどきよみがえります。ひとりの男が歩きながらショーウィンドウをのぞきこんでまた歩き、歩いてはショーウィンドウをのぞきこむことを繰り返し、やがてついに一軒の店へ入ってゆきそしてその店から出てきます。見ていて気持ちのよい優雅な男、ブリュッセルの朝景色の中のさわやかな男と私は考えます。そして私はその男の後を付け、彼を観察します。突然男が地面に倒れ、死んでいます。私は、彼が死んだのを見、それから他の人たちがその死人の世話をしたり完全に無視したりするのを見…それからそこを立ち去ります。新聞が」と侯爵は言った「何週間もの間私にとって唯一の気晴らしで、私は何週間も新聞の中だけで生きています。私が新聞の中へ入っていくのは、世界の中へ入っていくことです。突然新聞をすべて取り上げられたなら、私は一巻の終わりです」と彼は言った。「新聞の空気にまさるよい空気はない、と私はよく自分に向かって言います。山や喬木林の澄んだ空気の中にいると、先生、いちばん吸いたくなるのが新聞の空気なのです。新聞妄想の手に落ちると、私は何週間もホッホゴーベアニッツを統制できなくなってしまいます。よく知っているメルヒェンを読むように新聞を読むこと」と侯爵は言った「それしかここで私が生きていくのを可能にしてくれる方策はないと感じられる瞬間がよくあるのです」。そして彼は言った「私がひとりで例えば喬木林の中を歩くとき、毎回私の抱えているテーマにふさわしいそのつどの状況に適う相手がいっしょに歩いてくれます。その相手は姿は見えませんが、私の意の通りに動きます。私はけっきょく自分以上によい対話相手を持ったことは一度もないのです。すでに」と侯爵は言った「ホッホゴーベアニッツであるところのものがだんだんと背景に退いて行っています。どんな人間でもいいのですがだれかと話すとき、私はかならずこの人間は何なのか、と自分に問いかけます。私は人間に由来するものにもう関心が持てないのです。私は秋には今度の冬がすべてを解決してくれると考えます、冬には今度の春がすべてを解決してくれると、春には今度の夏が等々と。これがすべてです。現実の中ではもはや何も起こりません。私は自分自身と話をします。私は年を取りました。私の錠剤を持って来ていただけましたか。私のところまで上ってくるのはたいへんではありませんか。峡谷を通って、ここまで上ってくるのは。息子さんは何をなさっていましたっけ。私はもう何カ月もレオーベンに顔を出していません。それにもう私は」と侯爵は言った「人間が触れるもの、触れずにいられないものを人工物として観察する気がないのです。私はもう観察することに疲れてしまいました。観察しているとすぐに疲れます。突然私は」と侯爵は言った「自分が腐ってゆくのを感じます。自分が分速で腐ってゆくのです。私は、自分が腐るのを耳で聞きます。耳に聞こえるものだから突然腐敗の場所として意識され始めたここを逃れようとしますが、時すでに遅しです。私にはもう自分の名前を叫ぶこともできなくなっています。私は自分の名前を叫びたいのに、息ができません。私は高いところから自分を見下ろしていて、おまえはもう終わっているということを確認します。実は」と侯爵は言った「私はたくさんの夢の中である果てしなく大きな広間の中を一生でいちばん重要な謁見の行われる場所へ向かって歩いています。私が歩いているのは実際に眩暈《めまい》をもよおすくらい天井の高い果てしのない広間ですから謁見などが行われるはずもない上に、広間のあまりの果てしなさゆえに、私の謁見をだれが行うかを知るすべもないのです。私はだれが（あるいは何が）私を迎えるのか、迎えることになっているのか知りたいのですが、どんなに歩いても歩いても歩いてもそれを知ることはできません。おまえにはもうこの慰めのない状況以外に何も残っていないのだからそれに満足するしかない、おまえは毎日この状況の百面相を描いて、と私はときどき自分に向かって言うのです、それにあかんべーをし、それが笑い出すのを見ているしかない、と。自然とは、そう、多分あなたもご存じの通り、宇宙的規模のとんでもない超現実主義なのです。しかし実際」と侯爵は言った「だれかがある事柄について語るのに耳を傾ける者はみな、その事柄の境界まで近づくのがやっとです。私たちの一生とは人生の辺境への接近にほかなりません。突然」と彼は言った「およそ考えられるかぎり平凡なある社会をひとつの哲学的な雰囲気が支配することがありますが、その平凡きわまりない社会はそれによってますます平凡さを増すことになるのです。天才たちが」と侯爵は言った「自分の天才性を夢想するのは、天才たちが夢想する他の天才たちに刺激されたときでしかありません。あるいは」と彼は言った「ひょっとして私にはすべてがもう音楽と化してしまったのでしょうか。私はしだいに、自分は最高裁判所に引き渡されていて私の周りにはいつも陪審員が立っているが、私には彼らが分からない、と感じるようになっています。私がときどき深く頭を下げるのはそのためです。私は軽い判決を予想してはいません。しかし死刑判決はこの人生を考えると滑稽すぎるように思えます。私を落ち着かせてくれるのは」と侯爵は言った「私が図書室で書棚から取り出す本のうち、父も一度目を通した本が増えていることを発見したことです。いま父の特性の多くが私の中で生きはじめています」。ぼくたちは城の外壁に取り付けられたたった一つのベンチに腰を下ろした。「子供の中では」と侯爵は言った「両親は鑑でありつづけます」そしてそれから闇を貫き通すような目つきで言った「私には長期間、何年でも、何十年でも住んでみたい町もあれば、ごく短い期間でも耐えられない町もあります。ロンドンは」と彼は言った「私が一生でも住んでいたい唯一の町です。ロンドンでなら私はもっとも世の役に立つ人間に成長できていたでしょう」と彼は言った「ロンドンで私は息子とは違う形の自己形成を経験しました。ロンドンで私は人生でもっとも仕合わせな時期を過ごしたのです。パリに私は恐怖を覚えます。パリは私をいらいらさせ、ロンドンは私を落ち着かせます。パリは落ち着きがなく、ロンドンはしっとりしています。ハンブルクで私は数年辛抱しましたが、ウィーンではいつも数時間我慢するのがやっとです。でも私はストックホルムを知りませんし、マルセイユもリスボンも知りません。きっと気に入るはずの町です。ローマでも暮らしたいです。ワルシャワでも。でも長く、いちばん長く住みたいのはロンドンだけです。私はあくまでもロンドン向きに作られた人間なのに、ホッホゴーベアニッツに監禁されているのです。私はホッホゴーベアニッツをいつも私にとって完全に致命的な牢獄だと思ってきました。だからといって、私はホッホゴーベアニッツを愛していないわけではありません。私はロンドンも愛してはいないのです。ロンドンには住んでいたいし、できればあそこで一生過ごしたかったけれど、愛してはいません。ホッホゴーベアニッツを私は愛しています。でも私はここを終身の牢獄と感じているのです。計算機、人間とはそれ以外のものではありません。私たちは検算をし、いつもいわば数字でものを考えます。私たちは数の体系の中に産み落とされるのですが、ある日そこから宇宙へ向けて、虚無の中へ放り出されるのです。私たちはしばらくだれかある人間と話をすると」と侯爵は言った「恐怖に襲われます、というのも私たちは計算機を相手に話をしていることに気づくからです。世界はしだいしだいにコンピュータでしかなくなっていっています。私たちが無関心を決め込んでも無駄です、私たちはつねに万事において捕らえられていてもはや逃げ出すすべはないからです」。彼は言った「私の娘たちは私の姉妹と変わらなくなってきていますから、そのうち私の姉妹になるでしょう。私はいつもすべての人間に欺かれてばかりでした。この無限の宇宙の永遠の沈黙が私を恐怖せしめる…」と彼は言った。「私の息子はホッホゴーベアニッツを売却したら」と侯爵は言った「万事休することになるでしょう」。ぼくの父は言った「私には、あなたの息子さんがホッホゴーベアニッツをお売りになるとは思えません」。侯爵は言った「息子は売るのでなく、清算するのです。恐ろしいことです」と彼は言った。「朝」と彼は言った「だれしも話しかけられることを恐れます。私も朝にはだれかに話しかけられるのではないか、私が最初に話しかけられることになりはしないかと不安でなりません。私たちは、自分が起床し、シャワーを浴び、着替えをするのを耳で聞きます、しかし私たちは自分を目で見なければいけないことが恐ろしいのです。私たちは突然誰彼なしに話しかけはじめ、それで何もかもが台無しになります。その日一日が台無しになってしまいます。私たちはその台無し状態で朝食を取り、それからホッホゴーベアニッツに関する用件、領地、人間、息抜きの可能性、メニューの提案について話を交わします。冬にもっとよい暖房をし、夏によりよい涼をとるためにはどうしたらよいか。ネクタイピンや靴磨き用クロースや旅行プランについて。ホッホゴーベアニッツの日程はいつだって気を滅入らせるものでした。息子はこの抑鬱的状況の中に戻ってくることを恐れているのです。息子は革命家なのだろうか、と私はよく自問します。遺伝子政策の夢想家なのか、と。どうやらここではすべてが疲弊しきっていることを息子は精確に知っているようです。すべてが汲みつくされ空っぽなのを。ここからだと」と侯爵は言った「もし頑張れば私はすべてを見通すことができます、でも私にはもう頑張る気力がありません。私からはどんな努力をする気も失せてしまいました。でもときどき私は努力をしないのにあらゆる人間の性格を映す鏡である空気が完全に澄みわたる日があって、それなら私も楽しめます。台無しにされるのを免れた広がりです。しかしその状態も当然ながらやがて耐えがたさの中に流れ込みます。すべてが耐えがたさに合流するのです。これに耐えられる者はおらず、みな死んでしまいます。単純きわまりないことでして、だれもこれには堪えきれずに、最期を迎えるのです。ひとり残らずです。存在する唯一の力は、先生もご存じの通り想像力です。何もかもが想像の産物です。でも想像には努力が必要で、命にも関わってきます。水曜の午後に」と侯爵は言った「私はそれは水曜の午後だと想像するのですが、息子がホッホゴーベアニッツにやって来て自分の部屋に泊まります。私たちは長い散歩をした後なので疲れ果てており、ふたりともそれぞれの自室で横になりました。私たちは散歩の途上自分独自のテーマを存分に展開したのですが、何について話しても何について考えても、相手の話を少しも理解できませんでした。女たちが作って食卓に盛り付けてくれた夕食をとりながら、私たちは散歩のときの話に戻ったのですが、私たちは自分たちを隔てているのが年齢だけだということに気づいたのでした。外は暖かな夏の夜なので、私は息子にもう一度城壁の上に出ようと提案します、この夜を利用しない手はないぞと私は言い、そして私たちは出ていきます。全員が、とはすなわち女たちも歩きます。中庭で、それから城壁で私たち全員が落日と城壁と自然のたたずまいを味わいつくしました。それから闇が迫ってきますが、私たちは闇の中へ入っていくことに、つまりクライナーの家の前を通って渓谷のとば口までゆくことに決めます。私たちは闇に身を委ねます。私は、自分たちは学問と化した闇に身を委ねたのだと言います。息子はひとつの自然科学と言い、私はひとつの政治学と言います。闇はひとつの政治学なのです。私たちはみなこの夏の夜が終わらずにいてくれることを願います。私たちは幸せです。私たちはみな幸せです。ただしなぜなのかは分かりません」。

彼はときどき、自分は一瞬のうちに死ぬかもしれないと感じる。「自分の身体を見限って放りだした瞬間に。私たちがある人物に対し私たちの心中に生み出す賛嘆の念、そして私たちから賛嘆された当の人物が私たちの目の前と同時に私たちの心中で突然馬脚を露わすことによりこっぴどい形で台無しにする賛嘆の念は、けっきょくすべてを破壊せずにおきません。世界中どこへいっても、これはいいあれはよくない、この人間はかくかくしかじかだ等々といったことしか耳にしないのが実状です…私たちはよくこっちの人物は注意深いがあっちはちがうと耳にします。こっちはフランス語を流暢にしゃべるがあっちはちがう、こっちは唯物論者だがあっちはちがう、こっちは共産主義者だがあっちはちがう、こっちは文学的だがあっちはちがう、こっちは金持ちだがあっちはちがう…吐き気がしてきます、ほんとうに」と侯爵は言った「下層の人間の間で話が交わされるときはいつもごく限られた語彙しか使われないことに気づきますが、上層の人間の場合は全語彙が欠けることはありません。法外な破壊的語彙の全体が見て取れるのです。使われず抑圧されているだけであってもです。そしてもうひとつ耐えがたいのは」と彼は言った「オーケストラ団員がつねに何曲もの交響曲を暗記していること、作家はいつも作家であり、建築家はいつも建築家、サーカス芸人はいつもサーカス芸人であることです。耐えられません。私はしかし生涯を通じこの世の悪臭で窒息するしかないのではないかと恐れてきました」と彼は言った。「富がいつも富であるように、貧困はいつも貧困だということにもぞっとします。そして私が生涯を通じて言いつづけてきたのは、私はそこにいたいしあそこにもいたいのに不幸だ、ということです。なぜでしょうか。こういう問いを立てるのはばかげています。それは許されていません。私たちはいつも、もうすべてを話しつくしたというような話し方をします。そして、先生、実際すべては言われつくされているのです。人間はしかしさらに話しつづけ、自分の運命の話をするといいながら、延々自分の感じる嫌悪について語るのです。そして、先生、哲学者たちが相も変わらずやっているのは私たちに、私たちがすでに内も外も知っている博物館の中を案内して回ることですが、私たちはおかげでその博物館のどんな細部も知り尽くしてしまいます。そして私たちが彼らの哲学に手を染めたとたんに哲学者たちに連れ込まれるのは悪臭芬々《ふんぷん》たる博物館なのです。すべての哲学についていつも、哲学は窓を開け放ち、博物館の中に空気を、いいですか先生、新鮮な空気をです、新鮮な空気を取り込むということが言われます。でも実際はカント以後哲学者のだれひとり博物館の換気に成功した者はいないのです、ひとりもです、これは私が請け合ってもけっこうです。カント以後の世界は換気をされていない世界なのです。そして哲学を模倣する学問がしているのは、よく知られた狂気を体系化することです。私たちは注意深い観察ゆえに体験できているささやかな不意打ちのおかげで生きているのですが、それってみじめだとお思いになりませんか。私はしかりと言うことができますが、すべてに対して否ということもできるのです。人間はつねに、存在することが意味を失う地点に立っています。そしてそもそも」と彼は言った「実践的なものは存在せず、存在するのは理論的なものだけです。私たちが音楽で聴いているのは私たちの感じているものです。真理は伝統であり真理ではありません。私は一度も」と侯爵は言った「満足ができたことも何かを楽しめたこともありません。文字通りのものがつねに私の一切を破壊しました。文字通りのものによってつねにすべてが破壊されます。そして今ではこの文字通りのものの中に生まれるよりほかなくなっているのです。私たちは口を開くと、致命的中傷を行うか、致命的中傷と自殺を同時に行います。しかし私たちが口を開かないでいると、私たちは遠からず頭がおかしくなるか、発狂するか、存在をやめるかのいずれかになります。私たちは対話の中、自己対話の中で、ますます努力の度合いを強めながらすべてを闇の中から引き上げ、それらを証拠として取り集めます。私たちは証拠の中にしか存在していないのですが、その証拠はまた闇の中にもどしてやります。私たちが対話の中で人生の現実の粗野さ加減に触れることはごく稀でしかありません。私たちは対話の中で死者をよみがえらせ、生者の命を奪います。

私たちはこの芝居を、自分たちがそこで生きていくしかなくなるまで、すり切れるぐらいとことん利用するのです。私が図書室にいると」と侯爵は言った「みな私は図書室にいるのだから本を読んでいるかせめて地図帳を調べているか少なくとも印刷された書類くらいには目を通していると思っています。でも実のところ私はもう何年も本は読んでおらず地図帳も調べていません。私が図書室に行くのはそこでだと自分の中に閉じこもっていられるからです。世界は私たちのせいですり減ってきています。私たちが世界のせいですり減るより、世界が私たちのせいですり減る度合いの方が高いのです、先生、私の話はどうやらいま博物誌の方に切り替わってしまったようです。出来事の成り行きはいつも別なのです。私の人生は、あなたの人生や、あなたの息子さんの人生や、私の息子の人生等々と同様、つねに別の人生です…しかし私は、もしも私の人生とはどういう人生かと尋ねられたとしたら、もっとも私はだれにも尋ねられはしませんが、私の人生だと答えるでしょう。首尾一貫した生き方だ、と言います。こう言うことで私は笑いを引き起こします。軽蔑を。広範な拒絶を。私はいかなる人間も私に、私の人生とはどんな人生だと尋ねることはないのを承知しているにもかかわらず、私の人生とはどんな人生だと尋ねられることに絶えざる不安を感じています。この問いが私に向けて発せられることはありえません。というのもこの問いは、これを発するのを避ける必要が生じたときにしか発せられないものだからです、お分かりいただけますか。そのとおりなのです」と侯爵は言った「私はだんだんものごとの理《ことわり》が分かるにつれ老いてきています。そして結局のところ私は考えるとき、つまり人間について考えるとき、いつも人間の弱さを強力に私の上にのしかかってくる弱さだと感じるのです。たとえば私が一通も手紙を書かない時期があります。息子にも書きません。だれにもです。私は文通を断ちます、というより人と接触することができないのです。その後にまた私が昼も夜もひたすら手紙や葉書を書きつづける時期がやって来ますが、その手紙や葉書には、私は手紙も葉書も書かず、いかなる接触もしたくないとしか書いてないのです。私は開けた自然の中にいるときには」と彼は言った「開けた自然の中にいない方がよいと考えますが、開けた自然の中にいないときには、開けた自然の中にいなければならないと考えます。こうしたことをあれこれ考えるうちに私は年を取り、滅びてゆきます」。ぼくは城の中へ入って、内部を見てみたかったのだが、侯爵にはどんな目的のためだろうが散歩を中断するなど論外だった。侯爵と父はたいてい何時間も城の外壁か内壁の上を歩くのだが、父はいつも侯爵の話の聞き手なのだ。今日父は夕方早い時間に帰宅するつもりで、患者たちの予約を入れてあったのだが、おそらくみなはとっくに診療所に顔を出しているだろうとぼくは思った。侯爵はしかしぼくたちを引き留めて離さなかった。父には立ち去ることは不可能だった。ぼく自身はでも侯爵の話に興味津々だったのだ。その夜は寒くもなく、その逆で、上着を脱ぐことだってできたと思う。でも侯爵の前で上着を脱ぐ気にはならなかった。「自由が甲冑のように私の心を締めつけています」と侯爵は言った「私が手にしているのは完全、な自由ですが、私はこれのせいで息が詰まるのです。私は現実の真逆になるように作られています」と彼は言った「先生はお笑いになるかもしれませんが、私はほとんどの時間慰めのなさのうちにかろうじて自分の慰めを見いだしているのです。私はひとりでいると、人交わりがしたくなりますが、人と一緒だとひとりきりがよくなります。私は、さんざん苦労して他人を自分の脳髄と同様のものとして理解しようとするのですが、私には自分以外の脳髄は理解できません。結局のところ私は無一物だと言えます。私が自分の狂気や自分の病気がもとでなく、他人の狂気や他人の病気がもとで死ぬということ、あるいは少なくとも自分の病気や狂気だけがもとでも他人の病気や狂気だけがもとでもなく死んでしまうということは大いにありえます。自然はすっかり私を満たします、いいですか、先生、この私を満たす自然に私は息の根を止められるのです。現実とは、私にはいつも全概念が身の毛のよだつような形で一堂に会する形で現れることです。演劇的効果、と私はいつも考えます、考えることから逃避中、と私はいつも考えます。なぜなら私たちはもちろん全員が、何ものも現実には存在しない、と考えるように運命づけられているからです。以前の世紀は、それを哲学的に試みてみようと言い、後の世紀はそれを実践的に試みてみようと言い、自然は、それを実践的哲学的に試みてみようと言います。そして最近では」と侯爵は言った「進歩とは粘着的数学的なものと信じられています。傾向は、私たちも感じているように、完全に死に関係づけられたものであって、私たちは自分たちの見たいものを見ているのです。私たちの教師たちは死んでいて、彼らのいつもながらに早すぎる死によって責任を逃れています。私たちの教師たちは私たちを置き去りにしたのです。将来の教師たちは存在しておらず、過去の教師たちは死んでいます。ある人間たちからは」と侯爵は言った「彼らの内も外もすべて理論でしかできていないことが見て取れますが、別の人間たちの場合は彼らを不断に動機づけているのは理論でも実践でもないのです。それなら何なのでしょう。実践的である可能性を備えた人間などいたためしはありません。すべての問題は夜には克服不可能だけれど、昼間は克服可能だという仮定の下に私たちは生きています。それだからこそ哲学することも可能になっているのです。私たちは、自分がどうやって歩いているかと考え始めたなら、歩けなくなりますし、自分がどうやって哲学しているかと考え始めると、すぐにもう哲学することはできなくなります。そして自分たちはどうやって存在しているかと考え始めたら、私たちはたちまちのうちに消えてなくなるのです。私たちは気が向きさえすればあるひとりの人間を一本の境界線で区切ってしまうこともでき、あるときはこの境界線の片側から、また別のときはその反対側からその人間の中に潜入し、そしてこの境界線を越えることなくその人間の中から外に出てくることもできます。すべての文化は」と侯爵は言った「私たちに満たしようのない要求を突きつけてきます。最古の文化が最大の要求を。しかし私たちが破滅するのは自分たちの文化のせいです。私たちは自分たちの宗教のせいで滅びるのに、自然のせいだと主張するのもよく似た話です。世界のイメージが」と侯爵は言った「どうやってか、そしていつかは別として、私たちによって破壊されること、あらゆるイメージが私たちによって破壊されることは必然なのです。理性は」と侯爵は言った「独裁的です。共和制的な理性は存在しません。思索者はますます一つの巨大な孤児院に収容されるようになってきていますが、そこでは絶えず両親のいない存在であることを身に沁みさせられます。私たちはみな両親がおらず、決して孤独ではありませんが、いつもひとりぼっちです。世の中に疎《うと》い私たちがもうだいぶ前からみなで精神の外人部隊を組織しています。そして私たちは」と彼は言った「自分たちは刑の宣告を受けなければ存在しえないことが分かっているので、厳しい裁判がずっと開廷されつづけていることを望んでいて、その裁判の意義を絶え間なく理解することでそれに耐えているのです。私たちはつねに自分は性格特性の持ち主だと心得ているかのように相手に接していますが、それで疲れ切ってしまいます。この技法は当然女性たちには思いのままとはいきません。しかしだれもこの技法を自家薬籠中のものとはしていません。ここの空気が」と侯爵は言った「形而上的空気だということはありえますか」。ぼくの父はそれには答えなかった。「もう少し歩きましょう」と侯爵は言った。「私たちが吸いこんでいるのは、やはり記号や数字以外のものではないのですが、それらについては、それらもまた自然の一部だとしか言えません。あらゆる対象は私たちにとっては世界の形を取った対象、それがどんなものであるかに関わりなく、世界の歴史へと遡及させられた対象です。その対象の理解を可能にしてくれる概念も私たちにとっては世界の形、世界の内なる形と外なる形を帯びています。私たちは世界を私たちの思考の中ではまだ克服していません。私たちが先へ進めるとしたら、それは私たちの思考の中で世界が完全に置き去りにされたときです。私たちにとっては、いつでもあらゆる概念の解消が可能でなければなりません。幼年時代は」と彼は言った「土台ではないという理由で命取りなのです。私は昔ホッホゴーベアニッツを後にする度に」と侯爵は言った「ホッホゴーベアニッツに関係するすべてをひとりの管理人の手に委ねたものですが、いまの私は私の脳髄を後にする度に、それをひとりの管理人に委ねることにしています。どのような状況も」と彼は言った「つねに一瞬にして完全に政治的な災厄に変わりうるのです。私の意識はつねに一瞬にして完全に定言的に、仮定的に、あるいは選言的になります。鮫が実際に空中を、例えば森の上を飛ぶということは大いにありえることです。なぜなら何ひとつ空想的なものなど存在しないからです…そんなことが何も書かれていないどんな手紙であっても」と侯爵は言った「私は手紙の書き手が自分の運命に抱いている不平不満を読んでしまいます。私は、絶望の表面の遥か下方にいる書き手がその表面近くで自分を分からせようと努めるのを、自分が騙されたという事実を騙しにかかるのを見ています等々…人間の滑稽で可笑《おか》しな要素は人間が味わう苦痛のうちにもっともあからさまに現れますが、それは苦痛の要素が滑稽で可笑しなところに最も顕在化するのと同様です等々…そろそろ（私たちが実際には目にしていない）星や天体が」と侯爵は言った「象徴に変わっていっていますが、私たちはもともと星や天体をそのようなものとしてみていたのでした。そうすることで私たちは創造主の振りをしているのです。悟性とは、先生、非論理的なものです。私たちは救助の方向へ向かっては進みません、引き返すことができなくなるからです。私は困難が大きくなればなるほど生きていたくなる、という言葉を私は幾夜もつづけて頭の中を巡らせ、それに磨きをかけるのでした。私たちは、対象を表象によって定義するので、それゆえ自分たちは経験を積んでいると信じています。しかし現実には私たちが私たちの前提と認識している現象はありえないものなのです。私たちにはある表象意識がそなわっており、それでもって切り抜けなければなりません。詩《ポエジー》です。私たちは現実から理性的に距離を置いているからです。私たちの実在の問題性が意識にのぼると、私たちは自分は哲学的だと思い込みます。私たちは絶えず自分たちが接触するものに煩わされているのですが、ということはつまり私たちは絶えずあらゆるものに煩わされていることになります。私たちの、自然とは異なる人生は、私たちにとっての唯一の煩いの種なのです。悪天候で視野がきかないときには比較的高い山や高山への登山は控えるよう警告されます。私たちが論理的思考に疲れると」と侯爵は言った「疲労の度合いはさらに深まります。当然だれしも、自分はそこには帰属しないと言うことによって、繰り返し身を守りますが、それは当人の正当な権利です。私も絶えず、自分はそこには帰属していない、どこにも帰属していないと言いつづけています。というのも私たちは総じて偶発的存在だからです。私たちは虚言を弄しないでいると、すぐに疲労してしまいます。地中には根底があると私たちは感じますが、ずっと下の方だとは考えずに、恐れるのです。私たちは他の人間に過大な要求をしすぎているのでしょうか」と侯爵は尋ねた。「いや」と彼は自分で答えました「私はそうは思いません。私はある人間の前に歩み出て、おまえは何を考えている、と考えます。私は、と私は自問します、おまえと一緒にしばらくおまえの脳髄の中を歩くことができるだろうか。答えは、否です。私たちがしばらく一緒につれだって歩くことはできないのです。私たちは自分を強制して自分の中の深淵に気づかないようにしています。しかし私たちは一生涯（それに気づかぬまま）自分たちの物的、心理的深淵を覗きこんでいるのです。私たちの病は私たちの命を系統的に破壊しますが、それは徐々に欠陥の度合いを増す正書法が自らを破壊していくのとよく似ています」。侯爵は言った「みなは絶えず自分を相手に議論して、自分は存在しない、と言います。すべての概念は、それ自身のうちにこれまた無限に多くの概念を宿しているのです。私はごく幼い子供の頃からずっと、自分の空想の中に入りこみたいという欲求を持ちつづけてきましたが、実際いつも自分の空想の中に入り込み、しかも自分の空想の中へ一緒に連れこんだだれより、たとえば私の姉妹や私の娘たちや私の息子よりずっと先まで行ったのです。実際彼らは現実のはるか奥深くへ入っていこうとしないばかりでなく、空想や空想的なものの奥深くへ立ち入ることもしません。私たちはよく病気や死について」と侯爵は言った「人間が病気や死にこだわることについて語りますが、それはなぜかと言えば私たちには病気や死や人間が病気や死にこだわるのがなぜかを解き明かすことができないからです。私たちはなぜ自分をうわべだけの芝居や人生の表層的儀礼の犠牲としてさしださなければならないのでしょう。私たちは内なる芝居等々のために作られているのに、なぜこんなに無意味に身を落とさなければならないのでしょうか。私たちの中の神秘性は直に悟性の寓意に通じているのです。私たちは絶望しています。昨日」と侯爵は言った「私はホッホゴーベアニッツはいったいどこにあるのですか、と尋ねられました。東の方ですか、それとも西の方ですか。と訊かれたのです。即座に私は答えました、東です。私は付け加えて言いました、もちろん東ですと。でも帰り道で、私は峡谷にいたのですが、西だと言ってもよかったのではないかと思いつきました。もちろん西だと。話を聞く側にまわった人間が聞かされるのは」とザウラウは言った「自分が知ってはいるが理解していないことばかりです。私たちはしかし自分の知らない実に多くのことを理解しています」と彼は言った。「自分が持っている弱点には、先生、もちろんですが何らかの手を打つ必要があります。私は自分の息子に限っての話ですが、自然から疑いなく異例のただし政治的な才能を授かった男に関して、とりわけ彼が自分の父親を尊敬し、母親を（彼女がすでに死んでいるという理由からではなく）理想化しているとした場合、この男の使命は何なのかを知りたいと思っています。両親というのは、自分たちには自分の息子がたとえ非凡ではないにせよ、きちんとした人生を送ることを求める権利があると考えるものですが、それゆえ私にもその権利がある、と私は考えています。おまえの教育の結果が、このロンドンに遊学中の若者、外国でしか居心地よく暮らせない常軌を逸した夢想家…政治的範疇からすると私からますます遠ざかる、とはつまり自分自身からもますます遠ざかる消耗性の人間、うさん臭い性格の持ち主、私の手紙に長いこと一切返事を寄こさずにいた後で極端に短い返事だけを書いてくる男なのだと考えるのです。この息子を私は受け入れます。息子が私に書く手紙はどれも」と侯爵は言った「実際は手紙ではなく、立ち入り禁止等々の禁止条項が書き付けられたパネルであって、それを息子は自分の身の回りに張りめぐらしているのです…あらゆる私の問いを完全に無視したそれらの手紙はロンドンの彼の部屋の悪臭芬々たる空気の中から送られてきます。野に放たれた学者である息子はたとえば大衆のようなもうとっくに研究され尽くしたテーマを扱っていますが、いまではもう大衆などというテーマに関心を持つ者はいません。大衆はすでに権力の座に着いているために、だれの興味も引かなくなっているのです。そしてこの息子は、と私は考えます、英国にいて、一瞬たりと、自分は膨大な借金を返済しなければならない身だと考えはしないのだ、と…あらゆる知の分野をうすぼんやり飛び回っているのが息子の暮らしぶりで、少々品に欠けると私には思われます。私と息子に関して、私たちの関係に関して言うと、私はただの一度も規則正しい文通を体験したことがありません、一度もです。彼はだいたい金をせびる手紙しか書きません、それがすべてです。私たちがここで破滅することなど、息子には何の関心もありません。私たちの生活がホッホゴーベアニッツにつながれているのもどうでもいいことです。息子が私に書いて寄こすのは、ひとりの人間の下手なこしらえ物の抜粋であって、彼が自分の才能と私の金を無益に浪費していることとの証明なのです。息子は、私にますますはっきり見えてきたことですが、烏合の衆の政治的集団狂気に足を取られ、とても冗談ではすまないこれから何もかもを破壊しかねない段階に達しているのです。私たちはみな」と侯爵は言った「ずっとこの息子からひどい仕方で苦しめられてきました。しかし息子にはもちろん」と彼は言った「したいほうだいが許されています」。学問というのは「つねに四つの季節が共存している風景のように」のぞき込んでいればいいものだと侯爵は言った。「私たちの国家はしかし」と彼は言った「ありとあらゆる卑俗さの上に立つ法的規範です」。どの政府もその無能ゆえに潰える。「私たちは眠ると」と彼は言った「ひとつの世界を夢に見ますが、その世界はいくつものたいていは私たちの知らない頭脳が、とはいえ私たちの頭脳もいっしょに働いて作りだしたものです。私たちがそれに驚くのは、自分たちがいつも自分たちだけでいるのではないことがのみこめないからです。私たちは、田舎でよりも都会でのことが多いのですが、その顔のどこにも私たちに苦痛を生じさせるところのない人物に遭遇します。でもその人物を愚かだと決めつけることはできません。私はよく図書室の中を行ったり来たりするのですが、そのとき私が考えているのは、ほかの人間たちは私が考え事をしながら図書室の中を行ったり来たりしている、と考えているだろうが、私は図書室の中をただ行ったり来たりしているだけだ、ということです。子供たちがよく両親を驚かすために寝たふりや死んだふりをするように、私は何かを考えているふりをするのです。私たちをときどき」と侯爵は言った「対話の際に落ち着かせてくれるのは、対話相手の世界の方が私たちの世界より、丁度命に関わる分だけ、上に向かって、あるいは下に向かって大きく伸長しているのではないかと推測することです。実際」と彼は言った「ある事柄は無限の幅で見渡すと同時に無限の奥行きで見通すことで完全に把握できるのです。私たちが手紙で報告し合うのはいつも私たちに重要と思われること、つまり同じ道のりを歩む他者への信頼から私たちが最後に共に歩むであろう道の細部描写ばかりです。私たちは自分に不愉快な人物を自分が上演する芝居に登場させることはありません。彼らが厚かましく劇場に侵入しようとしたら追い出してしまいます。私たちは自分の身体のメカニズムを知り尽くしてしまったら、呼吸をすることすらできなくなるでしょう。最近では」と彼は言った「私は人間を機械として見ることの方が多いので、この機械が最初に壊れるのはどの個所であるか（でなければならないか）も見抜くことができるようになっています。そして私にはこの機械を動かしているのがこの私であることが実にはっきりと見えています。初めに町へ行くのはたくさんの人を訪問するためで」と彼は言った「中には見知っている人もいれば知らない人もいますが、そもそも町へ入るにはその人たちを訪ねなければ埒が明かないと思いさだめているからなのです。人と接しただちに人と触れあうことで町や全世界へ向けて自分を押し出していこうとつとめるわけです。でもその後では」と彼は言った「町へ行っても上手に姿を隠し、上手に自分に集中できるよう、もうだれにも会わなくなり、町へ入り群衆に混ざるのも、姿をくらますのが目的になります。潜行し、姿をくらますことのできる町へ行くことを私はひっきりなしに夢見て」と侯爵は言った「焦がれ死ぬ思いでいるのです。思考はつねに短期または長期に住まうことのできる建物と表現されています。みなが思考体系すなわち多かれ少なかれ髪振り乱した哲学者たちとその債権者たちが出入りしている思考の建物について語っています。しかし思考そのものを表現することはできません。私にとって私の思考とは目で見ることのできない速度なのです」。侯爵は言った「私の姉妹は私同様両親の意に反して生まれてきました。私の父は何度かそうではなかったと私の説得につとめました。母もです。その後で突然私は両親に不安を覚えるようになったのです」。彼は言った「衝撃的なのは人間が醜いことでなく、人間に判断力が欠けていることです。私は姉と連れだってときどき何時間も、ひと言も交わさずに森の中を歩きます。私たちは言葉なく森の中を歩いている間、もっぱら彼女のことを話しているのですが、姉はそれに全然気づいていません。姉の感じている退屈は私の退屈の完全な裏返しです。つまりある事柄の中へ入り込もうとすると同時にその事柄（結婚、哲学的思考等々）から脱出しようとする努力です。昔は」と侯爵は言った「私はひとまずはつねに人間たちと良好な関係を結んだのですが、いまではひとまずはつねに劣悪な関係を結ぶことにしています。当初の劣悪な関係から良好な関係に移行するのは、逆に当初の良好な関係から劣悪な関係に移行することほど厄介ではありません。正確に聞き取るなら」と侯爵は言った「おまえが聞かされるこしらえ話はいつだって、おまえのリズムに合わせて作られたおまえ専用の物語なのだ。おまえはどこであれ、旅の途上でも、大きな駅の構内でも、待合室の中ででも、それに気づくことができる。おまえが新聞を読んで感じるのは、自分がいま読んでいる新聞の一行一行が報じているおまえの病気は、おまえを弱らせ制圧しおまえの息の根をとめるだろうということだ。私たちはつねにあるひとつの方向だけへ向かって歩くなら」と侯爵は言った「もっとも自然な形で自然の中へとたどりつけるはずです。私はよくなぜ犬を飼っていないのかと訊かれました。ホッホゴーベアニッツにはなぜ犬がいないのかと。私はそのたびに、ここには犬がいないから、と答えています。闇は完全に幾何学に依存しています。私たちは何事に関しても必ず、すべてがそれに依存している幾何学に問い合わせなければなりません。人間が滑稽なのは、いいですか先生」と侯爵は言った「滑稽な存在になりたくてもなれないその徹底した無能力さゆえです。私が出会う人間はほとんどがどこを取っても滑稽な点だらけですが、私はいまだかつてひとりとして滑稽な人間に出会ったことがないのです。この家では」と彼は言った「すべてが理性的な印象を与えますし、この家については理性的な家だという話以外聞いたことがないのですが、ほんとうはこの家の中には理性のかけらさえ存在していません。それは私たちが出会う、そして私たちが理性的というレッテルを貼るほとんどの人間の中に、理性のかけらも存在せず、存在するはずもないのと同じことです。ホッホゴーベアニッツはあくまでも理性的ですが、ここには理性のかけらさえ存在しません等々…私は何十年もの間、自分の望んだすべての場所に木を植える努力をつづけてきました。お分かりいただけるでしょうが、私は何百、何千、何万、何十万本の木を植えてきました。いまはもう植えていません。今はただ自分の植えた何十万本もの木を見ているだけ、観照しているだけです。でも観照だけしていても満足はえられません。すべての道は人間がこしらえた道です。最良の瞬間におまえは」と侯爵は言った「だれもが理解する言葉を喋るが、しかしおまえを理解するものはだれもいない」。彼は言った「私との（そして万物との）類似がときどきあまりに大きくなりすぎて、もはや自分のいるのが（自分がいることのありえない）あそこなのか、それとももう自分のいないそこなのか分からなくなることがあります。人間の顔は年を取りますが顔の中の洗練された部分も卑俗な部分も同様に老け込みます」と彼は言った。「私が夜、どの鳥が鳴いているか分かっているのに、とてつもなく奇妙な鳥の鳴き声を聞くのは、同じ鳥が夜には全然ちがう鳥になっているからです。窓外のホッホゴーベアニッツの上空を旋回しているのは別の鳥です。でもその鳥を手に捕らえると、それはだれもが知っている鳥でしかありません。私の動物との関係は、動物に人間の言語、純粋な感情言語を話させることに尽きますが、やがて動物は人間の思考を実践するようになるのです。私は動物にある種の哲学的能力を認めます。私からするとだからこそ動物は自然の完全な文法を身につける寸前のところまで来ていて、私はそれゆえ動物を恐れてもいます。人間は高い教育を受けると、完全に自然の支配下に置かれているのに、何としても自然を保護しなければならないと考えるようになってしまいます」と彼は言った。「今朝の夢の中で旅行者たちが私に、旅の途中わずかの間だったが速度制限が解除されたため好き放題ができた、という話をしました。そのわずかの間が存在したのです。命は死への準備にちょうど必要な間だけつづきます。私たちは何百キロ、何千キロの距離を隔ててひとりの人間と話を交わします。でも話しかけられている当人はそれに気づきません。私たちはその人に代わって尋ね、その人に代わって答えます。その人に出会うと、私たちは実際に話を交わした人に会った気になりますが、その話が相手を私たちから遠く隔ててしまうのです。私はだれかと話すときなるべく、先方に自分自身を相手にする時間、つまり熟考する時間がたっぷり残るような流儀をとることにしています」と彼は言った。「上流社会では下層社会は有用な社会だと思われていますが、下層社会では上流社会は無用な社会だと見られています」と侯爵は言った、そしてつづけて「人間とはひとりひとりが自然という媒体に印刷される新聞連載小説だと考えることができます。もっとも編集部内にはとんでもない得手勝手がまかり通っていて、周知の通り世界はそっちの方に重きを置いています。そして文学者は」と侯爵は言った「哲学者には役に立たない真理を用います」。侯爵は、城の外壁の上をゆっくり歩いているとき、このあたりのすべてをくまなく説明することができると言った「闇の中であってもです」と彼は言った。「しかしそれは私だけを相手に試みるのが味噌ですから、結局あなた方にこのあたりの説明をしてさしあげることはありません。闇だけが、私たちがいまいるここを歩くことを可能にしてくれています」と彼は言った、それから「私はよく、息子がやってくる気配を聞きつけます。すると私は息子の姉妹と私の姉妹にもそれが聞こえるか尋ねてみます。私にはそれがはっきり聞こえているからです。彼女たちには聞こえません。私は何度も窓辺へ歩いて行き、息子がやってこないか外を眺めます。私には、息子は四、五時間しないとやって来ないのが分かっているのですが、私はもうずっと前から窓の外を眺めつづけています。私にはもう何年も前から息子のやってくるのが聞こえるようになっています。何日も掛けて私のところへ戻って来るのが聞こえるのです。一方で私はますます息子にげっそりさせられるようになっています。私には自分の死もすでに何年も前からはっきり目の前に見えてきています、最初はこしらえ物だった死がだんだんほんものに近づいてきていますが、最初はこしらえ物だった息子の接近もほんものの接近に変わりつつあります。私はここを支配している静けさを何時間も凝視しています。私はこの静けさがここをずっと支配してきたことを知っています。私を変えたのは、そしていまも私を変え、私たち全員を変えつつあるのは、この変わることのない静けさです。時間とは、先生、自然に敵対する静けさそのものなのです。あるときから私は」と侯爵は言った「ホッホゴーベアニッツ中の時計を毎日一時間ずつ遅らせてゆきましたが、最後に気づくとホッホゴーベアニッツの時計がすべて三日遅れになっていたのです。私としてはホッホゴーベアニッツ中の時計を数日、数週どころか数年遅らせることだってできたのです。私はとっくり楽しみました。毎日数瞬間ずつ長生きすれば、最後には人生ひとつ分長生きすることになるのですから」と侯爵は言った。「毎週一度ホッホゴーベアニッツに掛けられているすべての絵を壁から外し、私だけが知っている方式、すなわち右に四つ、左に二つ移動させ、次に右に六つ、左に八つ動かすという方式に従って掛け換える習慣を、私は今日に至るまで何年も守りつづけてきました。私の姉妹と娘たちの目に私はどう映っていることか、彼女たちは私を見るたびにひどく狂っているにちがいありません。私たちがここホッホゴーベアニッツで接しうる千篇一律な観察対象には陰険に笑い飛ばすしかない陰険さしか含まれていません。私は、私たちがここで催し、参加もした数多くの仮面舞踏会、仮装パーティー、ガーデンパーティー、園亭の集い、芝居の夕べを思い出します。ここへ上ってきては降りて行く何千人もの人間を。私は彼らがここへしばしやって来て帰ってゆくのを、姿を見せては消えてゆくのを耳にし、私の老年のリズムに合わせて眺めます。私には彼らが笑うのが聞こえます。彼らが笑いながら消えていくのを耳にします。この山上では他のどこにもまして高い笑い声こそまぎれもなく人間の根源的なあり方であることが分かるのです」と侯爵は言った。「ホッホゴーベアニッツは純粋な娯楽の中心にして」と彼は言った「手品の聖地でした。ここでは」と彼は言った「かつてもっとも高名なマジシャンが手品を披露し、もっとも有名な歌手が歌い、もっとも有名な俳優が演じ、もっとも有名な作家が朗読し、もっとも有名な哲学者が哲学を講じました。ここにはかつてもっとも有名な名人たちが参集したのです。名人たちがここで一堂に会し散っていきました。かつてのここではすべてが」と侯爵は言った「惜しげなく金を費やしどんな高い要求も満たす驚嘆に値するものばかりだったのです。ある時代にはここで世界中のありとあらゆる言語が話されていました。ホッホゴーベアニッツは」と侯爵は言った「歴史のなかにあって自らが辿った歴史の頂点を迎えていたのです。苦痛は私の身体の中では」と侯爵は言った「第二の身体も同様、つまり私の全身における第二の全身同様の存在です。私は自分が放擲した驚くべき研究の夢を見ます。というのも私はもはや研究をしていないからです。私はいつもここで、私が放擲した研究と投げ出した人生を夢に見ながら、行ったり来たりしています。何にも縛られることなくこの高地の監獄の中を行きつ戻りつしているのです。伝統とは、あまりに理解不可能なものになったために私たちの笑いを凍らせ、私たちを空中で凍りつかせる、完璧に演じられはするが見るに耐えない喜劇にほかならないのではありませんか。ここでは芝居が演じられますが、ここではすべてが凍りついているのです等々。この芝居の中では凍結した精神状態、空想、哲学の命題、愚かな言動そして頂点に達した瞬間に硬直した仮装の狂気が幅をきかせています。城壁の傍らを通るときや城壁の上にいるとき、世界の空想が完全に崩落する前触れである亀裂が大きくなってゆくのが聞こえてきます。私にとても近しいものが私に反発しますが、私に完全に親しんでいるものはちがいます。静けさが私の頭の中で拡がり、私の頭を打ち砕きにかかります。私は、完全な訳知りたちが私について思わせぶりな話をし、私に自分たちの不安を押しつけようとするのを聞きます。私の弱さはいつでも私の強さでした。私は弱さからできているのです。夢見るとき、まず初めに私が注意を向けるのは世界の全体であり、自分の見ている夢に注意するのはその後です。それからはしかしその夢を学問的に厳密に仕上げていきます。ひとりの人間に長期間あるいは短期間死からの逃避を許す感情を、私たちはよく抱くものですが、私にとってはそれは分かりやすいあるいは難解な長文で記された仮綴帳のごときものです。私は本を読んでいるといつも、いかに自分が不幸でわがままで無責任で神経質で無用な人間かを思い知らされます。ひとつの国民全体が」と侯爵は言った「何世紀もの間意識不明状態におかれ、その意識不明状態の中で歴史を作っているのが実状だということを、私はいまほどはっきり意識したことはありませんでした。いくつもの対象をひっくるめた深遠な意味がいっぺんに明らかになることなどありえず、私たちには対象ひとつひとつの深遠な意味が徐々に明かされるのであって、それが歴史なのです。私はひとつの観念を仕上げました。これまでの生涯をかけてその形而上的観念のために働き、そのために生き、生活し、苦しめられ、非難されてきたのです。いいですか先生、神経の内部でさまざまのつながりが触れあうと、それによって完全なカオスが生じます。他の人間ならいま、この季節、この世紀にだと、城壁の上を歩くのではないでしょうか、私たちと同じように（それともたぶん先生がでしょうか）外壁の上と内壁の上を交互に、彼の精神的収入に応じて。彼は私とまったく同様に私は無一物だ、無一物だと言うかもしれません。私はそのことで痛みは感じませんが、苦しくはありません。すべては不和と絶望と苦悩の、最終的には苦痛の幾何学だ、と私は考えるのです」と侯爵は言った。「私は窓辺に立って、中庭にいる私、城の内壁の上にいる私を眺めます。私は自分を観察します。私には、私を観察している自分が理解できるときと、理解できないときがあります。私は四歳であり、私は四〇歳です。私は自分と戯れ、遊び、突きとめ、考えます。私を呼ぶ声がします。夏の夜で、祖母が、祖父が、母が、父が私を呼びます。彼らは私を呼びます。窓辺に立つと次々に、祖父、祖母、父、母、妻の姿が見えます。私が窓辺に立っている間に、途切れなく季節が移り変わります。みなが私を呼びます。父は冬のスーツ、祖父は冬のコート、祖母はラムレザーコート、母は乗馬服を着ています。妻は見えません。声は聞こえるのですが、姿は見えないのです。私は丸一時間窓辺に立ってその情景を観察していますが、遠い彼方に退いているその情景は私の好みと望み次第で意のままに変化させられるのです。私が突然大声でその情景の中に向かって叫ぶと、それは掻き消えます」と侯爵は言った。「私が窓を閉め、その情景に背を向けても、それは継続しています。私がそれを忘れていても、それはつづくのです。私はその情景を絶えず変化させ、刺激しつづけることをやめています。いま情景はすっかり刺激から解放されています。ときどき」と侯爵は言った「妻が見えている気がするときがあって、妻はすでに生前に語ったことのある言葉をとてもはっきり口にするのですが、私はやはり彼女を見ることができません。何度か妻が来ていると思える瞬間があって、振り向くのですが、だれも見えません。私の義父つまり妻の父は死んだ後に何度も妻のいるホッホゴーベアニッツに現れ、妻に会いました。妻は義父を見、義父と話すことができたのです。でも私は妻の声を聞くだけで、一度も姿を見ていません。妻がしゃべるとき、私は、彼女の話す言葉は、生きているときとまったく同じことをしゃべっているのに死んでからいままでの間に変わってしまったという印象を受けます。妻自身は死んでいるのに、彼女の言葉はいまだに年を取りつづけている、と私は考えます。死んでいる妻は、死んだら完全に死んでしまう人間とは全然ちがっていて、この世を去っても死んではいないのです。しかし私はもうそうした考察を書き記すのをやめてしまいました。長いことそのプロセスを記述したいと思いつづけ、頭の中では草稿もできあがりかけていました。でももう私の頭の中にその考察は残っていません。私は背後に妻の声を聞き、振り向きますが、そこにはいないので、外の廊下へ向け、下の玄関へ向けて妻を呼び、二階のすべての部屋の中、階下のすべての部屋の中へ大声で呼ばわります。私の姉と妹は私を狂人と見なし、私の娘たちも同様に私は狂人だと考えます。自分の部屋に戻りなさい、と彼女たちは言います。だれが彼女たちに、私に向かって部屋へ戻れと命令する権利を与えたのでしょうか。私はしかし彼女たちを問い詰めることは控え、すぐに自分の部屋に戻りました。妻の父親はホッホゴーベアニッツのいたるところで何度も妻の前に姿を見せました。妻は父親を見ただけでなく、いっしょの時を過ごすことができたのです」と侯爵は言った。「私は自分で客を招いたとき」と彼は言った「何年も前から自分の敵を招いたと感じるようになってきています。とりわけ私の頭にとっての敵どもです。彼らは厚かましくも私の姉妹や私の娘たちと結託できると信じたのです。まったくもう私の客人たちの厚かましさときたら、最初は小さくなっていますがすぐに本性を顕してすぐに女たちと手を組むのです、それなのにもてなしの費用を払うのは私です。私はいつも考えました、私をいらだたせるこうしたすべてのことの掛かりは私が負担するのです。そういうわけで私はもうだれもホッホゴーベアニッツに招かなくなったのです。人々はみな私のスピーチを恐れました」と侯爵は言った「朝食のときに朝のスピーチをし、哲学的な話題をテーブルに載せるのが私の習慣でした。とりわけ私の関心をそそったテーマは政治で、それが、何十年もの間、朝目を醒ました私の、というか本当に目を醒ます前の私の活力の源だったのです。私はだれかある人間に出会うと、どこだろうが私に相応しい相手なら、すぐに政治の話を始めたものです。そして私は、相手の考えを最後まで聞く前に、すぐさま自分の見解の弁護に取りかかるのでした。というのも相手が何を言いたいかは相手が話し終える前に分かっていたからです。だれであれ自分の政治的見解がどういうものかを私に知らせるために口を開く必要はありません。私はそれを前もって察し、すぐに感じ取るからです。私は人に会うたびにいつも、この人はこれこれの政治的考えを抱いている、と考えました。すべての人間について生涯を通じそう考えてきたのです。総じてみなが、私に話しかけられることを恐れてきましたし、いまも恐れています。私は、ご存じのとおり、緊張の欠けたものを軽蔑しますが、それは私の最上位の原理であり、私の抱く唯一の原理です。私はつねに極端なものを要求します。極端なものはしかし恐れられます。私が相手にしてきたのはいつもほとんど家庭内の敵ばかりでした。私は姉と妹に寒いと言います」と侯爵は言った「するとふたりは羽織るものを持ってきます。私はまた寒いと言います、するとふたりは私に私のコートを持ってきますが、私がなおも寒いと言うとふたりは私に私の毛皮のブーツと毛皮の帽子を持ってくるので、私はこんどは着ているものを脱ぎ始め、そして心地よいと感じ始めます。救われた、もう寒くない、と私は考えます。私は素っ裸で、もう寒くありません。でも姉と妹にはそれが不安の種です。ホッホゴーベアニッツを支配している寒さは私の人生に最大の影響を及ぼしつづけてきましたが、みなにもたえず影響してきました。古い城壁の湿気とそれと手を携えた寒さです。私のこの上なく錯綜した考えの中でも私はいつもこの寒さとこの湿気を感じ、その存在を確認してきました。そうです」と彼は言った「ひょっとしたら私のすべてはこの寒さと湿気に起因すると言えるかもしれません。世界には実にさまざまな性格が互いから完全に独立して存在していますが、気候の影響の下絶えず変容を迫られています。多くの人間について乾燥した家の育ちだと、また別の多くの人間について湿気た家、暖かい家、寒い家の育ちだと言うことができます。彼らの実家は寒かった、と多くの人間に関して言うことができるし、また別の多くの人間に関しては、彼らは乾いた家の出身だと言える等々。どの人間も気候に順応するものであり、気候は気候に相応しい形に人間を作り変えます。乾燥して湿気ていない家の中でこそ成り立ちえた哲学があり、冷たい壁に囲まれた部屋に起源を持つ思考形式があるのです。私たちは私たちを囲んでいる壁の精神を受け入れています。私はよく人間の群れを目にしますが、するとこの人間の群れは湿気た地方の出だ、こっちは乾燥した地方の出だと考えます。また完全に干上がった地方の出身者もいます。ホッホゴーベアニッツにはここ数世紀の間にすっかり外の自然が入り込んできました。私はよく、自分もこの自然の中で寝ている、このホッホゴーベアニッツに相応しい湿気と寒さの中で寝ているのだ、と考えます。この湿気と寒さの中で、と考えるのです。ホッホゴーベアニッツは、建物がその建物に完全に生殺与奪の権を握られた人間を破滅させうることを証明しているのです。しかし自分を破壊しにかかる建物から出て行っても、たとえばホッホゴーベアニッツを後にしても無駄です。どこへ行こうと建物に取り込まれ、ロンドンへ逃れようとパリへ逃れようと押しひしがれてしまうのです。長旅に出るのも無意味です。ニューヨークにいてさえ私はますます強く自分がニューヨークにではなくホッホゴーベアニッツに押しつぶされると感じるようになりました。しかしホッホゴーベアニッツにいてホッホゴーベアニッツに押しつぶされる方が、ニューヨークにいてそういう目に遭うよりもはるかにましです。私たちは」と侯爵は言った「いつも私たちが心の中に抱いているよりはるかにひどいことを聞きたがるものです。私たちが人の話に耳を傾けたり、むりやりにでも会話に加わったりすることに、それ以外の理由はありません。ホッホゴーベアニッツではときどき無音状態がありとあらゆるものを顕在化させます。ホッホゴーベアニッツのすべて、その過去と未来のすべてを現前化するのです。無音状態があたりを占めたとき、私はその気になれば、いままでにホッホゴーベアニッツで耳にした、あるいは耳にしなかったすべての声を易々と聞き分けられるようになります。内なる自然の頭蓋の中から絶えず生い立ってくる外なる自然の暴力性とは」と侯爵は言った「静寂にほかなりません。実際」と侯爵は言った「私は一度真夜中に突然目を醒ましましたが、天空に一枚の巨大な紙が貼られているのが見え、そこにはラテン文字で開店中と記されていました。私の大きな笑い声は家中の者たちみなを起こし、彼らは窓辺へ駆けつけましたが、何も見えませんでした。私は、開店中、開店中、空にはそう書いてある、実際あそこの空高くに開店中と書いてある、と言うのですが、みなには何も見えず、私を狂人扱いしだすので、私は全員をベッドへ追い返します。私は当然ですがだんだん自分自身が恐ろしくなってきます」と侯爵は言った。「私は実際に不安です。私は自分の関心を自分から逸らせようと試みるのですが、たまにしかうまくいきません。私は数年前まではまだ、谷や峡谷へ降りて行き、天気のいい日には喬木林の中、雨の日には川辺の林の中へ入っていくことに満足感を味わえました。ときおりはアッへ川の川面を見つめながら、生動する水のリズムに包まれ、地表の詩的反映に身を委ねるのでした。向かいの川辺の林とアッヘ川が私を満足させてくれ、私は絶望を味わわずにすみました。そしてアッヘ川や喬木林や川辺の林でなければ、図書室と本が瞑想をかなえてくれたのです。それもだめなら私の頭が、私の頭脳が、この私がいました。今日ではどうでしょう。何年もの間、私が息子のことを考えたり、私自身の青春時代を想起したり、自分の部屋を出て女たちのところへ降りて行ったりするだけでよかったのです。彼らと食事を共にしたり、気楽な話を交わしたりするだけで。以前の私は永遠が間近に存在することを確信していました。今日は。今日はすべてがとても遠くへ行ってしまいました。そしてますます遠ざかっていっています。私はかつてものごとの説明が可能なところへ近づいていたのでしょうか。私はベッドに横になっているときに、自分が存在していること、まだこうして存在していることを恥ずかしく思うことがよくあります。私は何時間も恥じた後、腹が減って起き出し、女たちのところへ降りて行って何かを食べるのですが、すると私には自分が何倍何百倍もの恥辱の中に入りこんだ気になります。人生はだんだん絶えがたい口臭を帯びてきています。そして私はそういうことを感じている自分が見つけられてしまうのではないかと不安でならないのです。私は見つかってしまったのではないか、見破られたのではないか、私はよくそう考えます。私を見つけ、私を見破ったのはだれか。私は世界なのですが、まずはその世界を書物として、巨大な図書館として我が物にしなければなりません」と侯爵は言った。「ナンセンスです。読書の間中、何を読んでいたかには関わりなく、私は絶えず、すべてはきちんとしたものとだらしないもののふたつに大別される、と感じていました。読書のいやなところはいつでも何もかもを両半分に分割してしまうこと、善と悪へとは言いませんが、私のいわゆるきちんとしたものとだらしないもののふたつに分けてしまうことです。思考はしかしこのいやなところに染まっていません。読書に際しては自分を無視するよう努めることです」と侯爵は言った。「アイデンティティーが持続しているのが慰めです。初めは憂愁で満たされているが、後にはだんだん苦痛が勝ってくる想像が私たちに感化を及ぼすのです。私はつねに自分に向かって、すべては命取りになりかねないと言い聞かせていますが、取る行動はその正反対です。頭はしばしば何百年どころか何千年も身体から切り離されていますが、なおも徹底してガルヴァーニ電気による身体の活性化をつづける経験豊かなマイスターなのです。先生、私はしじゅう熱を出していますが、私の熱は体温計では測れません。私はもはや機能していない気圧計です。私はあるとき中庭でひとりの人間に遭遇したのですが」と侯爵は言った「私はその男に一度も会ったことがなかったにもかかわらず、彼は私に、私がいままでに出会ったすべての人間を思い出させるのでした。彼は、これから自分の首を使ってとてつもなく大きなことをやってのけるつもりですが、私が自分で自分の首を切り落とすと思ってもらったら困ります、と言いました。男は私の手にナイフを握らせて言います、ねえあなた、このナイフで私の首を切ってくださいな、私は長いことあなたが現れて私の首を切り落としてくれるのを待っていたんです、というのも私は自分の首を使って大きなことをやってのけるつもりでいるからです。心配には及びませんよ、とその変わった男は言います、私はすべてを計算しつくしましたから、失敗することはありえません。ここを切ってください。彼は私に三分間の猶予を与えました。ここのこの場所で、と彼は言います、首を切ってもらいたいのです。私は立っています、と彼は言います、なぜなら私は寝たままや、あろうことか座ったままで、首を切られるのは、面目を失うことと感じるからです。私はあなたを笑いものにするつもりもありません、とその見知らぬ男は言います。ちなみにこのナイフはクリストッフル社製です、と彼は言います。確かに私はそのナイフにクリストッフルという銘が彫られているのを目にします。私は男の首を摑み、切り落とします。その仕事があまりに簡単に運んだことが不思議でなりませんでした。首はなお、私の首を切り落とすのは実に簡単なことだったでしょう、と言います。でもその後で私は、自分が首を切り落としてはいなかったのを目にします。そして見知らぬ男は、あなたまさか本気で私の首を切り落とすことができるなんて信じたわけじゃないですよね、それとも信じたのですか、と言います。見知らぬ男は、しばらくいっしょに歩きませんか、と訊きます。それは従兄弟だったのです。実際に」と侯爵は言いました「それは夢ではありませんでした。なんとも苦い後味が残りました」。侯爵は言った「私たちには両親がいません。私たちは完全なみなしごです。それが私たちの状況であって、この状況から私たちも、ヨーロッパももはや逃れられません。問題はつねに、私がホッホゴーベアニッツをどこまで拡大するか、あるいはいま以上に現状で固定するかでした。いまだかつてホッホゴーベアニッツがこれほど世界から切り離されたことも、また同時に世界に依存させられたこともありませんでした。私は絶えず地震を恐れています。もはや地震のことを考えず、これからやってくる地震を、そして地中から聞こえる地鳴りと同時に私の頭の中の耳鳴りを感じずに歩くことは不可能です。私は」と侯爵は言った「私たちが手紙を書き、手紙を送り、手紙を受け取るところを思い描くのですが、どの手紙もみな署名が読み取れないのです。この発送され到着する手紙はみなだれが書いているのでしょうか。破局的な出来事が出来する一部始終を、私は窓から外を覗いて、子細に観察します。出来事は音を伴わずに生じ、音を伴わずに進行します。私にはそのことについて報告することは許されていません。でも私がこの巨大なホッホゴーベアニッツでいちばん小さな部屋に住んでいるというのは、先生、不気味な話ではないでしょうか。私の部屋はその上にいちばん湿気ていていちばん寒い部屋なのです。私がひとりでこの部屋についてある文書を、と私は考えます、『私の部屋』という簡潔なタイトルのエッセイを書くとしたら、私は全世界をむりやりそのエッセイの中へ押し込みます。なぜなら私は全世界を私の部屋の中へ押し込むからです。私は全世界をむりやり私の部屋と私のエッセイの中へ押し込みます。いいえ、エッセイはやめです」と侯爵は言った。「考える人はますます多くのイメージを頭の中から追い出さなければなりません。考える人の目的が達成されるのは、その頭脳のなかにイメージがひとつもなくなったときなのです。その頭脳の中のイメージが尽き果てたときといってもかまいません。私には」と彼は言った「罪はない、と私はよく自分に言い聞かせます。私には自分に罪がないことは分かっています。罪ですって。何十年も私は自分を理解してもらうように骨折ってきました、私が生きつづけるかぎり、私をさいなみつづけるのは自分を理解してもらうための努力です。最初は両親に自分を分かってもらうことから始め、つぎに私の姉と妹、私の子供たち、それからありとあらゆる人びとに自分を分かってもらおうとしました。いまはあなたとあなたのご子息に自分のことを分かってもらおうと努めています。実際」と侯爵は言った「ここの九月の夜はもうひどく冷え込んでもおかしくないのです。寒さは下から、下の峡谷から這い上がってきます。ここは氷の冷気に支配されています。ホッホゴーベアニッツは氷でできているのです。ホッホゴーベアニッツに居並ぶ凍てついた彫像の数々。私たちが生きている時間は、自分を分からせることができるに十分なほど長くはありません。私の母からすれば」と侯爵は言った「私はまず初めは母に対して犯された犯行に、次には母が犯した犯行に見えましたが、その次は彼女にとっての厄介者となり、その後母は私を軽蔑しはじめ、次に愛しはじめ、憎みはじめました、というのも母はいつも私と一体でなければならなかったからです。両親にとって子供とはつねに不治の潰瘍であって、一生にわたりこれに身を損ねられるのです。私は自分の部屋がまるで病室であるかのようにそこへひきこもることが多くなっています。私はもともと自分の部屋を病室と見なしてもいたのです。この部屋の中で私はつねに食事も読書も思考もすべて薬として、感情の飲み薬、精神の飲み薬、哲学の錠剤として服用してきました。一〇年つづく不治の病態、私はそれを一〇年の間ずっと意識しつづけますが、それはいわば宗派なき王位継承の病です」と侯爵は言った。「ご覧になってください、先生、私は私のジャケットを着、私のジャケットを脱ぎます。このジャケットはブリュッセルで、もうひとつのはロンドンで、さらに別のはカイロで買い求めました。私はカイロで買ったジャケットを着、ロンドンのジャケットを脱ぎ、ブリュッセルのジャケットを着、カイロのジャケットを脱ぎます。ひどく金のかかる好奇心です」と侯爵は言った。「私はもちろんもうホッホゴーベアニッツから出ていけません。私はいつも新聞を買っては読まずにただめくっただけでそれを買ったスタンドから一〇〇歩も離れていないところで棄てていました。もし私が生涯に買った新聞を、ケルントナー通りの風に乗せて、ほんものの吹雪ならぬ新聞の紙吹雪として飛ばしたとしたら、ケルントナー通りはあっという間に完全に塞がれてしまい、ケルントナー通りにいる人は全員が息の根をとめられてしまうにちがいなく、ウィーンの人口の半分が、私が生涯に買った新聞の下に埋もれて窒息死することでしょう。致命的な新聞の冬がウィーンに襲いかかるでしょう。私には」と侯爵は言った「子供たちの顔から幼年期特有の熱が見て取れます。幼年期にはすぐ疲れてしまうのです。老年とは幼年時代の追憶です。かなうならベッドの中で眠りに就けること、もうだいぶ前から自分の欲求はそれに尽きています。おまえはおまえの身体を充分使いきったかと私は自問します。思考力を、人生を使いきったか、と。そういうことをよくよく考え始めたなら、おまえはもうおしまいだ。ばかげた想念です」と侯爵は言った。「駅のホームではよく列車が入線するぎりぎり最後の瞬間に自分が身を投げるところを想像しますが、大都市の公衆トイレの中にいるとまた好奇心が湧いてきます。複雑で完璧な文章を生み出す喜びの意味を、そして品行測定器という言葉の意味を理解しました。あらゆる人間の無防備状態を、しかしまた無情さを、おまえの知っているすべてを凍結させることの必然性を理解することが肝要です。砂利採石場の労働者五人を」と侯爵は言った「解雇した管理人を呼び出して問い詰めました。私は、なぜなんだと尋ねますが、管理人は答えません。私は言います。砂利採石場の労働者は解雇できない、砂利採石場の労働者をたったのひとりでも解雇するのは危険だ、われわれには彼らをひとりたりと解雇することは許されていない、と私は言います。それなのに管理人は五人もの首を切ったのです。その瞬間私には砂利採石場の労働者が不気味な存在になってきます……それとも」と侯爵は言った

「私は城の外壁へ行きます。私たちがいま歩いているところから向かうのです。そして足元から一枚のマロニエの葉を拾います。マロニエの葉は私の母を思い出させます。その葉を見ていると母が見えます。葉の匂いは『尺には尺を』を想起させます。私には『尺には尺を』が見えます。『尺には尺を』は私に、子供の頃に履いていた古い靴を思い出させます等々……私たちは人間を見

ると」と侯爵は言った「ただちに判定を下します。あれは賢い人間だと言い、愚かな人間だ、乱暴な人間だ、幸せな人間だ、教養のある、もうろくした、孤独な、社交的な、いつも笑っている、いつも哀しみに沈んでいる、いつも仕事熱心な、いつも卑しい、いつも憐れむべき人間だと言うのです。その実何も分かっているわけではありません。私たちが、だれかについて何も知らないくせに、あれは救いようのない人間だとか、彼は死んでいるとか言っているのだとしたらひどい話です。私たちがある人間に欠陥を見いだすと、すぐさまそれは私たちの住む町や村の欠陥、すべての町や村の欠陥、ひいては国家の欠陥となって跳ね返ってきて、私たちはそれを肌で感じ、見抜き、破局として捉えることになります。判定能力が増すにつれ、不信の念も強まります。私たちの不信はゆっくりとすべてに浸透していきます。早くも子供の頃から自殺の想念と戯れていた私の父は、アッヘ川を渡るとき川の中に飛び込まないよう、首を吊らないよう、我が身に銃弾を撃ち込まないよう自制するのにひどく苦労したそうです。父の心を占めていたのは、この考え、すなわち自然科学を支配下に置く自殺確率学でした」と侯爵は言った「神秘主義は私の思考からほとんど閉め出されています。孤立です。すべては目的を欠いています」と彼は言った。「目を見開いたまま根源へ遡る試みを」と彼は言った「何百万回も繰り返します。それは群衆の中と、いわば手つかずの自然の中で行われる試みです。日常性の中へ逃げ込むほど楽なことはありません。私が何かを口に出したとたんに」と侯爵は言った「その正反対のことが頭に浮かびます。私たちは一冊の書物さえあれば孤独でないと自分を言いくるめることができますが、ひとりの人間さえいっしょなら孤独でないと言いくるめることもできます。私たちは役者を雇うとき、彼に楽しませてもらうことを期待しているので、彼がそのことを忘れると口汚く罵ります。世界とはサラサーニ・サーカス団なのです。私たちはつねに、なぜなら私たちはそうすることによって生きのびられると信じるからですが、自然から少なくともその要素のひとつを完全に取り去ることができる、たとえば革命を起こせるとか、国王を玉座から引きずり下ろせるといった妄想の中に生きています。私たちの目はときどき思考力からおいてけぼりをくわされることがありますが、思考力も目からよく同じことをされます。今日では」と侯爵は言った「私たちは聖書の記述を心地よいものと受けとめていて、ソドムとゴモラに詩を見いだし、その詩を肌で感じています。もう私たちが死ぬほどに恐れるものはなくなっています。私たちは死に向かって進んでいるのです。病気は人間を最短時間内に拉致します。私たちは」と彼は言った「少なくとも自分の想像力に精緻さを求めることが必要です。想像力を欠いた人間は脳みそがないに等しいのです。私たちの教師はみな私たちの思考力の敵でした。私たちに関係のないことが私たちを興奮させます。もう長いこと、明日月に到達するのはだれかという想像でなく、地球を貫いて最初に反対側に出てくるのはだれかという想像が私を捉えています。私の妻はこの世のあらゆることに繊細に対処できたのに対話能力を完全に欠いていました。死病がついに至るところで勝利をおさめています。いつも階上の私の部屋と階下の女たちの部屋を比較しながら考えています。習慣と、好みが徐々に私たちを蝕んでいきました。私たちには行動が不足しています。階下の部屋では哲学が、階上の部屋では神秘主義がほとんど可能性を断たれています。ときどき私は家の中のすべての時計があまりに大きな音を立てるので起き出して時計を止めて回らなければ居ても立ってもいられなくなってしまいます。それには何時間もかかります。すべての時計が止まってはじめて眠ることができるようになるのです。昔子供の頃は、壁を叩いて互いの合図にしたものですが、壁を叩く者がだれもいなくなってからもう半世紀になります。やがてあっという間に」と侯爵は言った「ホッホゴーベアニッツは甲虫と蜘蛛が支配するところとなるでしょう。甲虫と蜘蛛は自然の狂気だ、と私はよく考えます。すべては惑わしなのです」。

　ぼくたちはランチャッハ経由で急いで家に帰った。「割に合わない患者ばかりだ」と父は言った。妹はもう眠っていた。妹とは明日ゆっくり散歩をしながら話をしよう、とぼくは考えた。もう一一時になっていたのだが、父がまだこれから屠蓄用の銃で自分の腹を撃ってしまったクレンホーフの肉屋の往診をしてこなければならず、日付の変わる前には戻るということなので、ぼくはその間、ホッホゴーベアニッツから峡谷へ下りつぎに峡谷を抜けて車を走らせていたときのぼくたちの沈黙を思い返していた。明日は父が午後いちばんでレオーベンまで送ってくれるだろう、とぼくは考えた。もういまはバッグのなかの衣類を取り出す必要はない。地方警察官がぼくたちを待っていて、父に死んだ旅館の女将についての事情聴取をしていった。グレースルは勾留されているとのことだ。ぼくはもう妹を起こしたくなかった。ぼくはそれから、ケルンテンのグッタリング近くに農場を持っていてずいぶん前からぼくをそこに招待してくれている叔父の友人に手紙を書こうと試みた。招待には応じられない、というより応じることができないと書くつもりだった。ぼくの学業はいま中断を許さない状況だと書いたのだが、結局書きさしの手紙を引き裂くことになった。ぼくはベッドの中で、侯爵は何を話したのだろうかと考えた。「いつもすべてを変えようと思うこと、それが私の絶えざる欲求、恥ずべき欲望で、このうえなく気まずい争いの引き金になってきました。ベッドから起き出すことが破局の始まりです。すべてを哲学という土俵に乗せること、自らをそこで生み出すことも同様です。闇は、頭の働きが止まると、冷たくなります。」以下がノートの内容だ「私は何日も」と侯爵は言った「なくしたノートをさがして鞄という鞄をひっくり返しました。もちろんそのノートには大事なことが書きとめてあったのです。重要な個所に下線を引くのが私の病気です。そのノートの中は下線を引いた個所だらけなのですが、その下線を引いた文どうしが破壊合戦を始めます。そのノートを私は何日も鞄のなかで探していたのですが、それが突然階下のキッチンで見つかります。そのノートはなぜキッチンにあるのか、と私は自問します。私は何日もキッチンに足を踏み入れたことはないのに、突然私のノートをキッチンの中で見つけたのです。私の中で恐ろしい疑いが頭をもたげます。私は即座に、姉が私の上着のポケットからノートを抜き出し、私がキッチンに全然縁のない人間なのをいいことに、密かにキッチンで目を通してからそこに置き去りにしたのではないかと疑ったのです。私はすぐに姉のところへ行き、ひどいのはあんたがぼくのノートの内容を知ってしまったことではなく、あのノートをキッチンに置き去りにしたことだ、と言います。でも私は姉が私のノートをキッチンに置き去りにしたはずのないことに気づいたので、すぐさま妹のところへ行き、頭ごなしに、ぼくのノートをぼくの鞄から取り出して読むなんてあまりにあさましいことではないか、とどやしつけます。ぼくは、あんたがぼくのノートを全部読んだのではないかと恐れているが、それにしてもこれはあんたがキッチンに置き去りにした最初のノートだ。ぼくはいままであんたたちのだれもぼくのノートの内容は知らない、ノートの内容については全然関知していないという誤った思い込みを抱いて生きてきた。私は妹を執務室に連れ込みます。妹が私のノートを読んだことがとんでもない所業に思われたからです。すぐに私は、自分がこのノートの中で姉と妹について、とりわけ妹について酷評ばかり下してきたことを思い出します。ぼくは、自分がこれらのノートに書き付けてきたこと、何十年にも亘って書き込んできたことは全然だれにも知られていないという誤った思い込みを抱いて生きてきた、と言います。ところがいまぼくが発見しなければならなかったのは、ぼくがこのノートを公衆の面前でつけていたということだ、ぼくはこのノートをいわば公然と書いていたのだ、と。でもそのとき突然、私は妹が私のノートの存在に気づいているはずがないことに思い至り、すぐに自分に言い聞かせます、もちろん妹のような上っ面だけの人間にこのノートの存在が欠片《かけら》すら分かっていたはずがない、と。そして私は、あんたたちにはぼくなどどうなろうが全然かまわないのだ、あんたたちはいずれこのノートの中で恐ろしいことを発見することになる、つぶさに自分のいまわしさを見せつけられることになるのだ、と言います。ぼくはあんたたちとの普段の付き合いでは徹底的に沈黙を貫き通してきたが、このノートの中では何ひとつ包み隠すことはしなかった。ぼくの容赦のなさがこのノートの中であんたたちの上に降りかかるのだ。あんたの上に、あんたの姉の上に、娘たちの上に、息子の上に、みなの上に。そしてぼくが死んだなら、ぼくのノートはあんたたちの行く先を闇で閉ざすだろう、と私は言います、あんたたちはおそれおののきながらあんたたちの兄であり弟であり父であったぼくのことを思い出すだろう。ぼくのノートにあんたたちは、と私は言います、実際に、恐ろしい形で登場している。もしあんたがあのノートをキッチンに置き去りにしたのでないとしたら、それをしたのはだれなのか。そして私は執務室を出て、上の娘を探します。私のノートを私の鞄から取り出してキッチンに放置することができたのは上の娘でしかありえないという考えが閃いたからです。私は家中を歩いて上の娘を探します、まずはじめは階下の部屋、次に階上の部屋を探しますが、上の娘は見つかりません。おそらく娘はノートが引き起こした騒ぎを聞きつけたので、姿を隠しているのだ、と私は考えます。私は大声を出して呼び、次には黙り、また呼び、黙るのと呼ぶのを交互に繰り返しながら家中を歩きまわります。最後に私は、娘は園亭にいるのではないかと思い当たります。私は園亭に入ってゆき、そこでソファに座って小説を読んでいる娘を見つけます。私はすぐに言います、私のノートはどこだ、と。なんていまわしいやつだ、今度は私のノートにまで手を出すとは、と私は言います。多分おまえはもう何年も私のノートに手を出していたのだろう。おそらく、と次に私は言います、私のすべてのノートに手を出していた。そして多分、と私は言います、おまえが私のノートから読み取った内容は、おまえをもっとも忌むべきぞっとする仕方で、私の敵と作り変えてしまったのだ。そして、これはけしてただですませられることではないのだから、おまえはホッホゴーベアニッツを引き払い、ここを出て、おまえの同類たちのもとへゆくがよい、と言いわたします。しかし突然」と侯爵は言った「私に明らかになったのは、上の娘についてもノートとの関係を特定するのはまず不可能だということでした。だとしたら下の娘だと私は考えます。しかしだれも下の娘がどこにいるか知らないのです。私はあれがどこにいるか知りたいのだ、と怒鳴ります。彼女は町へ行ったということです。町だと、と私は言います。私は階下の部屋をくまなくまわって歩きながら、夜になったら掛けてある絵をすべて壁から降ろそう、一枚残らずだ、と考えます。上の階の部屋の絵も全部外す、と私は言います。その後で別の絵を掛けることにしよう。もっとひどい絵を。私は徐々に落ち着きを取り戻してきます」と侯爵は言った「すると今度は姉と妹がなにごとかひそひそ話をしているのが聞こえてきます。このひそひそ話は息の根をとめてやらなければならない、と私は考え、そこへ行って、ふたりを追い立てます。あんたたちのだれがぼくのノートをぼくの鞄から取り出してキッチンに置き去りにしたかは問題じゃない、と私は言います、あんたたちはみんなでこの愚行の償いをしなければならないのだ。犯罪者集団め、と私は考えます、この犯罪者集団の女どもめ。私はホッホゴーベアニッツに、と私は考えます、私の破壊と破滅を狙う者たちをひどく高い金をかけて養ってやっている。けれども私は」と侯爵は言った「女たちに懲罰として科す恐ろしい作業を命じている間に、私自身がノートをキッチンに置き去りにしたこと、いつもながら眠ることのできなかったある夜、水か何かを飲みにキッチンへ行ったことを思いだしたのです」。ぼくは眠れなくなったので、ペンを取って書き始めた。侯爵は言った、とぼくは書いた「ひとりの息子が自分の父親の分析を進めている。どうすれば父親を破滅させられるかという一点のみを検討している。そして女たちはどうすればよいかもうとっくに承知している…習慣どおり私はまだ」と侯爵は言った「いつもの規則正しさで執務室に顔を出していますが、その規則正しさが長い人生を経る間に私を見る影もないまでに醜くしてしまったのです。私は起床すると、執務室へ行きその中を行ったり来たり、行ったり来たり、来たり行ったりします、そうしていないと執務室が我慢できないのです。農場経営も森林経営も、と私は考えます、手に負えない。執務室にいるのは無意味であるにもかかわらず、私には執務室から出て行く、断固執務室を後にするだけの気力がありません。農場経営と森林経営が目的でないのなら、と私は考えます、なんで私は執務室にとどまっているのか。この考えは私の頭のもっとも感じやすい個所を刺激するので、私は自分を落ち着かせるために、書棚からライツのさまざまなファイルを引っ張り出します。執務室へ行ったはよいが、執務室で何をすればよいか分からなくなるこの展開は、今では毎日繰り返されています。私は執務室の実状とはもう完全に無縁です」と侯爵は言った。「私の息子は」と彼は言った「英国から帰ってくるなり、ホッホゴーベアニッツを破滅させるでしょう。息子の構想が書かれている一枚の長い紙が思い出されます。どうやら息子はロンドンで、そこから抜け出すにはいったん完全な昏乱状態に陥るほかないようなある哲学の中へさ迷い入ってしまったらしいのです。ホッホゴーベアニッツは息子にとって狂った場所としてしか存在しえない、私はそういう感じを受けています。ちなみに息子は農場経営と森林経営について何ひとつ理解していません。息子が自然だと感じているのは自然ではありません。彼はおそらくホッホゴーベアニッツをひとつの全体として売りに出す努力をするでしょう。でもそれは上手くいかないので、切り売りをすることになると思います。私はホッホゴーベアニッツが私の死後まずはすっかり驚愕させられているのを目の当たりにします。次に息子がやって来て、その狂気の硬直状態を緩めるのです。彼は私の息子ですから、当然すべてが彼の手に渡ります。そうなるととりわけ私の姉と妹にとって致命的な時期がやって来ます、私の娘たちも同じで、完全に無防備な状況です。でもたぶん女たちは全員、思いやりよりも無慈悲さに遭遇して当然なのです。息子がつねに文学に接する仕方で自然に接していることは、彼のすべての手紙が裏付けているところです。息子は、いいですか先生、私を軽蔑しています。彼の手紙には真実は含まれていません。彼の書体はこのたったの一年の間に完全に変わってしまいました。私は私には不愉快な勉学費用を含め息子の入り用を負担しているのに、息子は私を破滅させるのです。私たち、つまり息子と私は、いつも会話を交わすことができずにきました。息子は英国で非常に短い文章、私を痛めつけ麻痺させる言い回しを身につけました。私は息子を私の破壊者に育て上げてしまったのだと考えています。そしてこの男は最近の手紙で、私は何をやっても素人芸の域を出られない、あなたは結局自分の人生をきちんとした技芸へは発展させられなかったのですなどと書いて寄こすのです。息子は、私が彼の手紙から読み取るところでは、人生を一つの技芸に発展させたつもりでいます。私は息子を自分の間近に引き寄せなければならなくなったときは、その後すぐに、私からできるだけ遠いところへ追いやってきました。しかしいかなる教育もつねに完全に誤った教育であることを免れません。私の息子の行動はつねに私への敵対的行動でした」と侯爵は言った。「私たちはただひとつ新聞への愛好だけを共有してきました。そうだ」と侯爵は言った「タイムズ紙の九月七日号を買って、今度ここへ上っていらっしゃるときにお持ちいただけませんか……」。

訳者後書き

本書は、トーマス・ベルンハルト（一九三一〜一九八九年）の長編小説第二作 *Verstörung*（一九六七年、インゼル出版社刊）の全訳である。テクストはズーアカンプ社刊の著作集第二巻（Thomas Bernhard, Werke Band 2, Suhrkamp Verlag. 2003）によった。全編は無題の第一章と「侯爵」と銘打たれた第二章からなっている。

原題の Verstörung は「心の平衡を失わせる」、「気持ちを混乱させる」という意味の動詞 verstören の名詞形だが、実はこの名詞形はドイツ語としては日常ほとんど使われることのない単語、いわゆるベルンハルト語である。そこでその訳語にはこれも日本語としてはほとんど使われることのない「昏乱」という語を充《あ》てることにした。「心の平衡を失い、気持ちをかき乱された状態」の意味だと了解していただきたい。

＊

ベルンハルトは一九六三年一月八日に三七歳年上の伴侶ヘートヴィヒ・シュタヴィアニチェクに宛てた手紙に「ぼくの脳髄の中でゆっくりとだけれど確実に小説と散文の雷雲がとぐろを巻きはじめている」と記したが、このいささか季節外れの雷雲が『昏乱』すなわち長編小説第二作への初めての言及である。このときはまだ初の長編小説『凍』の入稿が終わったばかりで、そのゲラ刷りに推敲を加える困難な作業を目前に控えていたのだが（『凍』の刊行は同年五月）、ベルンハルトの創作意欲が次の小説に向かっていたことは確かだと思われる。

当初ベルンハルトは二年以内にこの作品を完成させる予定を立てていたが、そうは問屋が卸さずに、完成までに結局四年以上を費やすことになってしまった。その間に作家は『凍』が好評を得たことでさまざまな文学賞を獲得し、また同作の版元である文芸出版社インゼルを擁する出版社ズーアカンプの社主ジークフリート・ウンゼルトの厚遇を得たこともあって、押しも押されもしない地位を確立していた。ウンゼルトとの間に交わされた往復書簡は五二四通にも及び（八〇〇ページを超える往復書簡集のウンゼルトの側からの書簡は『凍』刊行後の一九六四年一〇月に始まっている）、ベルンハルトの死の直前までつづくが、その大半は作家の側からの前借り依頼とそれを躱《かわ》しながら早く原稿を仕上げさせようとする出版社主の丁々発止の駆け引きであって、ベルンハルトが『昏乱』の執筆に予定以上の時間をかけることができたのは、前借りに成功したこともその大きな理由のひとつであったと考えられる。

しかし遅延の本質的な理由は、第一章の医師と息子による往診譚と、長大な第二章のザウラウのモノローグをひとつに纏める枠組みがなかなか構成できなかったことにあった。ベルンハルトの予想ではこの小説は『凍』よりも長大なものになるはずだった。そうならなかったのは、一章と二章のつなぎに苦労したためだが、計算外の構成がこの作品の魅力でもあると私は考えている。

ベルンハルトは当初『脳髄』*Gehirn*を、次に『静寂』*Ruhe*をタイトルに考えていて、最後に出版社の反対を押し切って『昏乱』とすることに決めたのだった。

＊＊

『昏乱』の刊行後売れ行きがはかばかしくないと愚痴をこぼしたベルンハルトに、ウンゼルトは『昏乱』などというだれもこの本をプレゼント用に買いたいと思えないタイトルを付けておいてそんな泣き言を言うのはおかしい、サミュエル・ベケットなどもその小説に『モロイ』とか『名づけられないもの』とかいうタイトルを付けるから本が全然売れないけれど、感心なことに彼はひと言も文句は言ってこないと答えている。

『昏乱』は今でこそベルンハルトの傑作小説という評価が定まっているが、刊行当初はほぼすべての主要な新聞、雑誌の書評に取り上げられたものの、好評裡に迎えられたとはとても言えなかった。年下の同僚作家ペーター・ハントケが「ただひたすらに読んで、読んで、読みつづけた」(「マヌスクリプラ」誌第二一号)と書いているのは、これはベルンハルトの短編『ふちなし帽』の結びの「書いて、書いて、書きつづけて……」のパロディー的引用であって果たして褒め言葉なのかどうかはっきりしないが、少なくともたったひとつけちはつけていない書評であり、一息で読み終えるまで手から離せない迫力があるとは言っているのだった。

＊＊＊

『昏乱』は、前作『凍』の舞台となったザルツブルク州のポンガウ地方から直線距離で一六〇キロほど東へ移動したシュタイアマルク州の山間部で話が展開する。シュタイアマルク州の州都グラーツは本作に出てくる中では一番大きな町ケフラッハの東方およそ三〇キロ、語り手の「ぼく」が通う鉱山大学のあるレオーベンの南方およそ四〇キロに位置している。

私は二〇二〇年六月、ドイツとオーストリアでコロナの猖獗《しょうけつ》が一段落し両国の国境が開いたのを見計ってこのあたりの様子を見に出かけた。ベルンハルトがこの小説の第一章に選んだ場所は案の定前作同様あまり高くないせいぜい標高七、八〇〇メートル程度の山に囲まれた谷間の、展望の開けていない土地だった。小説冒頭で臨終の教師の家に往診に出かけるザラという集落を西端に、医師である父親の友人ブロッホやエーベンヘーの住んでいるシュティヴォルを東端に、旅館の女将を運び込む病院のあるケフラッハを南端にそしてホッホゴーベアニッツのモデルとされたと思《おぼ》しい城の廃墟ハウエンシュタインを北端とする菱形の土地を医師が大学生の息子を連れて往診に動き回る一日の記録が小説のすべてである。ハウエンシュタインの標高だけはおよそ一〇〇〇メートルほどあって、もしもここにホッホゴーベアニッツという城が実在していたとしたらその頂からはシュタイアマルク州のほぼ全域がそして隣接するブルゲンラント州、ザルツブルク州、オーバーエスターライヒ州、ニーダーエスターライヒ州、ケルンテン州の山々が、さらにはハンガリーの大平原までが、一望の下に見はるかせたはずである。

　この小説の中では医師の医院と住居のある場所が匿名のままであり、ホッホゴーベアニッツとアッヘ川は実在していない。したがって城の直下に位置するフォホラーミューレや城に付属するクライナーの住居も架空である。実業家とその異父妹が住んでいることになっている元狩猟館ハウエンシュタインは廃墟になって久しい城跡の名であるからこれも実在はしていない。それ以外はみな実在の地名である。

城の直下を流れて時に大洪水を引き起こすアッヘ川は医師の家の近くも流れ、侯爵の息子の、あるいは侯爵の妄想の中ではロンドンのオックスフォード・ストリートの外れをも流れていることになっている。この川の名前について触れておくと、アッヘとかアッハという綴りで終わる川は南ドイツやオーストリアにたくさん存在している。私が今住んでいる村を貫いて流れる小さな川もウムラッハという名でウルメすなわち楡が川岸に多く生えている川という意味だという。サンスクリットで水を意味する閼伽《あか》やイタリア語の水、アクアにも通う呼称だと思われるが、ホッホゴーベアニッツの山の世界と対照的に時としてカオスをもたらす水の世界の象徴だろう。ヨーロッパ、特にドイツは今年、空にダムができてそれが頭上で決壊したかのような猛烈な豪雨と水害に見舞われたが、それに加えてコロナ禍で抗体が問題にされる中、侯爵が自然界の抗体について思弁を弄する個所を訳していて今年の状況との不思議な符合を感じずにいられなかった。

　ところでザウラウはシュタイアマルク州に実在する由緒ある貴族の家系の名で、グラーツにはザウラウ宮殿も残されている。しかし実在のザウラウ家は侯爵の位までは上らなかったようである。

＊＊＊＊

今回も阿部晴政さんは、私の遅れがちの仕事を暖かく見守ってくださった。妻のイゾルデも、いったん翻訳にかかると他の何もかもを放り出してしまう私に愛想づかしをすることなく辛抱強く付き合ってくれた。この二人にくれぐれも感謝を申し上げる。

ウイーンのオーストリア文学協会 Österreichische Gesellschaft für Literatur は二〇一九年一一月、私をウイーンへ招き、翻訳に取りかかる段階で仕事に集中することを可能にしてくださった。ここに記して感謝させていただく。

二〇二一年一〇月

池田信雄

Thomas Bernhard: *Verstörung*（1967）

池田信雄（いけだ・のぶお）
1947年生まれ。ドイツ文学者。訳書、ベルンハルト『凍』（河出書房新社）、『消去』『私のもらった文学賞』（共にみすず書房）、『座長ブルスコン』『ヘルデンプラッツ』（共に論創社）、『ノヴァーリス全集』（共訳、沖積舎）など。

昏乱《こんらん》

2021年11月20日　初版印刷
2021年11月30日　初版発行

著者　トーマス・ベルンハルト
訳者　池田信雄
装幀　ミルキィ・イソベ
発行者　小野寺優
発行所　株式会社河出書房新社
〒151-0051 東京都渋谷区千駄ヶ谷 2-32-2
電話 03-3404-1201（営業） 03-3404-8611（編集）
https://www.kawade.co.jp/
組版　KAWADE DTP WORKS
印刷　モリモト印刷株式会社
製本　小泉製本株式会社

Printed in Japan　ISBN978-4-309-20846-6